Illust. 新井テル子

縁談が来ない王妹は、狂犬騎士との結婚を命じられる 2

五月ゆき

Illust. 新井テル子

STORY&
CHARACTERS

バーナード・フォスター

アメリアの護衛騎士で近衛隊隊長。歯に衣着せぬ言動から、『人の皮を被った呪いの魔剣』や『狂戦士《バーサーカー》』などと呼ばれている最強の男。

アメリア・ディセンティ

ディセンティ王国の国王陛下の妹であり、陛下の補佐官。二年前の事件がきっかけで縁談が来なくなってしまっていた。

今はバーナードと婚約中。

The first volume of the book...

夜会で起きた「ある事件」が原因で縁談がひとつも来なくなってしまった王女アメリア。

王補佐としての仕事に励んでいたある日、兄王に呼び出されたアメリアは結婚を命じられる。その相手は、最強でありながら狂犬と呼ばれる護衛騎士・バーナード!?　自身のことは二の次で、アメリアを守ること「だけ」が最優先の彼にずっと片思いをしていたけれど、突如降ってきた結婚話にアメリアは困惑してしまう。紆余曲折の末にバーナードとの婚約が成立し、ふたりの距離は大いに縮まるのは…まだまだ先のようで——。

チェスター・ルーゼン

近衛隊副隊長。アメリア最優先で動く隊長バーナードに振り回されている苦労人。王子様然とした美貌から女性ファンが多いが…あまり嬉しくはなさそう。

ロベルト・ディセンティ

ディセンティ王国の若き国王陛下で、アメリアの兄。妹が大事ゆえに、バーナードとの結婚を許したくない気持ちが強く、隙あらば別の婚約者を探したいと思っている。

CONTENTS

縁談が来ない王妹は、狂犬騎士との結婚を命じられる 2

プロローグ　――ある男の話――

王宮へ足を踏み入れることの危険性は重々承知していた。

だが、自分の眼で確かめなければ納得できなかった。情報屋や、前職のツテを使って集めた噂はどれも、尾ひれはひれがついていて大袈裟すぎた。

いわく、人の皮を被った呪いの魔剣。あるいは、間違えて人間に生まれてしまった男。たった一騎で三千の兵を滅ぼした狂戦士《バーサーカー》。……かき集めた情報を前に、俺はため息をついたものだ。戦場での話が誇張されて伝わるのはよくあることだが、作り話に用はない。

もとより、俺が知りたいのは、その男の戦歴でも強さでもなかった。気にかかっているのは、そういった表向きの話ではない。これが国防のための策なのだとしても、あのおぞましい噂がどこまで真実を含んでいるのかという一点だけだ。

近衛隊《このえたい》隊長を務めるその男と、真っ当なやり方で会って話ができるとは思わない。偶然を装ってすれ違うだけで精一杯だろう。それで構わなかった。その偶然さえ手に入れたら、あとはいかにそこから縁を繋ぐかだ。人違いをしたという体《てい》を装って話しかけてもいい。やり方はいくらでもある。

標的と親しくなって情報を得ることは、かつての俺にとっては慣れた仕事だった。今でも腕が錆《さ》びついているとは思わない。

　近衛隊の隊室をまっすぐに目指して進む。背筋を伸ばし、堂々としていたら、見知らぬ顔であろうとも怪しまれないものだ。

　今日あの男が、護衛任務についていないことは調べてあった。まずは迷ったふりでもして隊室へ侵入しようかと考えていたとき、その声は聞こえてきた。

「いくら副隊長にいわれたからって、隊長が従う必要はないでしょ!?　隊長のほうが立場は上なんスよ!?　無視しましょうよおおお！」

「黙って歩け。お前が居眠りをするようなら、いっそ鍛えてくれとチェスターにいわれているんだ」

「本心はなんスか!?」

「あの中庭からだと殿下が移動する姿が確認できる」

「ヤダー!!　そういう付きまとい系執着男はモテませんよ隊長！」

　探す必要もなかった。騒がしい声は、窓の外から聞こえてくる。

　俺は辺りに人目がないことを確認してから、縦に細長い窓を引き上げて外へ出た。幸い、建物の付近には、等間隔に樹木が植えられている。身を隠しながら尾行するには十分だった。

「ううっ、寒いよう、寒いよう。部屋に戻りましょうよぉ。隊長と違って繊細な俺は、暖炉がないと生きていけないんスよ」

「剣でも振ってりゃ温まるだろ」

「俺の扱いが雑！　知ってましたけど！　てか、剣の指導なんて、俺じゃなくて殿下にして差し上げたらいいじゃないっスか。殿下、ときどきいってますよね、剣を習いたいって」

「ライアン」

「ひっ、殺人鬼の眼で俺を見ないでください！」

「お前、殿下に剣を教えて差し上げようなんて、バカな気を起こすなよ？　剣を握れない身体《からだ》にしなけりゃいけなくなる」

「脅さなくたってやりませんよ！　それは隊長の役目だっていうんでしょ!?」

「ちがう」

　男は、ひどく忌々《いまいま》しそうな声でいった。

「殿下に剣を教えるなんて真似は、誰にもやらせない。俺を含めてだ。殿下は今のままでいいんだ。戦う術《すべ》を知らないままでいい。俺は殿下に、剣を持って戦うなんて選択肢は与えない。あの人には、無力なままでいてもらう」

　全身がぞわりと総毛立った。

　ライアンと呼ばれた青年が戸惑ったような声を上げていたが、俺は二人に背を向けて、足早にその場を去った。

目的は達した。見極めはついた。もっとも気がかりだった点は確認できた。

俺は近衛隊の隊室がある建物を離れ、詰め所の近くまで来てから、深く息を吐き出した。

——ああ、やはり、俺は行動を開始しなくてはならないか。

あやまちは止めなくてはならない。どんな手を使ってでも。今さら方向転換は難しいのだとしても、せめて退路となる道筋を確保しなくては。

そのためなら俺は死んでも構わない。——いや、ここでこの命を使うために、俺は今まで生きてきたのだろう。

俺の唯一の神、救いの御手《みて》。天より人々を照らす導きの光。——守ってみせる。たとえ、汚れた手段を用いたとしても。

第1章

恋の季節である。

冬の寒さがようやく底をつき、雪解け草が花を咲かせ、春待ち花がつぼみを膨らませるこの頃、王都にもまた、浮足立った雰囲気が流れていた。もちろん、この王宮も例外ではない。むしろ発生源といえるだろう。

わたしはいつものように執務室のソファに座り、紅茶を飲みながら、当番の護衛騎士たちに世間話を振った。今日、扉の前に立っているのは、王妹《わたし》付きの近衛隊隊長であるバーナードと、隊員であるライアンだ。

この時期を誰よりも心待ちにしていたといっても過言ではないだろうライアンは、重々しい表情で断言した。

「副隊長を近衛隊から追放すべきです」

「まあ……。それほどなのですか？」

「それほどです」

ライアンは悔しそうにこぶしを握って訴えた。

「年に一度しかないチャンスなんスよ!?　それなのに、女の子たちはみーんな副隊長に釘付けで、俺が頑張って気を惹いたって、副隊長があっち見て一言話しかけただけで終わり！　最悪っス！　御前試合までは残り十日間、その十日間だけでいいから副隊長を追放してください！　これは近衛隊全体の幸せのためっス！」

バーナードが呆れ顔でいった。

「お前並みにろくでもない隊員が百人いるより、チェスター一人のほうが役に立つ」

ライアンは恨みのこもった眼で上司を睨《にら》みつけた。

「自分だけ幸せならそれでいーんスか!?　みんな彼女が欲しいんスよ!?　今年こそはと必死に相手を探してる奴《やつ》だっているんです！　隊長なら部下に素敵な出会いがあるよう応援してくれるべきじゃないんスか!?　副隊長もそうっスよ！　あの人の家柄ならいつでも結婚できるでしょ!?　名門中の名門で五大公爵家の筆頭格、金萼《きんがく》のルーゼン家のくせに、しがない男爵家の俺の邪魔をして！　隊長に至っては論外っスからね！　長年お仕えしていたお姫様と婚約なんていうクソ強ロマンチックルートを進んだ隊長に、俺たちの見合いを邪魔する権利はないっス！」

バーナードが珍しく顔をそむけ、そしてその先で、うっかりとわたしと目が合ってしまう。彼の端整な顔立ちに、うっすらと朱色が滲《にじ》む。わたしもまた、胸の内側からほわほわと温まるような心地になって、さりげなく視線を落とした。

ライアンが怒れる赤嘴鳥《あかばしどり》のようにキィっと叫んだ。

「追放を！　追放を求めます！　公開訓練の十日間、副隊長を追放しましょう！　そして俺たちにも平等な春の訪れを！」

近衛隊と騎士団が、国王陛下の前で剣技を競う『御前試合』というものがある。

これは我がディセンティ王国における春の訪れを祝う祝祭『種子の息吹《カーメルナル》』の最終日に催される行事だ。

七代も前の国王が造らせたという闘技場で、近衛隊と騎士団から選出されたそれぞれ五人の勇士たちが、五回の決闘を繰り広げる。三度の勝利を手にした側が勝者となり、国王陛下より名誉と褒《ほう》美《び》を賜《たまわ》ることができる。

そして、その御前試合前の二週間は、近衛隊も騎士団も、それぞれ公開訓練が行われる。

これは、高額かつ人脈と身分が必要な御前試合の鑑賞チケットが手に入らない人々にも、日頃の訓練の成果を示し、近衛隊と騎士団それぞれに親しみを持ってもらうため――とされているけれど、実際のところは、大規模なお見合いの場となっている。

公開訓練は、事前に見学申し込みさえしておけば、費用は無料だ。あくまで訓練の場であるから、隊員や団員は訓練に励み、見学者はそれを見守るだけ。ただし、訓練終了後にはちょっとした交流の場が設けられる。その際には『訓練への応援』あるいは『見学者への感謝』が基本のやり取りであり、身分や地位による挨拶の序列などはない。

また、男性側はそれぞれの制服ですみ、女性の見学者も華美に着飾ることは眉を顰《ひそ》められる。訓練の場にふさわしい、ちょっとしたオシャレこそが最適解である――というのは、まあ、侍女からの受け売りなのだけども。

つまり、夜会やお茶会のように、招待されるための人脈や適切なマナー、それに特別に仕立てられた服も必要としない、ハードルの低いお見合いなのだ。

もともとは騎士団で始まったといわれている。実力主義の騎士団は、組織の土台となる大多数が平民だ。彼らは貴族のように夜会やお茶会といった出会いの場を持たず、職場に女性もほとんどいない。親や親戚のツテを辿《たど》ろうにも地元を遠く離れてしまっている。そんな平騎士や準騎士、従者たちのために、当時の副団長が考案したのがこの公開訓練だったという。

騎士団に伝わる逸話によれば、〝花咲かせのデント〟という、武勇を誇る騎士としては一風変わった二つ名で呼ばれたその副団長は、剣の腕は足りず、軍略の才もなく、しかし団員たちから圧倒的な支持を得ていたそうだ。

それはデントが、非常に社交的で面倒見の良い人物であり、彼に相談した団員は、一人残らず愛の花を咲かせることができたからである。どれほど口下手で、容姿に自信がなく、引っ込み思案な団員であっても、デントは明るい笑顔で励ましていったという。『君とともに愛の花を育てる人が、今もなお、この世界のどこかで、君と出会う日を待っているぞ！』と……。

花咲かせのデントが考案した公開訓練は、やがて近衛隊にも採用された。代々、仲が良いとはいいがたい二つの組織だけど、騎士団の公開訓練《集団お見合い》をうらやむ声の多さには、近衛隊の上層部も抗い切れなかったらしい。

もっとも、近衛隊の場合は、王宮の敷地内で行われる公開訓練だ。

騎士団のように、事前申し込みさえしたら誰でも見学できるというものではない。身元が確かであることを求められるため、貴族の令嬢か、ツテのある商家の令嬢、あるいは王宮で働く侍女や下級官吏といった限られた範囲になるのだけれど、それでもその参加条件の手軽さから、見学の希望者は多い。

お兄様の即位後初となる去年の公開訓練では、チェスターも初めて参加したので、申し込み窓口へ見学希望者が殺到して、整理札が配られるほどだった。

そして今年、先々月にわたしとバーナードの婚約披露パーティーが開かれ、名実ともに『チェスターが王妹の婚約者候補である』という噂が払しょくされた今回は、ついに整理札が抽選札になったという。

わたしも最初、意味がわからずに聞き返してしまったのだけど、なんでも見学希望者が多すぎて、見学席を増やすなどの対応をしても到底足りず、どうやっても希望者全員に席を用意することはできないとわかったため、事前抽選会を行うことになったらしい。

その話を聞いたとき、チェスターは遠い眼になっていた。社交界で日々、女性たちに取り囲まれながらもそつのない対応をしている彼だけれども、たそがれた気分になることもあるのだろう。

「俺は……っ、人生を共にする相手は、じっくりと落ち着いて探したいんですよ……っ！」と絞り出すような声でいっていた。

残念ながら、チェスターの容姿と人柄、それに家柄を考えると、なかなか難しいだろう。近衛隊の総隊長などは容赦なく、公開訓練期間の二週間、全日程に参加するように命じていた。「狩場に置かれた囮《おとり》用の肉だな、お前」といったのはバーナードだった。

そのバーナードは、期間中は毎日、わたしの護衛についてくれることになっている。公開訓練には一度も参加せずに。

――いえ、これは決して、公私混同ではないのですよ。わたしのわがままだとか、独占欲の表れではない……はずです！

わたしは胸の内で、誰にともなく言い訳をした。

いくら、お見合いの側面があり、独身者の参加が多いといっても、隊長職にある者が一度も顔を出さないというのは異例だろう。わかっている。実際、お兄様付きの近衛隊隊長は、初日にすでに参加して皆に挨拶したと聞いている。

だけど、バーナードは「俺が暗殺者なら、今の時期は忍び込むには最適だと考えます」といって、最初から訓練に参加する気はない様子だった。

「人の出入りが激しく、新顔がいても気に留めない。こういった浮ついた時期は危険なんですよ。

俺は殿下のお傍《そば》を離れませんから、殿下も何か心配事や気になることがあったら、すぐにおっしゃってくださいね」

そう警戒を増した顔でいうバーナードに、わたしは頷いた。

頷いた、だけだった。

――本当はそこで「一日だけでも訓練に顔を出してみたらどうかしら？」と勧めるのが王妹の務めというものだったでしょうか？　いえ、去年はきちんと勧めたのですよ！　去年は自制できたのです。でも今年は、バーナードに行ってほしくなくて……！　婚約者になったのだし、このくらいのわがままは許されるかと思ってしまって……！

だってバーナードは、こんなにも格好良いのだ。

端整な顔立ちも、鋭い眼差しも、圧倒的な存在感も、ふと笑ったときの柔らかさも、こげ茶色の瞳が優しくこちらを見つめるときのあの表情も、もう、何もかもが格好良い。毎秒ごとに格好良さの最高値を更新している。これほど素敵な人はほかにいない。

王妹であるわたしの婚約者となったこともあり、今は皆チェスターに夢中なようだけれど、もしバーナードが公開訓練に参加したら、女性たちの眼は彼に釘付けになってしまうにちがいない。恋に落ちてしまう女性の一人や二人、十人や二十人、百人や二百人、いてもなにも不思議はない。

近衛隊総隊長のネヴィル卿はバーナードに向かって「ご令嬢たちを恐怖のるつぼに陥《おとしい》れたくなかったらお前は来るな。たとえ殿下が見学されるといっても来るんじゃない。失神者続出なんてことになったら私の名声に傷がつく」なんていって、「殿下が行くなら俺も行きますよ。それ以外では行きませんけど」と返されていたけれども、察するにあれは、ネヴィル卿がわたしに気を遣ったのだ。王妹の婚約者が、公開訓練の場で女性たちに黄色い悲鳴を上げられているのはよろしくないと判断したのだろう。

だけどわたしは、気遣わなくていいということはできなかった。

バーナードが女性たちに取り囲まれている姿を想像すると、どうしても胸の奥がモヤモヤしてしまったからだ。

――自分がこれほど心の狭い人間だとは思わなかったわ……。

頭を抱えたくなる。婚約前まで存在していたはずの自制心は、空高く羽ばたいて消えてしまったらしい。今すぐ戻ってきてほしい。

現在のわたしは、バーナードに対する欲望があふれ出てしまっていると思う。長年せき止められていたはずのものが、婚約者になった途端に勢いよく噴き出してしまっているのだ。

――バーナードには、絶対に気づかれないようにしなくてはいけません……！

わたしは王妹であり彼の上司なのだ。婚約者になったとはいえ、独占欲や嫉妬心に駆られて公私混同するなどもってのほか。今まで通り、理性的な姫君としての振る舞いが大切だ。

……ええ、大丈夫よ。きちんとわきまえているわ。公開訓練への参加を勧めることはできなかったけれど。だってバーナードがきゃあきゃあいわれているのを見たくなかったんだもの！

表情には出さないまま内心で七転八倒《しちてんばっとう》していると、ライアンが説得材料を増やそうとするかのようにいった。

「副隊長のせいで、騎士団にも被害が出てるんスからね！　ほら、何が何でも勝つためにって、騎士団長が西の砦《とりで》から呼び寄せた切り札ですよ。去年、その男が出ていたら、騎士団が勝っていたはずだっていう」

　あぁと、わたしは思い返しながら頷いた。

　去年の御前試合は、大方の予想を裏切って、近衛隊が勝利した。

　御前試合は伝統的な行事だけれど、お父様――先王の時代には形骸《けいがい》化していた。最初から勝敗の決まっている茶番劇だったといってもいい。

　貴族階級で構成された近衛隊と、平民出身者が多い騎士団。立場で競えばどちらが強いかなんて目に見えている。身分や地位は関係なく、純粋な実力勝負というのが御前試合の決まりだけれど、その決まりも、最高位にある者が尊重しなくては意味がない。

　先王は御前試合に興味がなく、先王に近しかった聖教会は、教会の管轄ではない伝統的な祝祭にいい顔をしなかった。結果として御前試合は常に近衛隊が圧勝する無意味な見世物となり、騎士団からは疎《うと》んじられた。

　それを本来の形に復活させようとしたのが去年だ。

　お兄様の代になってからの初めての開催で、いかなる圧力も認めないと宣言された上での試合だった。

実力勝負なら騎士団が圧勝する。誰もがそう考えていただろう。そもそも、組織としての規模でいうなら騎士団のほうが圧倒的に大きい。人員も豊富だ。近衛隊に負ける理由は一つもない。

――と、思われたのだけれど、結果は予想をひっくり返した。

双方から選出される五人の勇士。五回の戦い。三度勝利した側が勝つ。

先鋒である第一の騎士を務めた岩のような近衛騎士、陛下付きの副隊長。

大将である第五の騎士を務めた光のような近衛騎士、王妹付きの副隊長。

つまり、五大公爵家である黒脈《こくみゃく》のオーガスと金蓴のルーゼン、それぞれの次男と三男は、騎士団の精鋭を前にしても圧倒的に強かった。

あの試合に仕込みだなどと文句をつけられる者はいなかっただろう。わたしも貴賓席にいたから知っている。オーガス家の次男とチェスターは、素人目に見ても格がちがった。

とはいえ、この二人だけなら騎士団の勝利だったのだ。

しかし、第四の近衛騎士もまた勝った。彼は総隊所属であり、二人の副隊長ほど勇名が轟《とどろ》いていたわけではなかったけれど、必死の打ち合いの末に勝利を摑んだ。あの試合が一番、見ていてハラハラドキドキした。去年の御前試合でもっとも盛り上がったのはあの四戦目だったんじゃないだろうか。オーガス家の次男とチェスターはそつなく勝っていたし、第二と第三の近衛騎士は早々に敗れていた。

ちなみにバーナードは出場していない。貴賓席にいたお兄様とわたしの護衛についていたからだ。「こんな開《ひら》けた場所で、殿下のお傍を離れられますか」というのが彼の主張だった。護衛隊長としては、闘技場のような場所は、その危険性の高さが好ましくないものらしい。

御前試合の勇士に選ばれるのは騎士として最高の名誉ともいわれるのだけど、バーナードは鼻で笑って「殿下の兄君からもらう名誉など、犬の餌にもならないでしょう」といっていた。お兄様が傍にいるというのに、堂々と。お兄様の額に青筋が浮かんでいたのが懐かしい……いえ、懐かしくないわね。最近も頻繁に見ているわ。

とにかく、去年がそういった結果だったため、余裕綽々《しゃくしゃく》でいた騎士団には衝撃が走り、騎士団長は今年は絶対に負けられないと、わざわざ西の砦の英雄を王都まで呼び寄せたのだった。

「すっごい美形らしいっスよ。うちの副隊長にも負けてない顔だとか」

「それは、それは。今年の騎士団の公開訓練は、ひときわ盛り上がっていそうですね」

「準騎士の飲み仲間なんて泣いてましたけどね。女の子がみんなそっちに行っちゃうって。でも実際、剣の腕は立つし、顔もいいし、平民とは思えないほど知識も豊富で頭が切れるんだそうっスよ。それでいて控えめな性格で物静かな読書家、さらには神への祈りも欠かさない真面目な男だとか。もう、めーっちゃくちゃいやっスよね！　絶対に同じ職場にいてほしくないタイプ！　存在自体がムカつく男ですよ！　ねえ隊長！　隊長もそう思いますよね!?」

「なにがムカつくのかわからん。殿下に害意があるのか、そいつは?」

「あったら大問題でしょうがッ!　何いい出すんスか!　いくら俺でも反逆罪で陥れようとか考えてないっスからね!?」

「ならどうでもいいだろ」

「はー……、隊長相手に共感を求めた俺が間違ってました……」

わたしはくすくすと笑いながら、取りなすようにいった。

「西の砦の英雄ギルベルトですね。わたしは会ったことはありませんが、活躍の噂は聞いています」

西の砦は、草原国ターインとの国境を睨《にら》む位置にある。

先王の時代、ターインは、このディセンティ王国内の混乱に乗じて攻め込もうと、勇猛と名高い騎馬隊を動かした。しかし、その高い機動力をもってしても西の砦を陥落させることはできなかった。

そこに若き英雄ギルベルトがいたからだ。

彼は剣の腕のみならず、攪乱《かくらん》と誘導に長《た》けた知恵者で、騎馬隊を罠にはめ、動きを封じた上で反撃に出て、国境を守り切った。

あれほどの功績があれば、昇格はもちろんのこと、王都に置かれている騎士団本拠地への栄転の話もあったはずだ。けれど彼は、自分がまだ若輩《じゃくはい》の身であることを理由に、そのどれもを頑なに断って、平騎士として西の砦に残ることを望んだのだという。

その欲のない態度や謙虚な人柄から、清廉《せいれん》の騎士ギルベルトとも呼ばれている。騎士団が誇る若き英雄だ。

「明日は騎士団への視察が予定に入っていますから、噂の英雄の姿も確認できると思いますよ。護衛騎士の人員には、ライアンも入っていましたよね？」

後半はバーナードへ向けて確認すると、彼は頷いてからいった。

「明日は、殿下の馬車の前後左右を固める陣形で、計三十名の近衛騎士が騎馬隊として護衛につきます。騎士団内部まで同行するのはそのうちの五名ですね」

「わたし自身も馬車ではなく馬で行ったほうが早いのですけど……」

「ハハッ、殿下はときおり、ご自分が守られるべき立場にいらっしゃることをお忘れになるようで困りますな」

バーナードの目が笑っていない。

馬車はあまり速度が出ないので、馬に乗って行くほうが好きなのだけど、わたしの近衛隊隊長にいわせると、遠距離から攻撃を受けたときのことも考えてくださいとのことだった。馬車ならまだ初撃は防げるからと、バーナードは基本的には馬車の使用を譲らない。

騎士団の本拠地へ行くだけで、ゼムル河を越えるとはいえ一応王都内なのだから、弓矢が飛んでくることはまずないだろうと思ったけれど、万が一を考えるのが彼の仕事だ。それにこげ茶色の眼が怖い。

　わたしはコホンと咳払いをしてごまかし、話題を元に戻した。

「騎士団内部まで同行するのは、あなたと、ほかには？」

「チェスター、コリン、経験を積ませるために新人のサイモン、それと残念ながらライアンです」

「なんで俺だけサラっとけなしてくるんスか？　部下いびりっスか？」

「チェスターも？　近衛隊の公開訓練に全日参加予定と聞いていましたが」

「騎士団の偵察に行く――特に西の砦の英雄殿の力量を測ってくるという名目で、必死に休みをもぎ取ったそうですよ」

　バーナードが憐れみ混じりの顔でいう。

　わたしは首を傾《かし》げて、ライアンへ視線を向けた。

「チェスターが訓練を休むなら、明日がチャンスなのではありませんか？　わたしの視察についてきていいのですか？」

「殿下、俺のことをなんだと思ってるんスか？　貴女様の護衛騎士ですよ？　忠実なる下僕っスよ？　どこへなりともお供しますとも！」

「こいつ本人の希望なんですよ。今人気の英雄殿の話題を仕入れたいとうるさくて」

　バーナードがげんなりした顔でいう。

　ライアンは怯《ひる》むそぶりもなく胸を張った。

「だって御前試合への出場が確定してる男っスよ!?　女の子たちにウケる話題間違いなしっス！　それに隊長だって、英雄サマの実力が気になるでしょ？」

バーナードは心底どうでもよさそうな顔をしたけれど、ライアンは両手を揉みながら上司を窺った。

「隊長の観察眼なら、英雄サマを見ただけで、御前試合の勝敗まで予想がつくんじゃないっスか？　ね、わかったら教えてくださいね？　今の時点の予想でもいいっスよ！　今回はどっちが勝つと思います？」

バーナードは完璧に聞き流すことにしたらしい。答えるそぶりもない。

わたしは少々思案してから、さりげない口調でいった。

「ライアン。御前試合を賭けの対象にすることは禁じられていますよ？」

明るい栗色の髪の近衛隊隊員は、顔をひきつらせたまま硬直した。

夜色の髪をした近衛隊隊長は、表情を消して剣に手をかけた。

「殿下、許可をいただけますか」

「まあまあ、落ち着いてください、バーナード。わたしも今、かまをかけてみただけなのですよ」

「さすがのご明察です。気づかなかった己を恥じるばかりです。部下の不始末には上司として責任を取ります。どうか許可を」

「バーナード、わたしは護衛騎士同士の流血沙汰は見たくないのです」

「なるほど、配慮が足らず申し訳ありません。ですがご安心ください、殿下」

バーナードは剣から手を放し、微笑《ほほえ》んでいった。

「俺は最近、薄い刃物で心臓を一突きにすることで出血を最小限に抑え、病死に見せかけるやり方を身につけたところです。殿下のご希望とあれば、そちらでやりましょう」

「いつの間にそのような暗殺者じみた技術を……？」

呆気に取られてそう呟きながらも、ご希望ではないのでやめてくださいねと念押しした。

◇

翌日、揺れる馬車の外で、チェスターが淡々という声がした。

「近衛隊の隊舎の傍に桜の大木があるでしょう？　あそこがいいんじゃないですか、埋めやすくて」

「確かに土の上でやるのはいい。首を飛ばしても血を拭く必要がないからな」

「そうですよ。殿下の執務室なんてもってのほかです。掃除が大変でしょう」

「その点は俺も反省しているさ。こういうときに手間を惜しむものじゃないな。後始末も考えてやるべきだった」

血なまぐさい会話に、わたしが馬車の中で額を押さえていると、ついには悲鳴じみた叫び声が上がった。

「さっきから聞いていれば、二人ともどういう神経してるんスか！　部下の死体の隠ぺい工作について話し合うとか、あり得ないでしょ!?」

わたしたちが向かっているのは王都の東、ゼムル河にかかる大橋を渡った先にある騎士団の本拠地《一の剣》だ。

天候に恵まれて晴れ渡った空の下、わたしは近衛隊の護衛騎士たちに囲まれながら、視察に訪れていた。

王都の中でも特に賑わいのある区画を通り過ぎ、川音を聞きながら大橋を渡り、騎士団の本拠地へ近づく。

《一の剣》と呼ばれるこの場所には、五つの大門がある。一般の来訪者向けの門や業者向けの通用門、海軍との連絡路ともなるゼムル河に面した航路門など、それぞれの用途によって分かれている。

わたしたちは貴賓用の門から入った。そのため残念ながら、見学者たちの乗合馬車で埋め尽くされていると噂の一般向けの門の様子は見えなかった。

建物の入り口付近まで来ると、すでに騎士団の礼服を纏《まと》った人々が迎えに出ているのが見えた。

馬車は建物の前で止まり、前後左右を固めていた近衛騎士たちも皆、馬から降りる。最後にわたしが、差し出されたバーナードの手を取って馬車から降りた。

出迎えに来ていた騎士団の者たちが、一斉に敬礼する。

その中央にいる人物の姿に、わたしは首を傾げた。

「エバンズ卿？　すでにアルミナに向かって出立していると聞いていましたが」

アルミナは国内南部に位置する街で、美しい湖と、春告げ鳥が足を止めたといわれる伝説の大樹を有している。祝祭の最後にはその大樹の枝を春の神へ捧げることになっており、騎士団がアルミナの領主から枝を預かってくるのは伝統の行事だ。

「その予定だったのですが、少し出立を遅らせました。殿下にご挨拶だけでもと思いまして」

そう答えるのは騎士団長のエバンズ卿だ。

がっしりとした大柄な体格に、ご婦人方からは強面《こわもて》と評される顔立ち。戦場においてはその眼光は雷鳴のごとく鋭く、兵たちへ指揮を飛ばす声は大地を揺るがすほど。しかし平時においては穏やかで面倒見の良い人物だ。

わたしとエバンズ卿は並んで歩き、その周りを近衛隊と騎士団の者たちが固める。

この《一の剣》は大樹のように大きな柱が等間隔に立ち並び、一階は吹き抜けのような造りになっている。わたしが視察に来るということで、通行の整理でもしているのか、わたしたち以外に人影はなかった。

「殿下はアルミナへ行かれたことがあるのでしたな」

「ええ、昔、無理をいって青貝湖《せいかいこ》を見に行きました。宝石のように美しいと評判ですからね」

「そのような建前は、今さら必要ありませんでしょう。殿下のお陰で、あの街は争わずにすんだのですから」

それには笑うだけで答えず、わたしはおもむろに足を止めた。

エバンズ卿は怪訝《けげん》な顔をしたけれど、わたしは彼を見つめたまま、振り向くことなく告げた。

「バーナード、皆を連れて先に行ってください」

返ってきたのは苦々しい了解の声だった。わたしの近衛隊とともに、騎士団の者たちも、戸惑いながらも遠ざかる。

「これで二人きりですよ、エバンズ卿。誰の眼もないとまではいいませんが、小声で話すには十分でしょう」

騎士団長である彼が、わざわざ出立を遅らせてまで、わたしを待っていたのだ。今回の視察が、実質的には慰問であり、対外的なアピールに過ぎないと知っている彼が。

これが、ただの挨拶のためであるとは思えなかった。

エバンズ卿は迷いの滲む瞳で、ためらうようにいった。

「殿下に隠し事はできませんな。……ぶしつけな質問になりますが」

「なんでしょう」

「……西の砦の英雄ギルベルトと、面識はおありですか？」

わたしは瞬《まばた》き一つの間に、その問いかけの意味について推測を巡らせたけれど、結局はただ事実を口にした。

「いえ、彼の姿を見るのは、今回が初めてですよ。もっとも、そうと知らずにどこかで顔を合わせていた可能性はありますけれど」

　エバンズ卿は失望とも安堵ともつかないため息を漏らした。

「王女殿下であられた頃は、国内を飛び回っておられましたものな。いや、おかしなことを伺って申し訳ない。実のところ、私自身、事情を把握しているとはいいがたい状況でしてな」

　百戦《ひゃくせん》錬《れん》磨《ま》と名高い騎士団長が、眉を下げ、慎重に言葉を選びながら続けた。

「ただ、皆は、今年こそ御前試合に勝つために、私がギルベルトを呼び寄せたと噂しておりますが、ちがうのですよ。私があやつを御前試合に出そうとしたのは、去年の話です。去年は断られました。それが……、今年は自分から立候補してきたのです。どういう心境の変化かと思って尋ねたところ、逆に、殿下のご婚約について根掘り葉掘り聞かれましてな。殿下のみならず、バーナードについてもです」

「それは……、なにか不穏な気配があるということですか？」

　わたしが眉を顰めて尋ねると、エバンズ卿は慌てたように両手を振った。

「いやいやっ、あれは忠誠心の厚い男です。国を守るためならば命を賭ける覚悟ができております。ただ、その……、まだ若い男ですし、ときにその、恋は人を狂わせるといいますからな……」

　そこでようやく騎士団長のいわんとするところを察して、わたしは少しばかり面食らった。はあと、微妙な相槌《あいづち》を打ってしまう。

つまりエバンズ卿は、かの英雄が、わたしに恋愛感情を抱いているといいたいのだろうか？　理解しても、困惑が大きい。知り合いですらないのに、そんなことをいわれてもという気分だ。だいたい、婚約について詳しく聞いたというだけだろう。単なる好奇心かもしれない。たとえエバンス卿からは恋に見えたとしても、本人が打ち明けたというわけではなさそうだし、確認を取らずに勝手なことをいうのはよくないだろう。

もちろん、騎士団長である彼が軽々しくこんなことをいい出す人物ではないということもわかっているけれど……、なにか誤解があるんじゃないだろうか。

「まあ……、若い騎士でしたら『王家の姫』というものに憧れを抱く時期もあるかもしれませんけれど……、もしもそうだとしても、わたしはすでに婚約者のいる身ですから」

「ええ、もちろんです。その件で殿下のお心を煩《わずら》わせるつもりはないのです。ですが、そうであれば、ギルベルトも殿下のお言葉にだけは耳を傾けるやもしれない。そう思いましてな」

何かまだ伏せられた事情があったらしい。わたしが続きを促すように見つめると、エバンズ卿は迷いが色濃く残る瞳で、ためらいながら口を開いた。

「これはまだ、陛下にしかご報告していない話です。あの者は、本当は——……」

そのときだ。苛立つような靴音と、叫ぶような声が響いた。

「ここにいたんですか、団長！　いい加減もう出立しないと、獣道で野営をする羽目になりますよ——っ、殿下！　しっ、失礼しました！」

エバンズ卿の身体に隠れて、わたしが見えなかったのだろう。

慌てて敬礼した騎士に、気にしないように告げる。エバンズ卿が部下の非礼を詫びてくるので、そちらにも軽く首を横に振って応えた。

エバンス卿は最初から迷いが強かったからだろう。集中が途切れてしまったときのような、どこか気が抜けた息を零《こぼ》すと、申し訳なさそうにいった。

「殿下、話の続きは、戻ってきてからにさせていただいてもよろしいでしょうか?」

「ええ、気をつけて行ってきてください。この時期はまだ冷え込みますからね」

◇

エバンズ卿と別れて歩き出せば、すぐにバーナードたちが現れる。皆、先に行ったのではなく、距離を取った上で待機してくれていただけだ。

騎士団の担当者からも挨拶を受けて、今度こそ視察を始める。

といっても、今回の訪問の真の目的は『王家は近衛隊だけを重宝しているわけではない、騎士団にも心を砕いている』という姿勢を見せることだ。つまり、内部監査的なことは一切ない。騎士団内のさまざまな部署に顔を出し、わたしから気軽に声をかけて、仕事の話などを聞き、王家はあなたたちを誇りに思っていると示すことが主な仕事である。

担当者に案内されて騎士団内部を一通り回った後は、公開訓練の見学だ。

一般の見学者たちと区別して安全を確保するために、訓練場に面した建物の二階には貴賓席が設けられている。造りとしては、劇場にあるボックス席と同じようなものだ。

わたしが席に着くと、訓練場の騎士たちは一斉に敬礼した。見学者たちからは、ざわめきと歓声が上がる。

それらに手を振って応えると、号令がかかり訓練が再開された。

わたしの席の周りを固めるのは、近衛隊の面々だ。騎士団の担当者と、騎士団側がつけた護衛騎士たちは、やや離れた場所に立っている。

それをいいことに、わたしはそっと右隣に立つバーナードに尋ねた。

「ギルベルトらしき人物がどこにいるかわかりますか？　なんでも、月光のような銀の髪に、凍りついた若葉のような瞳を持ち、大変な美貌との評判ですけども」

訓練場からこれほど距離があると、顔を見分けるのは難しい。でも、それはわたしの場合であって、バーナードの眼なら見通すだろう。

「そうですね……、髪色と眼の色、それに見学者たちの視線が集中していることからして、東から四列目、北から五列目で打ち合いをしている男で間違いないでしょう。見えますか、殿下。今、膝をついた男がいるでしょう？　あれの対戦相手です」

示された人物はわかったけれど、やはり、その容姿までは識別できない。だから続けて尋ねた。

「あなたは彼に見覚えがありますか？」

「ないですね。……騎士団長の話は、あの男絡みですか？　エバンズ卿の勘違いだったのかもしれません」

「ええ……、ですがおそらく、問題ないでしょう。」

わたしはホッと肩の力を抜きながら答えた。

バーナードは初めて出会った日から今日まで、ずっとわたしの護衛をしてくれている。その彼が見覚えがないというなら、ギルベルトという名前を知らなかっただけで実は面識があるという可能性も低いだろう。

恋だなんだというのは、エバンズ卿の思い違いかもしれないし、仮に正しかったとしても、それは姫という偶像への憧れのようなものだろう。だいたい、お兄様が実権を握る前までは、世間知らずでわがまま放題だと、それはもう評判の悪い王女だったのだ、わたしは。本気の恋愛感情など向けられるはずがない。

もちろん、バーナードは別だけれども。

バーナードはわたしを好きだといってくれる。あのこげ茶色の瞳が、蜜のように甘く優しくなって、わたしを見つめてくれる。

思い出すだけで胸がきゅうとなって、落ち着かない気持ちになってしまう。

一回だけだけれど、キスだってしたのだ。まだ一回だけだけれど。おかしい。もうそろそろ二回目や三回目があってもいいはずだ。やっぱりあの膝枕のときに好機を逃した気がする。

わたしは内心でむむむと唸りながら、改めて訓練場を見つめた。

「聞いてはいましたけれど、本当に見学者が多いですね」

しみじみといってしまう。

今度は左隣から声がした。

「ギルベルト殿もお気の毒に。彼の苦悩は、俺にも手に取るようにわかりますよ」

「なんでちょっと嬉しそうなんスか、副隊長」

「ライアン。ボウフラ頭なお前には理解できないだろうが、人は自分と同じ境遇の相手を見つけると、孤独を分かち合えた喜びを感じるんだ。ギルベルト殿もきっと『一目で視線を奪われ、二目で心を奪われ、三度見たら魂を奪われる容貌』などという風評被害に悩んでいるにちがいないさ。ハハハ、俺は死神か？　ハハハハハ」

「やベーテンションになってますけど、あっちは副隊長とちがってモテモテな状況を満喫してるかもしれないじゃないっスか。女の子たちに手を出しまくってるかもしれないっスよ」

「ボウフラ先輩と違って、西の砦の英雄は清廉の騎士殿ですよ。そんな真似《まね》するはずがないでしょ」

「お子様なコリンくんにはわからねえ世界があるんだよなあ」

ライアンとコリンが睨み合い、新人のサイモンが青ざめている。

いつもの光景に笑いを零しながらも、わたしはふと気がついてしまった。

この公開訓練が終了したら、わたしは訓練場へ下りて、皆へねぎらいの言葉をかけることになっている。そこまでが今日の視察の予定内だ。

つまり、この大勢の見学者の女性たちの前に、バーナードを連れていくことになるのだ。

――皆、一目で恋に落ちてしまうんじゃないかしら……!?

あわあわと胸の内で激しくうろたえる。

うかつだった。貴族の令嬢のように流血夜会事件に居合わせたこともない女性たちだ。バーナードを恐れることはないだろうし、当然、彼のこの圧倒的な存在感に目を奪われることだろう。ああ、バーナードに上がる黄色い歓声が、今から聞こえてくるようだ。

わたしが表情には出さずに動揺していると、バーナードがそっと身を屈めて、わたしの耳に囁《ささや》いた。

「何か気にかかることがおありですか、殿下？」

心臓が縮みあがる。彼の察しの良さが、今日ばかりは恨めしい。

わたしは慌てて、取り繕《つくろ》うようにいった。

「いえ、英雄の実力はどのようなものかと思いましてね。バーナード、あなたなら、今年の勝者はどちらか予想がつきますか？」

途端にライアンの呻き声が上がり、チェスターが涼しい顔で鞘《さや》ごと剣を腰へ戻した。

大方、興味津々の顔でも見せたのだろうけれど、賭け事は禁止されているので諦めてもらいたい。

バーナードは「そうですねえ」と右手で顎《あご》をさすりながら訓練場を眺めた。

「チェスター、近衛隊の第四の騎士は去年と同じか？」

「ええ、エンリケのままですよ。今年入れ替わるのは第二と第三だけです。まだ内定段階ですが、今年の第二は総隊のエリック、第三はローディスだそうです」

「それじゃ、今年はうちの負けですね」

バーナードがあっさりという。

チェスターたちはぎょっとして彼を見た。わたしもまた瞬いて彼を見上げる。

バーナードはわたしに向かって軽く肩をすくめていった。

「あの英雄殿が出るなら、九対一の確率で英雄殿の勝ちです。チェスターとオーガスが勝っても、三勝目は騎士団が獲《と》るでしょう」

「それほどに強いのですか？」

「あれは……、そうですね、オーガスで互角でしょう」

バーナード以外の四人の近衛騎士たちから、密かなどよめきが上がる。

五大公爵家のうち、金蕚のルーゼン家が利の一族と呼ばれるのに対し、黒脈のオーガス家は武の一族と呼ばれる。

このディセンティ王国の北方の護り、北の盾、五大公爵家最大の軍事力、それがオーガス家だ。

お兄様付きの近衛隊副隊長ガルド・オーガスは、黒脈家の直系次男であり、あの一族の者らしく岩のように荒々しい外見と、その見かけを上回る実力を持っていることで有名だ。

「まあ、チェスターなら、七対三で勝てますよ」

バーナードがフォローするようにいう。

そのチェスターは、ぼやくように呟いた。

「光栄ですといっていいのか……。騎士団側は、英雄殿を俺の対戦相手にはしないでしょうからね」

「確実に勝ちを狙うなら、お前とオーガス戦は捨てるだろうな。三勝すればいいんだ。お前たちに勝つ必要はない」

バーナードが低く笑いを含んだ声でいう。

それから彼は、再び身を屈《かが》めて、わたしと視線を合わせるようにして告げた。

「ですが、殿下。俺ならば十対零《ゼロ》の確率であの英雄殿に勝利できます。あの男だけではありません。俺一人で、この《一の剣》にいるすべての戦力を壊滅させられます。なにか心配事がおありだとしても、そのことは御心に留《とど》めておいてください。俺はこの場の全員の首を落とせますから」

最強の騎士が、わたしを励ますように力強くいう。

実力に裏打ちされた自信に満ちた面差しは、とても格好良くて、見惚《みと》れてしまう――ところだけれど、内容の物騒さには少々顔が引きつった。どうしてバーナードはこんなにも格好良さと恐ろしさが同居しているのだろうか。

「彼らは味方ですからね、バーナード。殲滅《せんめつ》はしなくてよいのですよ」

「隊長……、そういうこといってるから悪評が広まるんスよ」

　バーナードは「今さらだろう」と気にも留めずに返したけれど、ライアンは首を大きく横に振った。

「王宮界隈じゃなくて庶民の間で広まってるんスよ、今は。二週間前くらいからですかね？　どうも、噂の出所は騎士団みたいなんスけどね」

「具体的には？」

「うーん、そっスね、有名なのは〝呪いの魔剣に捧げられた生贄《いけにえ》姫〟ですかね。これは隊長が残虐で冷酷非道で、その本性は人間じゃなくて呪いの魔剣で、陛下を脅して殿下を無理やりモノにしたという……、ちょっと隊長、『なんだそんな話か』って顔をしないでくださいよ。そりゃ社交界でも聞きましたけどね、この噂！」

「まったくですよ、バーナード。わたしは憤慨しています。許せませんね」

「あっ、殿下はどうかそんなお気になさらないで……、所詮、一時の娯楽っていうか、どうせ次の話題が出たら忘れ去られる程度の話っスよ。ただ、貴族の社交界で流れた噂が庶民の間でもそのまま流行《はや》るのって、結構珍しいんスよね」

　ライアンは首をひねりながら続けた。

「普通、お偉方の情報なんて庶民の間までは降りてきませんし、噂が広まったとしても原型は留めてないんスよ。それが今回、そのままの内容でこんなに広まっているのは、ちょっと不思議ではありますね」

「誰かが意図的に広めたということですか？」

「いやぁ、そこまではわからないっスけど……、ただ、西の砦の英雄殿なんかは、戦場で活躍したから名前が売れてますけど、隊長って殿下と一緒に移動する災厄みたいなモンでしょ？　この噂が広まる前までは、庶民の間じゃ知名度は低かったんですよ。殿下と婚約したときも、せいぜい、護衛の騎士ですごく強いらしいって程度の話しか聞きませんでしたからね」

「まさか、騎士団の策略でしょうか」

　そう険しい声でいったのは新人のサイモンだった。

「悪評を広めることで、隊長の御前試合への出場を妨害しようとしているのではありませんか」

「わざわざ妨害されなくても出ないんだが」

　サイモンが「えっ？」と戸惑いの声を上げた。

　どうやら、去年のことを知らない彼は、最強の騎士なら当然選ばれるものと思っていたらしい。

　コリンが小声で説明してあげている傍《かたわ》ら、わたしたちの間には気の抜けた空気が流れていた。

「もしかしたら、あなたが出ると思っている者が、騎士団内にもいるのかもしれませんね」

「悪評といっても、俺を敵視している人間からすれば大方事実でしょうしね」

「敵味方の立場が違ったなら、わたしもあなたも悪魔のように見えるでしょうけれど、わたしたちの婚約についてはとんでもない濡れ衣ですよ。あなたを口説き落としたのは、このわたしだというのに」

「あー……、まあ、そうですね。姫様のその細腕で、俺に無理強いできるわけがないんですけどね」

◇

訓練の終了とともに訓練場へ下りて、皆の前で挨拶する。

「素晴らしい剣技を見せていただきました。あなた方が我が国の騎士であることを誇りに思います」

遠くてよく見えなかったなどとは言えないので、もっともらしい言葉と、王家の姫らしい穏やかな微笑みで押し切る。

挨拶が終わったら、視察も終了だ。

幸いなことに、バーナードが見学の女性たちから熱い視線を集めることはなかった。見学席側から見ると、わたしたちは訓練の騎士たちを挟んだ向こう側にいるため、やや距離がある。おそらく彼女たちにはバーナードの端整な顔立ちがはっきりとは見えなかったのだろう。

わたしは内心でホッと胸を撫でおろしていた。

この後は、騎士たちと見学者との交流会――つまり集団お見合い――が行われる。わたしがいつまでもお邪魔していたらやりづらいだろうと、早々に建物内へ引き上げようとしたときだ。

案内役の担当者が、一人の青年を連れてきた。

担当者のその誇らしげな表情と、青年の銀色の髪を見たら、その名前には見当がつく。

「殿下、ご紹介させていただきます。こちらが我が騎士団が誇る若き英雄、西の砦のギルベルトでございます」

青年が、わたしの前で片膝をついて首《こうべ》を垂れる。

「立ってください、ギルベルト。楽にして構いません。あなたの勇名は、わたしの耳にも届いていますよ」

彼は立ち上がると、まっすぐに私を見た。

それは、王家の姫に対してぶしつけであるといわれる態度だったろう。平民の騎士としては、あまりにものおじしない態度だったろう。

けれど、わたしは一瞬、彼のその眼に呑《の》まれていた。

苛烈な瞳だった。いったい誰が〝凍りついた若葉色〟なんて評したのだろう。覚悟が決まっている者の眼差しだった。自ら地獄へ行くことを選んだ瞳だった。振り返ることなく、死出の旅路へ赴《おもむ》く者の眼だった。――わたしはこの眼差しを知っている、知っている？　どこで？　既視感とともにこみ上げてくるのは奇妙な恐怖だった。

わたしは息を呑み、後ずさりしかけて、寸前のところで留まった。

大勢の見学者たちがこちらを見ているのだ。対応を間違えるわけにはいかない。

わたしは動揺を押し殺して笑みを浮かべた。

「二週間ほど前にこちらに到着したと聞いていますが、王都の生活にはもう慣れましたか？」

「――申し訳ありません、殿下」

唐突な謝罪の意味を問い返すより早く、視界は遮《さえぎ》られた。

今やわたしの前にあるのは、英雄の苛烈な瞳ではなく、最強の護衛騎士の背中だった。

まるでいつかの夜会の再現だ。わたしは慌てたけれど、幸い、ギルベルトの首が落ちた様子はなかった。ただ、辺り一帯が静まり返り、皆の視線がこちらへ集中しているのがわかった。

チェスターが、わたしに後ろに下がるように小声で呼びかけてくる。その指示に従って距離を取りながらも、わたしは戸惑いを露わに二人を振り返った。

バーナードは、いっそ淡々とした声でギルベルトへ告げた。

「剣に手をかけたら、お前の首を飛ばす。それが模擬剣だろうとな」

「そちらから出てきてくれて助かったよ。もとより俺は殿下に無礼を働く気はない。俺の目的は君だ、殿下の近衛隊隊長殿」

「なんだ、復讐か？　誰かの敵討《かたきう》ちでもしたいのか？　そういう話は休日にしてくれると助かるんだが」

「ようやく得た平和な世だ。戦場の遺恨を持ち込むような愚《おろ》かな真似はしないさ。だが、そうだな。確かに俺は愚かな男だろう」

ギルベルトが模擬剣を抜く。

警告を無視されたにもかかわらず、バーナードは動かなかった。

それはつまり、ギルベルトの標的がわたしではないと判断したということだ。

思わず彼の名前を呼んだけれど、バーナードは大丈夫だといわんばかりに軽く片手を上げるだけだった。

ギルベルトはバーナードへ剣を突きつけて、朗々とした声で宣言した。

「君に決闘を申し込む。君が力ずくで殿下と婚約を結んだというなら、俺が力ずくでそれを解消するのは筋が通っているだろう。俺のような人間が殿下を望む気はないが、しかし、俺が唯一と仰いだ姫だ。貴様の横暴を許すわけにはいかない。――俺が勝ったら、殿下との婚約は解消してもらおう」

どよめきが訓練場に響き渡った。

皆の驚愕が、草木を揺らすほどに渦巻いていく。

見学者の女性たちからは悲鳴のような叫びが上がった。

訓練後の騎士たちからも興奮しきった声が飛び交う。

「いやーっ！　どうして!?」

「ギルベルト様の本命はアメリア姫だったの!?　嘘でしょ!?」

「マジかよあいつ！　姫殿下狙い!?」

「すげえ、超大物いったな!!」

「あいつ死ぬほどモテるのに彼女作らないと思ったら、そういう!?　そういうこと!?」

「誤解よ！　これはあくまで生贄姫を助けようっていう高潔なお考えなのよ！」

「そうよ！　アメリア姫の婚約者ってすごい暴力男なんでしょ!?　ギルベルト様は悪党を倒そうとしているだけよ！」

「あいつが姫殿下とくっついてくれたら、今度こそ俺たちに春が来る……!?」

「頑張れ！　頑張れギルベルト！　騎士団はお前を応援しています！」

「バカ、お前ら、そんなこと言ってる場合か！　まずいだろこれ、大スキャンダルだろ!!」

わたしは戸惑いを通り越して、虚無に満ちた心地になっていた。

何なのだろう、これは。皆して勝手なことばかりいって。その筆頭はギルベルトだ。なにが決闘だ。なにが『婚約を解消してもらおう』だ。絶対にお断りだ。バーナードが勝とうと負けようと関係ない。岩にしがみついたって譲らない。譲りたくない。

――わたしは、なにがあっても絶対に、婚約解消なんてしてあげませんからね！

何なのだ、この男は。突然現れて、わたしからバーナードを奪おうとするなんて！

わたしが怒りに燃えて、口を開こうとしたときだ。

バーナードが、わらった。

くつくつと、低く重く、愉快そうに。

肩を震わせて、わらっている。

わたしはパキリと凍りついて、それから恐る恐るチェスターを見た。

チェスターもまた、青ざめた顔でわたしを見つめていた。

『これは、相当、怒っていますね……？』

『ええ、完全に激怒しているかと。無理もありませんが、このままでは流血騎士団視察事件になりかねません。いざとなったら俺が、身を挺《てい》しても隊長を止めます……！』

チェスターと、眼と眼で会話する。彼はすでに胃が痛そうな顔をしていた。

バーナードは不意に笑いを収めると、低く、怒気をはらんだ声でいった。

「殿下との婚約を賭けて、決闘だと？　西の砦の英雄殿は、ずいぶんと驕《おご》ったことをいうものだ」

「身分をわきまえろとでも？　しかし君も、もとをただせばただの流れ者だろう。野良犬同士が殺し合ったとしても、さして問題にはならないだろうよ」

ギルベルトは「それとも」と嘲《あざけ》るような声で続けた。

「アメリア殿下にふさわしいのは自分だと主張したいのか？　たかが剣の腕が立つというだけで？　それならせめて、俺を殺すくらいは簡単にしてみせてくれないとな」

あからさまな挑発だ。

わたしはバーナードの前に出ようとした。

わたしに害意のない者に対しては、彼は剣を振るわない。だからわたしが、バーナードの分まで、この失礼な男に対して反論を突きつけるつもりだった。

けれど彼は、軽く片腕を上げて、それを制した。自分でいい返すということだろうか？　それなら任せようと、わたしは足を止める。

皆の視線が、バーナードへ集中した。

わたしもまた、内心で『さあ、ガツンといってやってください！　わたしの婚約者はあなただけだと！　「彼女は俺のものだ」ですとか「誰にも渡さない」ですとか、そういう言葉も大いにありだと思います！』と応援の旗を振っていた。

夜色の髪をした世界で一番格好良い人は、低く響く声で告げた。

「お前の死に何の価値がある？」

ギルベルトが怪訝な顔をした。

わたしもまた、ぱちりと瞬いた。

バーナードは、底知れないほどの深い怒りを込めて続けた。

「殿下の行く道を決められるのは、殿下の御心のみだ。たかがお前の死や、俺の死ごときで、殿下の結婚相手が左右されると思うのか？　おこがましい。お前が死のうと俺が死のうと、殿下の道行きには何も影響しない。殿下の未来を決められるのは殿下のみだ。野良犬が二匹殺し合ったところで殿下に何の関係がある。お前の死も俺の死も無価値。――――それを、決闘の結果次第で殿下の婚約を解消するだと？　たかがお前か俺の死ごときで？」

訓練場が、しんと静まり返った。

皆の顔に浮かんでいるのは困惑と戸惑いだろう。

誰かが「えっ、そういう怒りなの？」と囁くのが聞こえてくる。気持ちはわかる。わたしも内心で応援の旗を握ったまま固まっている。

ギルベルトだけは、表情を消してバーナードを見ていた。

わたしの婚約者は、なおも憤懣《ふんまん》やるかたないという様子で続けた。

「お前のその傲慢さにはらわたが煮えくり返る思いだよ、英雄殿。今すぐその思い上がった脳天に剣を突き立ててやりたいが、それを決闘だと思い違いをされても困るんでな。まったく、やりづらい」

「……そうか、思ったより君は、弁の立つ男だったようだ」

では、と、ギルベルトは静かに微笑んだ。

「君がやりやすいようにしてやろう。殿下の婚約を賭けてとはいわない。俺はただ一人の男として、君に戦いを挑む。さあ、これなら受けてくれるんだろう？」

わたしは今度こそ前に出た。

バーナードに口を開かせずに、二人の間に割って入る。

「そこまでです。我が国の騎士に、馬鹿げた争いをさせるわけにはいきません。二人とも引きなさい」

バーナードは軽く頭を下げると、わたしを守るように隣へ来た。

ギルベルトは苦々しい表情で剣を納めて、片膝をつく。

わたしは、この騒ぎに好奇の目を注いでいる者たちにも聞こえるように、はっきりといった。

「騎士ギルベルト。あなたが王都へ来たばかりであることは知っています。長旅の疲れもあるでしょう。あなたの功績も踏まえて、今回は不問にします。ですが、誤解のないようにいっておきますよ。バーナードを婚約者に望んだのはわたしです」

「殿下……」

「わたしが彼を望んだのです。それを理解して、くだらない噂に振り回されずに、鍛錬に励んでください。わたしがあなたに望むのは、その一点だけです。わかりましたね？」

ギルベルトは、しばしの沈黙の後に頭を下げた。

衆人環視の中だ。この話は広まってしまうだろう――というわたしの懸念は、その日の晩には現実のものとなってしまった。

それも『呪いの魔剣に捧げられた生贄姫と、姫を救おうとする清廉の騎士の悲劇的な愛の物語』という偽りで創られた噂となって、誰かが意図的につけた火のような速さで王都中を席巻した。

第2章

「聞いたぞ、アメリア。ギルベルトに求婚されたそうだな！」

満面の笑みでそういってくるお兄様を、わたしは冷たい眼で見返した。

騎士団の視察の翌日、朝食の席である。

後宮内の一室であるため、この場に近衛騎士の護衛はつかない。代わりに衛士《えいし》たちが後宮全体の警備を固めている。この部屋に出入りするのも、限られた給仕の者たちだけだ。食事も済んだ後なので、彼らが入ってくることもない。今、朝日が差し込む室内には、お兄様とわたしの二人きりだ。

お兄様は昨日の話がしたくてうずうずしていたのだろう。料理を平らげていくのがいやに速かったし、ちらちらとわたしを見る眼も期待に満ちていた。

わたしは、お兄様の物言いたげな視線を無視し、真っ白に輝くテーブルクロスをぼんやりと眺めて食事を取っていた。昨日からの出来事を反芻《はんすう》し、推測を組み立てながら。

昨日は結局、視察から王宮へ戻った後も公務が立て込んでいて、あの出来事についてはいくつか指示を出しただけで終わった。お兄様も公務が入っていたので、報告は今日にしようと思っていた。

お兄様の即位以来、お互いに忙しくてすれ違いがちなわたしたちは、可能な限り朝食だけは共に取るようにしているから、今朝なら確実に会えるとわかっていた。

　考えなくてはならないことは二つだ。

　あの青年の真の目的と、それから、バーナードがいったこと。

　ギルベルトについてはいい。そちらは理性的に対処できる。

　だけど、バーナードのいった「俺の死ごとき」という言葉は、思い出すだけで、今すぐ彼の元へ走っていって詰め寄りたくなる。あなたの死がわたしに関係ないだなんて、そんなことがあるものですか！　と大声で叫びたくなる。

　あれが、決闘を避けるための方便だったのならいいだろう。でも、そうではないことを、わたしは知っている。あれはおそらくバーナードの本心だ。

　あの人は桁外れに強いから、周りにそうとは気づかれないけれど、自分の命をどうでもいいと思っている一面があるのだ。わたしのことは絶対に守ってくれるけれど、自分自身のことは死んでもどうでもいい、誰も自分を殺せないから生きているだけ、生きることも死ぬことも大差はない。

……そんな風に考えているところが、昔からあって、でも。

――わたしを妻にしてくれるといったじゃありませんかっ！

　声を荒らげてなじりたくなる。死んでもいいなんてひどい。あなたの命がわたしに無関係だなんてひどい。

そう、想像の中のバーナードを責め立てたところで、あら？　そういえば妻になってほしいとはいわれていなかったかもしれない……と気づいてしまった。

なんてことだろう。そういえば、バーナードから結婚してほしいとはいわれていなかった。いえ、でも、婚約者になるというのは結婚するということですよね!?

わたしは、目に痛いほどの輝きを放つテーブルクロスを眺めながら、内心で七転八倒した。

――いいえ、いいえ、バーナードはわたしを想ってくれているもの。足りないのはそう、対話です！　わたしがどれほど彼を愛しているか、彼のいない人生なんて考えられなくて考えたくもないのだと、伝えることが不足しているのです。これを改善するには、やはり、いちゃいちゃするしかありませんね！　もっとこう、バーナードを骨抜きにしてメロメロにして、わたしと末永く一生を過ごしたいと思わせてやるのです！　ふふ、そうです、そうしたら、わたしのこの愚かな独占欲も自然と消えてくれるかもしれません！

わたしは胸の内で勇ましく決意のこぶしを握りながら、表面上はつつがなく食事を終えて、そして――お兄様の発言である。

わたしのしらじらとした視線に怯むそぶりもなく、お兄様は顎をさすりながらしたり顔で頷いた。

「西の砦の英雄ギルベルトといえば、頭脳明晰にして容姿端麗、その人となりは清廉であり謙虚。平民ではあるが、草原国ターインの侵略を退けた功績は、本来は爵位を得るに値するものだった。本人が固辞したことにより話は立ち消えになってしまったが、なに、今からでも遅くはなかろう。

相応の地位と家柄を、この兄が授けようではないか。ついにお前にふさわしい求婚者が現れたのだ。穏やかな人柄で周囲からの信頼も厚く、将来を嘱望されている青年だ。なにより、あの狂戦士《バーサーカー》に怯《ひる》むことなく怯《おび》えることなく、お前への愛のために決闘を挑むという心意気よ！　素晴らしいではないか！」

「さすがお兄様、昨日の今日ですのに、お耳が早いことですね。……と、申し上げたいところですけれど、内容が事実と異なりますわ」

　わたしは少々じっとりとした眼で、向かいに座るお兄様を見つめた。

「ギルベルトはわたしに求婚などしていませんし、愛などありません。彼は、彼の言を信じるなら、生贄姫の噂を鵜呑みにして、バーナードの横暴を止めようとしたようです」

　存在しない横暴ですけどねと付け加えると、お兄様はなぜかフッと笑い、まるで教え子を諭す教師のような顔をしていった。

「可愛《かわい》い妹よ、ギルベルトの立場と男心もわかってやれ。いかにお前に恋い焦がれようとも、自分の身分で王家の姫を望むことなど不可能だ。天に手を伸ばしても届きはしない。ならばせめて、その憂いだけでも拭って差し上げたい――というこの涙ぐましい男心をだな！」

「恋愛小説でも読みましたの、お兄様？」

「お前こそなぜそれほど冷めているのだ、アメリア」

　ときめきを覚えたりせんのか？　と、お兄様が真顔でいう。

わたしがときめきを覚えるのはバーナードだけです、と返してから、それはともかく、と続けた。

「噂が出回るのが早すぎると思いませんか、お兄様」

明け方の報告を思い出す。

王都広しといえども、主要な区画は限られている。人々の営みは街道に沿って作られ、賑わいがまた人を呼ぶ。歓楽街や地下街もそこに影のように寄り添うものだ。

ライアンは賭け事や色事に眼がない青年だけれど、その分、庶民層にも人脈が広い。歓楽街にも顔が利く。彼に様子を探ってきてもらい、空が青白む時刻に後宮まで報告を上げてもらった。

私室に入れるわけにはいかないので、筆頭侍女のサーシャを伴って衛士の見張る中庭で話を聞いた。

「殿下に臨時の経費をはずんでもらいましたからね、知り合いを雇ってデカい通りの人気の酒場は一通り探らせました。残念ながら、殿下が心配されていた通りに、どこの店でもお気の毒な生贄姫と清廉な騎士の噂で持ち切りだそうっスよ。隊長は極悪人、倒されるべき悪、最低最悪の暴力男になってますね。人目につかないところでは殿下に殴る蹴るの暴行を加えてるそうっス、あの隊長が。まじウケる、ヒェッ」

最後の悲鳴は、わたしを見ながらだった。

夜明け前の青光の下で、大勢が未だ穏やかなまどろみの中にいる頃合いに、わたしは少々穏やかではない表情になっていたのだろう。しかしそれも、仕方のないことだ。

「生贄姫の噂が庶民たちの間で広まったのがおよそ二週間前。噂の出所は騎士団で、ギルベルトが王都に来たのもまた二週間近く前。今回はそこに〝姫を救わんとする清廉な騎士〟の話も加わって、あっという間に広まった。出来すぎています。まるであらかじめ布に油を沁み込ませておいてから、火をつけたかのよう。——もし、ギルベルトが火の役割を持つなら、彼の陰には油の役割を持つ者たちも潜んでいると見るべきでしょう」

「待て、待て、アメリア。お前は、ギルベルトからの求婚が、何らかの悪しき企みであるといいたいのか？」

「ええ。あの場はわたしが収めましたが、わたしが出て行かずとも《一の剣》で近衛隊隊長を相手に決闘することなど不可能だったはずです」

　騎士団の本拠地だ。たとえ本人たちが望もうとも、騎士団の上層部は許さなかっただろう。騎士団内部でのいさかいとはわけが違う。近衛隊隊長であり、今では王妹の婚約者である人物を相手に、私的な決闘など認められない。上層部はそう判断するはずで、実際にあのとき、何人かが慌てて建物内へ走っていくのが見えた。騎士団長は不在でも、留守を預かる者は当然いる。老練な将官で、視察中に挨拶も受けた。彼が出てきたら、ギルベルトは引くしかなかっただろう。

「そして、そのことをギルベルト自身わかっていたはずです。だとしたら、公開訓練の場で決闘を申し込んだのは、ただのパフォーマンス。本当の狙いは別にある」

「——ふむ。そうだな、たとえば、近衛隊隊長を御前試合に引きずり出すことか？」

お兄様はわずかに目を細めると、テーブルに両肘をついて手を組み、含みのある笑みを浮かべた。

「あの狂戦士《バーサーカー》は御前試合には出ない。それは調べたらすぐにわかることだ。だが、男としての名誉を著しく傷つける噂が流れた後でのこの決闘騒ぎ。放置したなら悪評が増すだけとわかっている状況で、ギルベルトの挑発を無視することは難しい。今からでも総隊長に掛け合い、王妹の婚約者として身分を振りかざしてでも、自分を対戦相手にねじ込むだろう。それが当然の行動だ――あの狂戦士《バーサーカー》を普通の人間と想定した場合はだがな」

「さすがはお兄様です」

わたしは今度は心からの敬意をこめていった。

「わたしが申し上げるまでもありませんでしたね。ギルベルトの危険性を、お兄様はすでに察しておられたのですね」

「ああ、素晴らしいではないか！　実に優秀だ！」

優秀？　と、困惑を覚えたわたしの前で、お兄様は楽しげに続けた。

「あの狂戦士《バーサーカー》を『普通の人間』として計画を立てたのだろう点だけは惜しいが――、いや、これは仕方のないことだぞ、アメリア。常軌を逸した所業というのは自分の眼で見なくてはなかなか信じがたいものだからな。奴に慣れてしまっているお前や私のほうが普通ではない。しかし、その点を除いたなら、実に優秀だ。名声はあっても身分や地位を持たないギルベルトの立場で、近衛隊長を決闘の場に引きずり出そうとするならこれが最善手だ」

お兄様は喜びすら滲ませていった。

「これは策だけあっても成り立つものではない。庶民層の情報戦を制することのできる人脈が必要だ。ギルベルトはそれを持っている、あるいは動かせる立場にいるのだろう。揺らがぬ望みを抱き、智謀を巡らせ、事を成すために力を尽くす。素晴らしい。清廉な騎士というのは、人としては得がたいものだろうが、やはり王妹の夫を目指すならば、清濁併せ呑む度量が欲しいところだからな」

わたしは、そこでようやく、お兄様と決定的に話がずれていることに気づいた。

しかしお兄様は、こぶしすら握りしめて意気揚々と続けた。

「愛するお前のために、己の持てる手段をすべて使い、泥に塗《まみ》れてでも戦おうとする清廉の騎士！　私の未来の義弟として、これほどふさわしい男がいるか!?　唯一惜しむらくは、もう半年も早く名乗りを上げてくれたらよかったのにという点だが、しかし安心しなさい、アメリア」

お兄様は光り輝く微笑みでいった。

「私は、お前の婚約破棄の慰謝料なら、いくらでも払う準備ができている――――ヒッ」

お兄様がこちらを見て、まるでライアンのようなかすれた悲鳴を上げた。

わたしは、お兄様を冷ややかに見つめて告げた。

「先代の隠し子でも現れない限り、お兄様の未来の義弟はバーナードだけです。それともお兄様は、わたしたちの命の恩人に対して、不誠実な振る舞いをしたいとおっしゃるのですか？　国王陛下ともあろう方が？」

「冗談だ、アメリア。これはちょっとした朝の軽い会話だ。だからそう兄に向かって威圧感を出すのはやめなさい。いやすまない。朝からする話ではなかったな、ははは」

お兄様がそらとぼけた顔で、わざとらしく笑う。

わたしはため息を一つついて、話を本題へ戻した。

「お兄様はまず、ギルベルトがわたしを愛しているという前提を捨ててくださいな。この際、仮定でも構いませんから、考えてみてください。愛など存在しなかったなら、あの男の目的は何です？　バーナードを御前試合に引きずり出すこと、それは間違いないでしょう。では、何のために？」

騎士団の勝利のために動いているわけではないことは明らかだ。

御前試合にバーナードが出てしまったら、騎士団は三敗する。ギルベルトがどれほど強くとも関係ない。万が一チェスターやガルド・オーガスが負けることがあったとしても、バーナードの勝利だけは揺らがない。彼の強さは、そういった次元に位置している。

それほどの強敵を、決闘の場に引きずり出す目的は何か？

「御前試合に出ないなら、バーナードは貴賓席にいるわたしたちの護衛についてしまう。おそらく、ギルベルトの真の目的はそこでしょう。最強の護衛を、わたしたちの傍から引き離すこと。つまり――暗殺です。わたしか、お兄様の」

ギルベルトがバーナードの注意を引いている隙に、共犯者が貴賓席を襲撃する。そういう手はずになっているのだろう。

彼のあの瞳を思い出す。あの既視感のある眼差し。どこで見たのかと記憶を探り、そしてたどり着いた。あれはおそらく聖教会だ。

「ですが、標的がわたしなら、バーナードはとうにギルベルトの首を落としています。どれほど殺気を隠そうと、彼の前では無駄なことです。わたしへの害意がある者を、バーナードは決して見逃しません。ただ……、標的がお兄様でしたら、彼はその、感知しないといいますか、あまり過敏にならないらしいので……。ギルベルト一派の標的は、間違いなくお兄様だと思われます」

途中でもごもご言葉を濁すわたしに、お兄様が生温《なまぬる》い眼をした。

しまった。未来の義兄弟《きょうだい》関係にひびを入れてしまっただろうか。

お兄様はテーブルに肘をついたまま、右の人差し指でとんとんと左の手の甲を叩いた。

「アメリア。もしやエバンズは、お前に何も告げずに出立したのか？」

「あぁ……、そのことについても伺おうと思っていたのです。エバンズ卿は、ギルベルトの事情について何か知っている様子でしたが、詳しいことを聞く前に出立の時間が来てしまったので」

「それでか。なるほど、どうしてお前が、美貌の騎士に求婚されたというのに、心揺れるそぶりも見せんのか不思議に思っていたのだが……。しかしあの事を知らなくとも、男二人に愛を告げられ寵《ちょう》を競われる状況というのは、女性にとってそれなりに心躍るものではないのか……？　まあ片方は人の皮を被った〝なにか〟だが」

「お兄様、わたしは妄想よりも先に事情を聞きたいですわ」

国王陛下の冷静沈着な薄青色の瞳が、しおしおとしおれた。

お兄様は、悲しげな息を一つ吐き出すと、すっと眼差しを切り替えていった。

「エバンズのいう通りなら、ギルベルトの真の名はランティス。ランティス・フォワード。先代辺境伯フォワード卿の長子だ。十年近く前に行方不明になったはずのな」

◇

朝食後、わたしは侍女たちを下がらせて、広く奥行きのある私室の中で一人扉の前に立ち、近衛騎士たちの迎えを待っていた。

普段なら、サーシャの淹《い》れてくれた紅茶を飲みながら、侍女たちと朝の会話を楽しんでいるところだ。彼女たちが入手したさまざまな噂や情報について耳を傾けることが日課だ。

しかし、今日はちがう。

彼女たちは皆、わたしを裏切ったのだ。

まず、その話題を切り出したのは、ドレスの知識や選定については並ぶ者がなく、夜会を一望しただけですべての令嬢のドレスのクチュールについて言い当てられるという目利きのニコレットだった。

「殿下、わたくしが微力ながらも調べたところによりますと、ギルベルト様は確かに人柄に人望、美貌に功績と、身分以外のものは持ち合わせているようですわ。親類縁者がいないことは、この場合は好ましいと考えましょう。狂犬隊長による万が一のときにも累《るい》が及ぶ心配がありません。美しき王妹殿下の真の婚約者として推薦できる男性かと存じますわ」

「いつから婚約者に真と偽ができたのです」

わたしは憮然としていった。

すると今度は、髪の艶《つや》を生み出す技術と、一分の隙もなく美しい髪型に整えてくれる手腕については右に出る者のいないグレンナが口を開いた。

「わたしは推《お》しませんねえ。美貌と功績だけなら狂犬隊長にもありますよ。ですけどね、我らの若葉のような瑞々しい姫殿下の夫に必要なのは、お立場を盤石に固めることのできる強さです。狂犬隊長にもギルベルトにもそれがない。持っているのはルーゼンの三男です。狂犬隊長は愛人にして、ルーゼンを獲りましょう」

「バーナードはわたしの愛する人であって愛人にはなり得ませんね」

わたしが低い声でそう答えると、ニコレットもたしなめるようにいった。

「馬鹿ね、グレンナ。わたくしたちの姫殿下に、愛人を持つなどという器用な真似ができると思うの？　わたくしは現実的な選択肢を提案しているのよ」

「現実的な話でいうなら、狂犬隊長を完全に切り捨てるのは損失が大きすぎるねえ。あれほど確実に暗殺を防げる男がほかにいるとでも？」

　言い争いを始めた二人に、ほかの侍女たちも加わって、その後はひどいものだった。

「わたしは狂戦士《バーサーカー》でいいと思いますよ〜、あの強さには、身分や権力では補えない価値があるでしょう。人の皮を被った呪いの魔剣ですよ？　貴公子や英雄ならほかにもいますけどぉ、あ〜んな凶悪な戦力はほかにいませんって」

「下手をしたら一国が滅ぶ強さだがね。私はあの男に結婚生活など送れるのか心配でならないよ。なのでニコ姉と同じくギルベルト殿を推す」

「皆様、落ち着いてくださいませ。殿下のお気持ちがすべてですわ。殿下が御心を向ける男性と結ばれてこそ、この国に幸福がもたらされるのですわ。あらゆる恋愛小説にそう書かれています。それは確かに殿方の肩書きが『西の砦の英雄』や『五大公爵家』という華やかさがあるのに対して『呪いの魔剣』というのはどうかと思わなくはないですけども。あら、わたくしが推すならチェスター様かしら」

「殿下の判断に従うのみです。殿下はすでにバーナード・フォスターと婚約を結ばれました。我が国において重婚は認められておりません。その一点においてのみフォスター卿を支持します」

　わたしは冷ややかに笑って、全員の退出を命じた。

　許せないのは、筆頭侍女であり、いつもなら彼女たちのお喋りをたしなめるサーシャが、今回に限って沈黙していたことだ。わたしの母親代わりでもある上品な貴婦人は、わたしが視線を向けると、そっと眼をそらしていた。あれはおそらくサーシャも『ギルベルトのほうが』だとか『ルーゼン家のほうが』だとか思っていたのだろう。

大変に遺憾である。

わたしの婚約者はバーナードただ一人だというのに！

そういうわけで、わたしは定位置であるソファを離れて、扉の前に陣取り、迎えの訪れを一人待っていたのだ。

やがて、見張りの衛士から声がかかり、近衛騎士たちの到着が告げられる。わたしは扉を開くように告げた。衛士の手で開かれた扉の向こう側には、予想通りにバーナードとサイモンが立っていた。

サイモンは、取り次ぎの侍女ではなくわたしがいることに、呆気にとられた顔をしているけれど、バーナードはわたしの存在に気づいていたのだろう。

怪訝《けげん》そうに見下ろしてくるこげ茶色の瞳に、わたしはいった。

「おはようございます。二人とも、今日もよろしくお願いしますね。ところでバーナード、棚の上の荷物を取ってほしいので、中に入ってください。高いところにあるのです。あなたでないと届かないのです」

自分でもあからさまな建前だと思ったけれど、昨日の今日だ。

話があることは、バーナードも察していたのだろう。抵抗はなく、すんなりと室内に入ってくれた。

扉が閉まると、二人きりだ。

「それで、どうなさったんですか、殿下」

護衛としての距離を保ってはいるけれど、彼の瞳にはわたしへの気遣いが滲んでいる。

わたしは改めてバーナードを見つめた。

近衛隊の隊服が、いつ見てもこの上なくよく似合っている。わたしは密かに、バーナード以上に隊服を格好良く着こなせる男性はいないだろうと確信している。いえ、もちろん、隊服以外の服装も格好良いのですけど。

バーナードは整った顔立ちに均整の取れた身体をしているので、なにを着ても素晴らしく似合ってしまうのだ。こうして二人きりになって、じっくり見つめると、その威風堂々《いふうどうどう》とした姿に改めて感嘆のため息が零れてしまう。自信に満ちたこげ茶色の瞳には、わたしの呼吸まで奪うほどの魅力がある。もしも、古神話の中に出てくる空の暴王たるドラゴンや、森の深淵たるグリフィンが、人の姿を取ったなら、バーナードのような圧倒的な存在感を放つにちがいない。

わたしは瞬き一つほどの間にうっとりと見惚れて、それからハッと我に返った。いけない。この状況下においては、わたしより彼のほうが不快な思いをしているはずだ。

「バーナード、あなたの耳にも忌々しい噂が届いてしまっていることでしょう。わたしが王家の人間であるばかりに、あなたにはいつも嫌な思いをさせてしまって、本当に申し訳ないと思っています。ですが、どうか信じてください。誰が何といおうと、わたしが愛しているのはあなただけです。

わたしの婚約者はあなただけ。それが揺らぐことはありません」

「わかっていますよ。そんな思い詰めた顔をしなくても大丈夫です。俺は何も気にしていません」

バーナードは軽く肩をすくめてみせた。

「だいたい、悪評を気に病《や》む男に見えますか、俺が？」

「それは、まあ……。あなたは気にしないでしょうけれど」

「ええ、どうでもいいですね。俺が何を気にして、何を気にしない男なのかは、殿下だってよくご存じでしょう？　俺は、殿下がそんなことで思い悩むほうが嫌ですよ」

だってと、わたしは少しばかり拗《す》ねた声でいった。

「今回の噂はひときわ最低なのですよ。あなたが力ずくでわたしと婚約を結んだとか、あなたが陰ではわたしに暴力を振るっているだとか！　許せません！　挙句の果てにはギルベルトを真の婚約者にどうかなどと……！　わたしたちがこんなにも釣り合いの取れたお似合いの婚約者同士であることが、皆どうしてわからないのでしょうか」

わたしは怒りのこぶしを握りしめる。

しかしバーナードは、気まずそうに首に手をやっていった。

「まあ、その点は俺も、自分が殿下にふさわしいと思ったことがないので、皆の反応に納得がいくところではありますね」

あまりの言葉に、わたしは目が点になった。

　まじまじと婚約者を見返し、彼が前言を撤回するつもりがないのを見て取って、わたしはふらりとよろめいた。バーナードが慌てて抱きとめてくれたのをいいことに、彼の顔を覗き込んで尋ねる。

「実はあなたは、密かに身分の違いを気に病んでいたのですか……？」

「身分は特に気にしていませんが」

「思い悩むあまり、手紙を残して突然の失踪をするつもりで……!?」

「今度は侍女に何を吹き込まれたんですか、殿下」

美形の婚約者は渋い顔をしても美形である。わたしは見惚れつつも説明した。

「ジュリアが勧めてくれた小説にそのような展開があったのです。さてはあなたも、あの小説の女性のように『俺のことは忘れてください』と置手紙を残して健気にも自ら身を引こうとするつもりですね？　だっ、駄目ですよ、バーナード！　そのような手紙、わたしは受理しませんからね！」

　わたしは真剣に訴えたのに、バーナードは乾いた笑みを浮かべた。

「俺は今、あの侍女を解雇する方法について真剣に考えています」

「安心してください。わたしもあの小説の男性のように、たとえあなたが姿を消しても必ずや見つけ出します。そして感動の再会を果たしたときには、わたしの腕にはあなたとの隠し子が……！」

「最低の屑《くず》でしょうがそれは！　なんで身を引く前に手を出しているんですか、殿下の想像の中の俺は!?」

「違いますよ、バーナード。これはあなたの健気さの表れなのです。あなたは身を引く決意を固めながらも、せめて最後に一度だけ、わたしと夜を過ごしたいと願ったのですよ」

　わたしは自分の胸をそっと押さえて、涙なしには読めない二人の別れの場面を思い出しながら語った。

　しかしバーナードは、せせら笑いながら返してきた。

「殿下、結婚の約束までしておきながら失踪する男も、その前日に思い出作りなどと抜かして手を出す男も、ただの屑ですからね。変な男に騙されないでくださいね」

「それは……、そういわれると……、おかしいですね？　ここはやはり、わたしが失踪するべきでしょうか。ですが、わたしが黙って一人で王宮から姿を消すと、大騒ぎになってしまうので」

「そうですね絶対やらないでください許しませんからねいくら殿下でもそれだけは怒りますよ俺は」

　バーナードがひと息にいった。こげ茶色の瞳は瞳孔が開いて爛々《らんらん》と輝いている。怖い。まだ失踪していないのに、すでに怒られた気分だ。

　わたしがときめきとは別種の動悸を抱いていると、バーナードはため息を一つついていった。

「俺の悪評などはどうでもいいですがね。それは、まあ……、あなたとギルベルトがどうこうなどという噂に、何も感じないとはいいませんが、俺が健気にも身を引くなんてあり得ませんよ」

　バーナードが、じっとわたしを見下ろす。

護衛とは呼べない距離で、こげ茶色の瞳もまた、護衛騎士のそれとはいいがたい奇妙な色合いを見せていた。

「俺はこの場所を誰にも譲りません。あなたの婚約者という椅子に座るのは俺だけだ」

それは燃え盛る地獄の炎を映し出したかのような瞳だった。

バーナードは、わたしの知らない顔をしていった。

「奪いに来る者はいるでしょう。当然です。あなたはこの国の王妹殿下、あなたの微笑みは一国を照らす蒼天《そうてん》の輝き、その高貴な光に引き寄せられて虫どもが集まるのは道理です。――ならば俺は、その虫けらどもを全員踏み潰《つぶ》して、この椅子に座り続けるのみだ。誰にも譲らない。誰にも渡さない。辺り一帯を血の海に変えてでも、あなたに触れる権利は俺だけのものだ」

ぞくりと震えてしまうような声だった。

死の気配を漂わせるような眼差しだった。

わたしは息を呑み、彼を見上げた。

バーナードは、そこでふと表情を和らげて、困ったような顔でいった。

「殿下、あなたが真に懸念するべきなのは、俺が噂を気に病むなんてことではなく、俺がこういう、何かが欠けている男だってことですよ。俺は俺の欠落を気にしませんが、殿下はたぶん……、怯えるべきです」

俺を警戒するべきなんですよ、と、バーナードは穏やかに続けた。

　わたしはじっと彼を見つめた。

　こげ茶色の瞳がはらむその恐ろしさと愛情深さを考えて、それからいった。

「あなたの言葉を纏《まと》めると、つまり、わたしのことが大好きであるという意味ですね？」

　バーナードはなぜか、自分の耳を疑うような顔をした。

「何をどう要約したらそんな意味になるんです？」

「そうとしか聞こえませんでした。わたしのことを愛しているから、誰にも渡さないと」

　わたしは胸を張って答えた。とはいえ、その内容に、少しばかり頬が熱くなってしまう。

「もう、バーナードったら。どうしてそれをギルベルトにビシッといってくれなかったのですか？　あぁいえ、わかっています。あなたは照れ屋なところがありますからね。公衆の面前で口にするのは恥ずかしかったのでしょう？　ふふ、わかります。わたしも今すこしだけ恥ずかしい気持ちです」

「いや俺がいっているのは俺に用心しろって話で……、あぁもう信じられねえな、姫様はどうしてそう解釈が前向きなんですか……」

「ふふっ、これぞ愛の力ですね」

「本当は血の匂いも人死にも怖いくせによくいう。あなたはいつも、その意志一つで前を向いているだけでしょうが。――……ああくそ、そうだよ姫様。降参だ。俺はあなたを愛してるんだ。あなたが好きでたまらない」

「……っ！　そっ、そうですか……、そうだと思いました！」

「姫様、耳まで赤くなってる」

「なっ、なっていません！」

「なってるよ。今さら隠しても無駄だって。クソ可愛いな。姫様は全部可愛い。なんでそんなに頭からつま先までぜーんぶ可愛いんだ？　俺の姫様はいつも信じられないくらい可愛い――ってちがう！　いやちがいませんがちがいます！　駄目です殿下、じっとこっちを見ないで、俺に近づかない！　朝から俺の理性を燃やしに来ないでください！」

「なっ……、濡れ衣です！　朝からドキドキさせることをいったのはあなたのほうではありませんか……！」

　バーナードは勢いよく後ずさり、わたしから距離をとった。

　ひどい。わたしだって頬が赤いままでは、公務に出られないというのに。

　熱を冷ますように、両手で頬をぺちぺちと叩いていると、その点についてだけは即座にやめるように最強の護衛騎士から注意が飛んできた。

　ふん、聞いてあげません。わたしの頬を叩くのはわたしの自由です。

　わたしは高速で頬をぺちぺちぺちぺちっとした。

　ついにはバーナードが一瞬だけ近づいてきて、わたしの両手を下ろさせて、そしてまた即座に離れた。人間離れした速さを、こういうところで発揮しなくてもいいと思う。

わたしは胸の前で腕を組むと、つんと高慢に顔をそらした。

「いいでしょう。あなたが噂を気にしていないということは理解しました」

「何よりです、殿下。付け加えますと、俺は照れ屋ではありませんし、ギルベルトにビシッといったつもりです」

「わたしの予想したビシッととは『アメリアは俺のものだ、お前には渡さない！』という類《たぐい》の返答だったのですが」

「俺は殿下の御心を尊重しない奴は死ねばいいと思っています」

「なんという過激発言」

「あの男が『殿下にお近づきになりたいが、貴様が邪魔なので殺す』といってきたなら理解を示しましたよ、俺は」

「理解を示せる余地がどこにあるのですか？」

「筋が通っているじゃないですか。俺がいたら殿下に近づけない。近づけないままでは殿下の御心を得ることも不可能。だからまず俺を殺す。わかります。ですが――、たかが決闘ごときに殿下の婚約を賭ける？　殿下の御心を無視して、二人の男が勝手に戦ったところで何だというんです」

「まあ……、決闘されても困りますけども」

「そうでしょう？　殿下の婚約は殿下の御心次第です。決闘ごときでどうにかなると思っているなら戦って二人とも死ね！　と思いますよね」

「それは思いませんね」

わたしはきっぱりと否定してから、公務へ向かうべく歩き出した。

私室の扉の前まで来ると、扉を開けようと前方に立ったバーナードが、すっとわたしへ視線を向けて微笑んだ。

「俺を婚約者から外すことができるのは殿下だけです。殿下の愛が俺にある限り、俺は誰にもこの場所を譲りません。――愛しています、美しい俺の殿下」

わたしの頬が再び真っ赤に染まってしまったのは、いうまでもない。

◇

夕暮れ時、空の終わりが橙《だいだい》に滲み、刷毛《はけ》で引いたような雲と混ざる薄い青が、暗闇のベールを被る準備を始めた頃、わたしはローテーブルの中央に青蔓《あおつる》ガラスのランプを置いて、ソファに腰を下ろし、重々しく宣言した。

「それでは、作戦会議を始めましょう」

正面のソファには、バーナードとチェスターが座っている。人払いをしたため、執務室にいるのはわたしたち三人だけだ。

チェスターには、公開訓練を終えてからこちらに来てもらった。わたしの公務もひと段落ついたところだったので、ちょうどいいタイミングだった。

　サーシャに三人分の紅茶を淹れてもらい、バーナードとチェスターもソファに座ってもらった。長年の侍女をこの作戦会議に呼ばなかったのは、ギルベルトの素性を教えた途端に眼を輝かせたからだ。あの喜びの表情は明らかにわたしとギルベルトがどうにかなることを期待している。忌々しいといったらない。

　黄昏《たそがれ》色の陽射しを、青蔓ガラスのランプが補う中、わたしはふふふと低く笑った。

「これは現在王都で流れている事実無根の誹謗中傷を根絶やしにするための会議です。なにか提案や意見が浮かんだら自由に述べてください」

　はあと、二人とも困惑混じりの相槌を打つ。

　わたしは重いため息をつきながら続けた。

「ギルベルトの真意は、わたしへの恋情などではなく、もっとほかにあるというのが、わたしの譲れない意見です。とはいえ、情報なしに予測を立てることはできませんから、二人にも話しておきましょう」

　これはお兄様が騎士団長のエバンズ卿から報告を受けた話だ。今の時点で知っているのはその二人とわたし、それにサーシャだけだ。

「ギルベルトの本名はランティス・フォワード。先代辺境伯フォワード卿の長子であり、十年近く前に失踪した人物である――と、エバンズ卿は考えています」

バーナードとチェスターのこげ茶色と深緑色の瞳が、それぞれ同時に見開かれた。

「騎士団長の話はそれですか。しかし、考えているというのは、まだ確認の取れていない話なんですか？　本人はなんと？」

「南の辺境伯三家のうちの一つ、フォワード家ですか。あそこは確か、先代の奥方が亡くなった直後に長男が姿を消して、誘拐と家出の両方の線で調べていたはずですが……、先代が存命のうちには、結局見つからなかったと聞いています。今では生存は絶望視されて、次男のレイティス・フォワードが跡を継いだのでは？」

「ええ。ギルベルト本人は否定しているそうです。フォワード家など知らない、自分の両親はすでに亡くなったけれど、二人とも平民だったと」

けれどエバンズ卿は納得しなかった。

エバンズ卿は先代辺境伯と親しかった。十代の頃からの付き合いで、親友と呼べる仲だったそうだ。

しかし、先王の治世下で国内が不安定になるにつれて、それぞれ己の職務が忙しく、連絡を取り合うことも少なくなっていった。先代辺境伯の奥方が亡くなったときも、長男が行方不明になったときも、エバンズ卿は騎士団の将官として前線を離れられず、駆けつけることができなかった。

ようやく再会が叶ったのは、お兄様が実権を握った後のことだ。その頃には先代辺境伯はすでに死の床についていた。しかし、病でやせ細った腕に激しい力を込めて、先代辺境伯はエバンズ卿に縋《すが》りついて頼んだという。どうか息子を見つけてくれ、息子が困っていたら力になってやってくれと。

死にゆく友の最期《さいご》の頼みだ。失踪から数年が経っており、おそらく生きてはいないだろうと思いながらも、エバンズ卿は頷いた。

その後、先代辺境伯は亡くなり、お兄様が即位し、エバンズ卿は騎士団長に任命された。新たな騎士団長として、エバンズ卿は騎士団の各拠点を巡回し、そこで西の砦の英雄と初めて対面した。

『よく似ているのです。リティアス――ランティスの父親の若い頃に』

エバンズ卿はお兄様にそう話したという。

しかし、外見が似ているというだけなら、他人の空似という可能性もある。

第一、ランティスが何者かに囚《とら》われているわけでも、動けない身体というわけでもないなら、なぜ実家に帰らずに、西の砦で働いているのか。彼が英雄として名を揚《あ》げた頃は、まだ先代辺境伯は存命だった。フォワード家に戻ったなら、父親は泣いて喜び、後継者に据えただろう。留守にしていた時期があったといっても、その間に大手柄を立てたのだから、次期辺境伯となることに問題はなかったはずだ。

エバンズ卿がギルベルトにさりげなく生い立ちを尋ねてみても、子供の頃に両親は亡くなった、その後は傭兵団の雑用係などをして糊口《ここう》をしのいできた、そこで見よう見真似で剣を習ったのだと笑うだけだった。

エバンズ卿も、一度は別人だと呑み込もうとした。

けれど、西の砦を発《た》つ寸前に、ある噂を聞いた。それは、ギルベルトの背中にはまるで蔦《つた》のような形をした細長い痣《あざ》があるという話だった。生まれつきのものらしいが、特徴的な形をしているために、本人は気にしていて、人前ではシャツを脱ぎたがらないのだと。この男所帯の騎士団で、痣の一つや二つ誰も気に留めないというのに、あの清廉の騎士にも小心なところがあるものだと、噂について話した騎士は、若き英雄への妬《ねた》みを滲ませながら笑っていた。

それで、エバンズ卿は確信した。

ランティスが生まれた当時はまだ、先々代の宰相が存命であり、国内は薄氷の安定を保っていた。だからエバンズ卿は親友の祝い事に駆けつけたし、赤子を抱かせてもらったこともあった。そこで、赤子に蔦のような痣があることも、繊細な人柄の奥方がそれをひどく気に病んでいて、豪胆な親友が「成長とともに消えるさ」と慰《なぐさ》めていたことも知っていた。

エバンズ卿はギルベルトを呼び出し、二人きりの室内で、なぜフォワード家に帰らないのかと尋ねた。

しかしギルベルトの返答は変わらず、自分は平民の両親から生まれた、フォワード家など知らないというものだった。

そのとき、エバンズ卿は考えた。

この青年は何か深い事情を抱えているのだろう。自分は父親の親友とはいえ、ランティス本人との付き合いはなかった。彼からすれば赤の他人だ。心を開いて、事情を打ち明けることは難しいだろう。ならばランティスが親しかった者、彼の弟であるレイティスを呼び寄せて、会わせてやることができたら――。

そこまで考えたときに、まるでエバンズ卿の思考を呼んだように、ギルベルトはいった。

「俺は貴族の方々とは縁もゆかりもない身です。もし誤解が広まるようなことがあったら、ひどくいたたまれない気分になって、もはやここにはいられないと考えるかもしれません。所詮、俺のような男は、旅の者たちに交ざって根無し草として生きるのが似合いなのでしょう」

まごうことなき脅しだった。

フォワード家に使いを出したなら、即座にギルベルトは姿を消す。たとえ秘密裏に事を運んでも、弟と対面させた時点でギルベルトは消える。

それでもいいのかと、そんなことで西の砦の英雄を失ってもいいのかと、凍りついた若葉色の瞳が選択を突きつけてきていた。

エバンズ卿は動けなかった。

ギルベルトの激しい拒絶と、親友の最期の頼み、そして西の砦の英雄という草原国ターインに睨みを利かせられる逸材。

エバンズ卿は迷いに迷った末に、国王陛下にだけ報告をし、判断を仰いだ。

若き王はいった。

「フォワード家はすでに次男が継いでいる。お前の気持ちもわかるがな、エバンズ。本人が望まんのだ。ギルベルトは放っておいてやれ」

エバンズ卿は頷き、それでこの話は終わったはずだった。

――――ギルベルトが、王妹の婚約に妙な関心を見せて、今まで拒んでいた王都行きと御前試合への出場を了承し、挙句の果てに決闘騒ぎを起こすまでは。

わたしの話を聞き終えたバーナードとチェスターは、なぜか二人そろって微妙な顔をした。

眼だけで促せば、バーナードが視線をさまよわせて、首に手をやった末にいった。

「殿下、つまるところそれは、訳ありで素性を隠していた男が、惚れた女の婚約を聞いて、居ても立ってもいられなくなったというだけの話ではないですかね？」

「お兄様と同じことをいわないでください、バーナード」

バーナードが心底不本意そうな顔をした。

その隣で、チェスターも気まずそうに口を開いた。

「殿下に心当たりがなくとも、ギルベルトはお慕いしていたのかもしれません。一方的に思いを寄せられるというのはよくある話ですから」

「あなたがいうと説得力がありますが、チェスター」

膝に矢を受けたような顔をするチェスターを見やりながら、わたしは最後に微妙な表情になっていった。

「わたしから見て――、ギルベルトのあの瞳は、恋や愛という熱情で動いているようにはとても見えませんでした。あれはまるで……、殉教者の眼です。己の信じる神のために動いている。命すら捨てる覚悟を持って」

こげ茶色と深緑色の瞳は、今度はそろって険しくなった。

わたしは肯定も否定もできずに、ただ眉間にしわを寄せた。

「殿下は、ギルベルトの裏に聖教会がいるとお考えなんですね？」

我が国で聖教会といえば、この国や周辺諸国における最大宗教フェノル教を指す。

彼らは、およそ二年前まで、お兄様とわたしにとっては氷国ハルガンや草原国ターインすら超える脅威だった。なぜなら聖教会は、先王ととても親しかったからだ。

お兄様が即位したときには、我が国に置かれた教会庁上層部の首が丸ごとすげ替わった。その程度には先王との関係は深かった。

現在の教会庁の長官は、お兄様の協力者だ。とはいえ、あちらにしても目障りな先代長官を蹴落としたかっただけで、一時的な共闘に過ぎず、信頼が置ける相手ではない。教会庁の混乱を収めた後なら、王家へ仕掛けてくることは十分あり得る。

ただ、その一方で、あの現長官がわたしたちと敵対するつもりなら、こんな策を採るだろうか？とも思う。あの執念深い現長官なら、時間も資金もいくらでも費やして、用意周到に我が国全体を揺さぶりに来るだろう。

　今回のギルベルトのやり方では、王妹《わたし》を貶《おとし》めることはできない。悪評におけるわたしの立場は被害者だ。可哀想なお姫様になってしまっている。

　ギルベルトの目的がどうにも読めない。

　わたしはため息をついた。

「確信はないのです。初めはお兄様の暗殺狙いかと思いましたが、それならエバンズ卿を脅す理由がありませんから。長年行方不明だったフォワード家の長男だと名乗り出たほうが、お兄様に近づくのははるかに容易だったでしょう」

　この場合、ギルベルトが本物のランティスでなかったとしても構わないのだ。騎士団長エバンズ卿というこれ以上ない身元保証人がいるのだから。うまく話を持っていけたなら、人払いされた室内で国王陛下と対峙《たいじ》することだって可能だったろう。暗殺目的なら、大勢が集まる御前試合を狙うよりよほど成功の可能性が高い。

　朝食の席でお兄様から話を聞いて、暗殺目的という推測が間違っていたことは理解した。そして、そこから行き詰まった。

　ギルベルトのあの瞳は、かつて敵対した聖教会の信心篤《あつ》い者たちを思い出す。彼にあるのは恋ではなく信仰のように見える。けれど、彼が何を目的として動いているのかがわからない。

　わたしはそう説明してから、顔を顰めていった。

「ギルベルト――ランティスが失踪したのが十三歳のときだったそうです。それからおよそ十年間、彼がどこで何をしていたのか。この空白の時間を埋めないことには、彼の真意を掴むことは難しいでしょう」

サーシャにはすでに、女性たちの間での噂を集めてほしいと話してある。お兄様も、王都に住むフォワード家の親類縁者に確認を取るといってくれた。

本来ならフォワード家に使いをやって現当主から話を聞くのが一番いいのだけど、南の国境を守る辺境伯家だ。今からでは早馬を出しても御前試合には到底間に合わない。

そしておそらく、ギルベルトが仕掛けてくるとしたら、御前試合の最中になるだろう。

……それでも一ヶ所、使いは出しておいた。わたしのほうから日付を指定し、謁見予定者の名簿にも彼の名前を載せるよう指示を出した。

あの騎士団の視察の日、エバンズ卿はわたしにいった。

――ですが、もしもそうであれば、ギルベルトも殿下のお言葉にだけは耳を傾けるやもしれない。そう思いましてな。

エバンズ卿にとっては他意のない、言葉通りの意味だったのだろう。

けれどわたしは不思議だった。その先に何があるか、エバンズ卿が気づいていないはずがないからだ。わかっていて動くなら、おそらく……、彼はすでに知っていると見るべきだ。

とはいえこちらは賭けの範疇《はんちゅう》。今はできることをしていくしかない。

「あなたたち二人にも、ギルベルトの情報を集めてほしいのです。本人の言葉通りなら、ギルベルトは以前傭兵団にいたはずです。彼らは戦争を生業《なりわい》としていますから、今王都にいる傭兵は少ないでしょうけれど、一応の確認を、バーナード」

「了解。付き合いがありそうな裏の奴らも含めて聞いてみますよ。隊の連中にも調べさせましょう」

「チェスター」

「うちの一族に確認を取ります。ルーゼンの分家まで辿れば、誰かしらフォワード家と付き合いがあったでしょうから」

わたしは「よろしくお願いしますね」と頷いて、それからパンと両手を叩いた。

「では、ここからが本題です」

わたしは力強く告げた。

すると、なぜかバーナードは嫌な予感がするといいたげに顔を引きつらせ、チェスターはそっと視線をそらした。

「ギルベルトの真意はともかくとして、まずは足元のぼやから消火していきましょう。このままでは悪評がエスカレートする一方、そのうちバーナードの額には角が生えているなどといい出しかねません」

「ああ、それならもう生えているらしいですよ、三本ほど」

「なんと」

平然というバーナードに、わたしは愕然とした。

貴族の社交界で生贄姫の噂が出たときは、それほど大きく広まりはしなかった。彼らは保身を考える。王の右腕とその婚約者が相手では、噂で盛り上がるにしても、背後を気にしながらになるだろう。

けれど、おそらく庶民層にとってはちがうのだ。王家など彼らにとっては縁遠い存在だ。国内が荒れているときなら王家の動向に敏感になることもあるだろうけれど、安定しているなら別世界の住人のようなもの。

好き勝手な噂で、いくらでも盛り上がれるということだろう。

「これは早急に動く必要がありますね」

「殿下、俺は気にしませんので、殿下もどうか自分から仕事を増やすことはやめていただきたく」

「わたしなりに悪評に対抗する術《すべ》を考えたのですけど、ここは国民の前に出て、真実の姿を見せつけるのが良いと思うのです。名付けて『いちゃいちゃ大作戦』です！」

バーナードが呆気にとられた顔で、まじまじとわたしを見た。

チェスターは沈痛な面持ちで沈黙を貫いている。

バーナードがいいづらそうに口を開いた。

「殿下……、殿下の独特な名づけのセンスには慣れていますが」

「どこが独特なのですか。率直な作戦名ですよ」

「初対面で血塗れだった俺に〝英雄譚《たん》の騎士バーナード〟から名前を与えるセンスを独特といわずに何というんです。それよりも何ですか、その『いちゃいちゃ大作戦』というのは」

「わたしとあなたが非常に仲睦まじい恋人たちであるということを皆に知らしめる作戦です」

「…………具体的には？」

「よくぞ聞いてくれました」

わたしは胸を張り、意気揚々と話し出した。


――皆に知らしめるためには、衆目を集められる場所で行う必要があります。道の両端にずらりと露店が並ぶことで有名な花通りの朝市がいいでしょう。賑わいと活気があることで知られていて、初めて訪れる者は道に迷ってしまうとまでいわれるほどの人混みですからね。

わたしとバーナードは、二人だけで王宮を抜け出して、朝市でお忍びデートをするのです。こら、『護衛が俺一人など許しませんが』という顔をしないでください。以前から思っていたのですが、あなた一人でも十分ではありませんか？

お兄様の即位以降、王都の治安は大幅に改善されましたし、国内を飛び回っていた頃に比べたらずっと安全でしょう。あなたは最強の騎士ですし、わたしたちは婚約者なのですから、二人きりでお忍びデートというのは大いにありかと――。

に、にくかべ……？

いざというときの肉壁として人員は多いほうがいい？

バーナード、あなたはまたそういうことを。部下を肉壁として数えるのはやめましょうね。ほら、チェスターもすごい顔をしているではありませんか。

ええ、それは確かに、チェスターはあなたの次に腕が立ちますけど、いえ、「生き延びる肉壁だからいい」というものではありませんよ。

確かにわたしは、有事の際にはあなたたちに盾となれと命じる身です。このようなことをいうのはおこがましいかもしれません。ですが、あなたたちに誰一人として欠けてほしくないというのもまた、偽《いつわ》らざるわたしの本心です。

……わかってくれましたか。ええ、そう「頑丈な肉壁になるまで鍛えます」……、いえ、それも何かちがうといいますか……、ありがとうチェスター、あなたのいう通り肉壁から離れましょう。

何の話をしていましたか、ああ、そうでしたね、わたしとバーナードが二人きりでお忍びデートをする話です。そうです、二人きりで露店を見て回ったり、買い食いをしてみたりするのです。

ふふっ、ライアンに流行りのお店も教えてもらったのですよ。朝市で最近の人気の品はですね、スミレ酒を沁み込ませた黒麦パンにナッツと雪蜜《ゆきみつ》を絡ませたものだそうです。店先からすでに香ばしい匂いが漂ってきて、パンはしっとりしていて食べ応えがあり、甘みがありながら後味は爽やかで、とてもおいしいそうですよ。楽しみですね。一緒に食べましょう。

……大丈夫です、パンに浸した少量のお酒くらいなんということはありません。皆、朝食に食べているそうですよ。どうしてあなたはお酒と聞いただけで首を横に振るのですか？　わたしはそこまでお酒に弱くはないと自負しています。

なっ、今、鼻で笑いましたね？　――いいでしょう、この件はまた後でじっくりと話し合いましょう。

それで、食事を取った後は、お互いに贈り物を選んだりするのですよ。ところでバーナード、なにか欲しい物はありますか？　……ない？　一つくらいありませんか？　どんなものでも大丈夫ですよ。こう見えてもわたしは結構な額の資産があるのです！

……いえ、ちがいます。わたしの好きな物を選んでくれなくていいのです。あなたの欲しい物をですね、……わたしに休んでほしい？　それはその、きちんと休んでいますから、――今とても眼が怖かったですよ、バーナード。チェスターまで首を横に振るのはやめてください。

話を元に戻しましょう。そう、贈り物の話です。お金で購入できる贈り物です。一緒に露店などを覗いて考えましょう。

きっと店主の眼には、わたしたちがとてもお似合いの恋人たちであると映ることでしょう。

それに周囲の人々にも、あなたがどれほどわたしを大切にしてくれて、愛情深く心優しい素晴らしい男性であるかが、言動の端々から伝わっていくことでしょう。

……なぜ二人とも顔を見合わせるのですか？　大丈夫です、伝わりますとも。ええ。

とはいえ、それだけではありふれた恋人たちで終わってしまいます。悪評を消し去るためには、わたしが王妹であることを、朝市を楽しむ人々に気づいてもらわなくてはなりません。

そこでチェスター、あなたの出番です。

あなたは近衛隊を率いて捜索に出ていたという風を装って、わたしを見つけてください。そして「アメリア殿下、王宮を抜け出さないでください！」などのわかりやすいフレーズを叫んでくださいね。あなたには王子様のような気品があると侍女たちに評判ですし、近衛隊の正装姿なら説得力も増すことでしょう。

周囲の人々が、まさか本物の王妹か？　とこちらに注目したところで、わたしはとっさに逃げようとして足をくじいた、という芝居をします。足を押さえて辛《つら》そうな顔をする王妹です。そこにバーナードがこう、優しくわたしを肩に担ぎ上げるのです。

ここは普段より丁寧に担いでくれるといいですね。危機が迫っているときはいつも問答無用で担がれていましたが、このときは「担ぎますよ」などの一声があると、周囲の人々にもあなたの優しさが伝わることでしょう。

どうですか、これぞまさしくいちゃいちゃなカップルという感じがしませんか!?

「おっ、お待ちくださいい殿下……！」

チェスターがわざわざ挙手をして叫んだ。

「肩に担ぐのですか!?　かつて殺人人形《キリングドール》が散々やっていたように!?　恐れながら殿下、それではいちゃいちゃなカップルというより、凶悪な誘拐犯とさらわれる姫君にしか見えません……！」

「ふふっ、チェスター、さてはあなたも知らなかったのですね？」

少しばかり優越感を抱いて、わたしは得意顔でいった。

「わたしも侍女たちから聞いて初めて知りましたが、世の中にはいちゃいちゃな行いの筆頭的行為として『お姫様抱っこ』というものがあるのですよ！」

お姫様を抱き上げる行為、そこから転じて、お姫様のように女性を抱き上げる行為を『お姫様抱っこ』という。

素敵な男性にそのように抱き上げられることは、乙女の夢ともいえる、大変いちゃいちゃな行いである――ということを、わたしはジュリアから聞いている。

「わたしも初めて知ったときは驚きました。バーナードの肩に担がれるときは、いつも荷袋の心境に達していたものですから、まさかあれが世間一般ではいちゃいちゃな行為だったとは――チェスター？　バーナード？　どうかしましたか？」

チェスターはぶるぶるとこぶしを震わせ、バーナードは片手で顔を覆っている。

そうかと思うと、チェスターは突然まなじりを吊り上げて、がしりとバーナードの肩を摑んだ。

「だ、か、ら、あれほどやめろといっただろうがあああ!!　どう責任を取るんだこの元殺人人形《キリングドール》がっ!!　あんたのせいで殿下の常識までおかしなことになってしまったでしょうがっ！」

「殿下……、それはその、侍女の説明が悪かったんだと思いますが」

「あんたの行いが悪いんですよわかってます!?　ねえ!!　少しは反省していますか!?　しろっ反省を!!」

「世間一般では、女性を肩に担ぐことをお姫様抱っことは呼びません」

そんな馬鹿なと思ったけれど、バーナードは真剣で、チェスターは真剣を通り越して鬼気迫る形相になっていた。

「ですが、わたしは王家の姫ですし、担ぎ上げられていますし、何が足りないというのですか……?」

「殿下、この歩く非常識のせいで殿下のお考えにも悪影響が出てしまったと思われますが、普通は女性を肩に担ぎません！　よろしいですか、お姫様抱っこというのはこうです！　こうやって抱き上げるんです！」

チェスターが、両腕を軽く前方に出した状態で曲げてみせる。腕を鍛える訓練のような体勢だ。

よくわからず、わたしが首を傾げると、ペンと紙を借りても良いかと聞かれたので頷く。

チェスターは迷いのない手つきで、さらさらと紙に絵を描いていく。普段は披露する場面もないけれど、彼は絵心もあるのだ。『チェスター様をお慕いする会』の女性たちが知ったら、この紙も争奪戦になることだろう。

チェスターが簡単な線で描き上げたその絵は、女性・男性ともに、わたしにもバーナードにも似ていなかった。それでもわたしの頬が熱を帯びてしまったのは、予想外に密着していたからだ。

　チェスターが、わたしに紙を差し出していった。

「これが、世間一般でいうところの『お姫様抱っこ』です、殿下」

「ですが、これでは男性の両手がふさがってしまっているではありませんか。この状態でどうやって剣を振るうのですか？　あっ、まさか、女性が剣を持つという戦闘スタイル……!?」

「ちがいます。剣はなくていいんです。戦闘を前提としていませんから。殿下もおっしゃっていたでしょう？　いちゃいちゃな行為だと。まあ、実際には、女性が足を怪我したときなどに、このように抱きかかえることのほうが多いでしょうが」

　わたしはまじまじと、チェスターが描いた絵を見つめた。

　それから頭の中で、絵の二人を、自分とバーナードに置き換えてみる。

　バーナードがわたしの膝の下に手を入れて、もう片方の手でわたしの肩を支えて、抱き上げて、彼の顔が近くにあって、しんとした秋のようなこげ茶色の瞳がわたしを優しく見つめて……。

「むっ、無理です！　それはわたしには無理です！　心臓が高鳴りすぎてどうにかなってしまいます！」

　わたしは頬を熱くしながら必死でいった。

　だけど、バーナードときたら、なんだか妙に嬉しそうな顔をしていた。

　一応隠そうとはしているようだけれど、口の端《はし》が上がっているし、頬はにやけたように緩んでいる。悔しい。わたしばかり焦っているみたいだ。彼にとってはこのくらい余裕だということなのだろうか。

でも、チェスターが描いたこの絵の二人は、距離が近すぎると思います！

肩に担がれているときなら、わたしに見えるのはバーナードの背中だけなのに、この『お姫様抱っこ』では至近距離に彼の端整な顔がある。

こんな体勢になったら、バーナードは絶対楽しそうに、それでいて少し意地悪に、わたしをからかうように見るに決まっているのだ。絶対だめである。わたしの心臓がもたない。

「お姫様抱っこはやめておきましょう……。安心してください、こんなこともあろうかと代案も考えてあります」

わたしは咳払いを一つして、第二案を話し出した。

――先ほどの案と、途中までは変わりません。ただ、こちらは、わたしが王家の人間であることを、よりさりげなく示す方法です。

わたしたちはお忍びで朝市を訪れています。ええ、二人きりです。人員は増やしません。護衛に囲まれていたら、あなたのことまで恋人ではなく護衛騎士だと誤解されてしまいかねないからです。

これはわたしたちが世にいう『バカップル』であることを示すための行いなのですよ。

……いえ、お姫様抱っこはちょっと……、あれはもう少し心の準備ができてから……。

　コホン、話がそれてしまいましたが、わたしたちは朝市を訪れて、露店を見て回り、仲睦まじい恋人たちであることを周囲の人々へ示します。このときのわたしは白地の外套を纏っています。その外套は王家の家紋入りです。

「お待ちください、殿下——！」

　チェスターが再び勢いよく挙手をした。まだ話し始めたばかりだというのに、制止が入るのが早い。

「その服装はいささか、目立ちすぎるかと……！」

「安心してください。家紋は小さな刺繍にしてもらいます。全面に出してしまうと、国旗を着ている変な人と見られかねませんからね」

　我が国の場合、白百合と交差する二本の剣が示す王家の家紋は、そのまま国旗になっている。国旗は騎士団や教会でも掲げられているため、朝市を訪れる人々にとっても馴染みのある紋章だろう。あくまで国旗からの流用であるとわかるように、長方形に縁取って使うなら、一般人でも申請することで使用許可を得ることもできる。大きな商家では、荷箱などに自家の家紋とともに押すことが多い。他国へ売りに出す際に、このディセンティ王国からの品であると示すためだ。

　ただし、縁取りがない形で使用することは禁じられているし、まして白地にその刺繍を入れることは、まっとうな商家なら絶対にしない。

白は王家の貴色、さらに縁取りなく使うならそれは王家の家紋。

王家の家紋入りの白を纏うことができるのは、王族のみと決まっている。

「家紋と国旗の違いまでは、庶民層には知られていない可能性もありますから、服に刺繍するほど国旗が好きな変な人と見られてしまうかもしれませんけれど……、どう思いますか？」

「絶対にやめたほうが良いと思います。というか、あなたの近衛隊隊長として許可できません」

「殿下、間違いなく大騒ぎになると思います……。あの花通りに店を出せるほど才覚のある者が、白地に王家の家紋を見て何も気づかないということはまずあり得ないかと」

「それなら狙い通りではありませんか。仲の良さを見せつける絶好の好機ですよ。生贄姫などというのは大嘘で、バーナードが素晴らしい人であることを示せます」

わたしは意気揚々とそういったのだけど、バーナードはつれなかった。

「駄目です」

「バーナード」

「最初の案もどうかと思いましたが」

「どうかと思っていたのですか？」

「途中からチェスターたちが駆けつけるなら、まあ、まだマシです。ですが、今回の案は俺しかいないんでしょう？　人混みの中で、王族だとわかる服を着て、護衛は俺しかいない。自分がどれほど馬鹿げたことをいっているかおわかりですか、聡明なる王妹殿下？」

正論である。わたしは胸の内でぐうと呻《うめ》いた。誰が聞いてもバーナードに理があるというだろう。

だけど、でも。

「わたしたちの悪評を払しょくするためです。多少の危険は冒《おか》す価値があるでしょう」

「ないですね。殿下ご自身があしざまにいわれているというなら別ですが、今のところその様子は見られません。ギルベルトの思惑を探ることは必要でしょうが、噂については聞き流しておけばいいでしょう」

「いけません」

わたしは静かに、しかし力を込めていった。

「あなたを悪として貶《おとし》めることを許してはいけません。それはあなたの敵に正義の御旗を与える振る舞いです。あなたに向かって石を投げることが正しい行いであると人々に錯覚させてはいけません。群衆はときに暴走するものですから。――それは真実そうなのですが、その言葉ではあなたの心が動かないというなら、こういい換えましょう。バーナード、わたしが嫌なのです」

最強の騎士の眉間にしわが寄る。

わたしは、にこにこと笑いながら、声に怒りを込めて続けた。

「あなたがわたしに暴力を振るっているですとか、お兄様を脅して力ずくでわたしと婚約を結んだですとか、そのような根も葉もない噂はとても腹が立ちますし、とても嫌です。ですからどうか、協力してくれませんか、バーナード」

「……俺が気にしないといっても、無駄なんですね？」

「ええ。わたしが気にしますから」

　彼の薄い唇から吐き出されたため息には、諦めが含まれていた。

　バーナードが不承《ふしょう》不承《ぶしょう》といった様子でいう。

「わかりましたよ。すべて、殿下の御心のままに」

「では、先ほどのお忍びデート案を」

「それは駄目です」

「バーナード？」

「あなたの護衛としてそこは譲れません」

「わたしの心のままにと、今いいませんでしたか？」

「俺は殿下の御心を尊重しない奴は死ねと思っていますが、同時に、殿下の命がかかっている場合は御心を踏みにじることもやむを得ないとも思っています」

「そこまで危険な提案ではないでしょう!?　家紋入りの外套を着てデートをするだけではありませんか」

　わたしとバーナードがばちばちと火花を散らして睨み合う。

　まあまあと割って入ったのはチェスターだった。

「殿下、俺も家紋案はお勧めできません。もしも万が一にも、かつての聖教会の過激派ですとか、現王家に敵意のある者の目に触れたら、大変なことになる可能性が高いですから」

「わたしに襲いかかってくると？　バーナードがいるなら問題ない……いえ、それは……」

問題がある。その光景を想像してしまったわたしに、チェスターは我が意を得たりといわんばかりに頷いた。

「そうです、殿下。確かに隊長なら殿下に傷一つ負わせずに守り抜きますが、襲ってきた者たちの首が一つ残らず飛びます。大勢の人で賑わう朝市、活気ある花通り、そのような場で生首が空を舞いますと……、大惨事です」

　わたしは思わず額に手を当てた。

　否定できない。チェスターもまた痛ましげな面持ちをしている。バーナードだけが、にやにやと得意げな顔をしていた。得意になる場面ではないでしょうといいたい。

　わたしはため息を一つついて、ティーカップを手に取った。

　紅茶を一口飲んで、ほうと息を吐き出す。

　それから、少しばかり拗ねた口調でいった。

「では、二人とも、ほかになにか良い案がありますか？　悪い噂は瞬く間に広まりますが、それを覆《くつがえ》すのは難しいのですよ？」

　貴族の社交界ならともかく、庶民層での噂なら、影響力が大きいのは教会だ。実際、お兄様が王太子だった時代には、現長官の手を借りたこともある。だけど、あの執念深い男に借りを作ると高くつくし、何より今回は教会が絡んでいる疑いを捨てきれない。

「わたしとバーナードが仲睦まじくしている姿を見せることがもっとも効果的ではありませんか。それともバーナードは、わたしといちゃいちゃしたくないのですか？　……はっ、まさか、したくないのですか……!?」

「売り言葉を自分で買わないでくださいよ。したくないなんて一言もいってないでしょう？」

「では、どういうことがしたいのですか？　あなたの望むいちゃいちゃな行いについて、具体的に述べてください。あなただって、わたしとしたいことをいろいろと想像したことがあるはずです！」

　なぜならわたしはバーナードとのデートを想像したことがたくさんありますからね！　という気持ちで尋ねると、なぜか最強の婚約者は無言で顔を覆った。

　チェスターが珍しく、憐れむような顔でバーナードを見ている。

「姫様あんた何を聞いてるのかわかってるのか」

「もちろんです！」

「わかった。何もわかっていないことがわかった」

　バーナードは顔から手を外すと、ぎろりとわたしを見た。

「申し訳ありませんが、殿下のご要望にはお応えできません」

剣呑《けんのん》な眼つきでこちらを見る。

そうかと思えば、一転して彼の眼差しが和《やわ》らいだ。

夕闇とランプの灯が混ざり合う室内で、こげ茶色の瞳は、夜に近い色合いを見せていた。甘やかで、それでいて獰猛《どうもう》な夜のよう。わたしを見つめるその瞳に、ひどく落ち着かない気分になってしまう。思わず俯くと、バーナードはそれを見越していたかのように小さく笑う。

むっとして顔を上げたところで、これが罠だったことを悟る。

彼は、まるで狩りをする鷹のようにすうと眼を細めて、わたしを見つめていた。

身じろぎもできずにいると、低く甘い声が囁いた。

「俺の望みはね、姫様。人気《ひとけ》のない場所で、誰の目からも隠れてしたいことばかりですよ。あなたと二人きりになりたい。そしてじっくりと……ね。誰にも見せるつもりはありません。詳細については、この場で口にすることもはばかられます。まあ、殿下がどうしてもとおっしゃるなら、考えますが……？」

「――――そういうことなら仕方がありませんね！　無理を強いるのはよくありませんからね！　仕方がありません！」

「おや、それは残念です。いろいろとお教えしたかったのに」

バーナードが余裕の顔で笑う。くう、くやしい。

でもきっと、わたしの顔は赤く染まってしまっていることだろう。鏡を見なくてもわかるくらいに頬が熱い。

「隊長、俺の存在を忘れないでくださいよ」

「俺は今手加減した。手加減したんだ」

「それはわかりますけど……」

バーナードと意味のわからない会話をしてから、チェスターがいった。

「殿下、悪評を制するために仲睦まじさを示すという案自体は有効だと思います。ですが、隊長のいう通り、殿下の安全確保は必要です。そこで、俺からの提案なのですが、仮面舞踏会への参加はいかがでしょうか？」

「それは安全が確保できるのか？」

疑わしそうな顔で真っ先にいったのはバーナードだった。

「バカどもがバカ騒ぎをしている場にも、広間中に煙草だか薬だかわからない煙が蔓延《まんえん》している屋敷にも、殿下をお連れする気はないぞ」

仮面舞踏会とは、仮面によって顔を隠し、素性を隠すことが許されている夜会だ。

高位貴族から下級貴族まで、国が定める要件を満たすなら主催することができる。名を隠すことで身分にかかわらず会話を楽しみ、好きに酒を飲み、誰とでも踊ることができる場だ。

息抜きの場だともいえるし、羽目を外しやすい場だともいえる。恋愛絡みの密会程度なら可愛いものだけれど、問題視されやすいのは、禁じられている薬の売買や大量の武器の取り引きなど、いわゆる地下社会の者たちの活動の隠れ蓑《みの》になってしまう場合もあるからだ。

危険性は高いけれど、娯楽性も高く人気がある。王家としても、どこまで制限をかけるか頭を悩ませている類の夜会だ。

「心配ありませんよ。主催は馬鹿騒ぎを好む人物ではありませんから。ただ少し……、テーマへのこだわりが強いんです。ルーゼンの分家筋のリットン卿なんですが、噂を聞いたことはありますか？」

「ええ、風変わりな経歴を持つ人物ですよね。確か、一時は舞台役者をしていたとか？」

「ええ、リットン家の三男に生まれて、騎士を目指して騎士団入りしたものの、興行に来た旅芸人の一座に惚《ほ》れこんで家を捨て、一座の下働きになった人物です。その後、一座は解散してしまいましたが、知り合いの舞台でこれもまた下働きとして働いていたところで、たまたま親戚に見つかって、長男次男が亡くなっていたため実家を継ぐことになったんですよ」

「下働き？　舞台役者ではなかったのですか？」

「役者志望ではあったらしいのですが、才能に恵まれなかったそうで……。特に歌が絶望的に下手だったとか」

「まあ……」

　わたしはつい深い同情と共感を寄せてしまった。わたしも歌うことは好きだ。ただし好きであることと上手であることは必ずしも一致しない。

「幸い、領地経営の才能はあったようで、当主としてはうまくやっています。ただ、今でも舞台に未練があるらしく、年に数回、仮面舞踏会を主催しているんですよ。王都の別宅を舞台に見立て、テーマを決めて、架空の人物になりきるという遊びらしいです。今回は祝祭の時季ですから、古神話がテーマでしょうね」

「それならあえて開催要件の厳しい仮面舞踏会にしなくてもいい気がしますが……、ああ、リットン卿としては身分にかかわらず招待状を送りたいのですね？」

「ええ、このなりきるという遊びへの情熱が強い者ほど、リットン卿の中では評価が高いので、身分の壁を取り払うためにも仮面は必須らしいです。貴族だけでなく、趣味を同じくする中小の商家や平騎士、本物の舞台役者に、聖教会の聖職者まで戒律に反してお忍びで参加するらしいので、殿下のご希望に添うことができるのではないかと」

そこまでいって、チェスターはちらと隣の上司を見た。

わたしも期待を込めて、護衛隊長を見つめた。

四つの眼が集中して、バーナードはため息とともに一度瞼《まぶた》を閉じた。それからいった。

「いいでしょう。ただし、チェスター。当日の屋敷の警備態勢に関しては口出しさせてもらうぞ」

「そこは問題ありません。うちの分家筋ですから、協力してくれますよ。ただ、一つだけ……」

チェスターはそこで気まずそうに言葉を切って、申し訳なさそうにいった。

「仮面舞踏会が開かれるのは三日後なんです。リットン卿はこだわりが強いので、テーマに添った衣装を、お二人には急遽仕立ててもらう必要があるんですが……」

間章Ⅰ　バーナード

嘲笑のような形をした三日月が、夜道をおぼろに照らしている。

公務を終えた殿下を後宮まで送り届けたところで、サーシャを筆頭とする侍女たちに捕まって、先ほどまで仕立て屋や針子たちに囲まれていた。無論、殿下の私室とはちがう一室での作業だったが、後宮は原則として近衛隊が長く留まっていい場所ではない。チェスターは先に帰らせ、隊室に残っている連中にも帰るように言づけた。

三日後という無理のあるスケジュールに目を血走らせている針子たちから解放されたのは、夜も更けた頃合いだ。

近衛隊の隊舎への帰路は、すれ違う足音一つ響かない。静かなものだ。

俺は、冬の名残りを滲ませる冷えた空気を深く吸い込んだ。

――この冷たさが、俺の頭まで冷やしてくれたらいいんだが。

そう思ってから、自嘲気味に笑う。

血がのぼっているのは頭なのか、それともこの狂った胸の内なのか、自分でもわからなかった。

俺の悪評などどうでもいい。殿下に伝えたその言葉に嘘はない。

俺は殿下の剣だ。殿下を守るために存在し、殿下の命令によって戦う。そこに私情は挟まない。かつて俺はそう決めたのだ。

まあ、殿下と出会う前のガキの頃の俺も、血を好む殺人鬼というわけではなかったし、戦い自体に興奮する戦闘狂でもなかった。

ただ、あの頃の俺に枷《かせ》はなく、戒めるものもなく、繋ぎとめるものもなかった。

あれは自由だったというわけではないんだろう。何もないことを自由とは呼ばない。それは空っぽというのだ。

とはいえ、剣を振るうかどうかは、俺の気分で決められていた。

今の俺はちがう。俺の剣は殿下の剣。俺が剣を抜くか否かは、殿下が決めることだ。

殿下を侮辱した屑の首さえ飛ばせないとは不自由なものだとも思うが、それでも俺は、俺を繋ぎとめるこの鎖が心地よい。この定められた檻の中にいる限り、俺は殿下の傍にいられるのだと思う。

だからそう、私情は挟まない。私情で剣は抜かない。

そう決めているというのに――俺は頭の中で何度、あの男の首を落としたことか。

これがまだ、ギルベルトが殿下に対して無礼な態度を取ったというのならわかるのだ。それなら俺は、自分のこの精神状態について理解できる。殿下は、物理的な攻撃を仕掛けてこない相手に対しては剣を抜いてはいけないというので、俺は今まで数えきれないほど必死で我慢してきたが、それでもクソな台詞《せりふ》を吐いたクソどもの首は脳内で散々落としてきた。奴らの顔は今でも忘れていない。あいつらの首を落とせるチャンスがあるといいと俺は願っている。

だが、ギルベルトはちがう。

あの男に殿下への害意はない。侮りも蔑《さげす》みもない。それは見ればわかる。

あの男が何を目的にしていて、何を企んでいるのだとしても、そこに殿下への悪意はない。殿下は怒っていたが、ギルベルトが敵視しているのが殿下以外ならば、俺にとっては〝敵〟ではない。

そう理性は判断する。けれど胸の内で、蛇の舌のようにちろちろと炎が燃える。


清廉の騎士なら王妹殿下にふさわしい？　へえ？

高潔な騎士と美しい姫君なら似合いの二人？　なるほど、なるほど？

――ああ、殿下はもう『俺の殿下』なのだと、世界中に示してやることができたら、どれほど気分が良いだろう？


……殿下は噂を消したいという。そのためにも俺の評判を正したいという。

だが、俺が思うに、ふざけたことを抜かすギルベルトや、好き勝手な噂で盛り上がる奴らを黙らせる方法は、もう一つある。
恐怖だ。
連中が滑らかに舌を動かせるのは、俺への恐怖が足りていないからだ。

間章Ⅱ　ある男の三週間前

忍び込んだ王宮を堂々とした態度で出た後、俺は王都にいる知り合いたちの元を訪れて、いくつかの仕事を依頼した。そして最後に、歓楽街の奥まった場所にある店を訪れた。一見したところはそうとわからない外観だが、実際は酒場だ。ただし、表通りにあるような純粋に飲むための場所ではなく、女性による接待付きだ。

重そうな扉の前には、門番らしき男が立っていた。誰でも気軽にお入りくださいという店ではないらしい。

俺はにこやかに門番に話しかけて、いくばくかの金を握らせてから、中にいるはずの古い知人の名前と俺自身の名を告げた。門番は俺を胡散臭《うさんくさ》そうに見ながらも、中へ入っていく。

これで駄目だったら店ごと制圧するしかないなと思いながらも待っていると、扉は内側から開かれた。どうも、お招きありがとう。

門番の男に指で示されたテーブルへ進む。

そこには獲物が、ちがった、かつての知り合いが、震えながら俺を見ていた。薄明かりの中でもわかるほどに顔色が悪い。可哀想にな、気分でも悪いのか？

　俺が微笑みかけると、知人と同席していた女性がさっと席を外した。揉め事に関わりたくないという明確な意志が見える。俺は空いた席にありがたく座り、隣の男に声をかけた。

「よお、ボス。久しぶりだな。元気そうで嬉しいよ」

「おおおおおお前っ、何でここに!?　何しに来た!?」

「可愛い元部下との再会だろう？　もっと嬉しそうにしてくれよ、ボス」

「よせ、やめろ、ボスなんて呼ぶな、俺はもう足を洗ったんだ！」

「ああ、聞いたよ。ずいぶん出世したみたいじゃないか。今じゃこの王都で名の知れた商人だって？　おまけに平和主義で人格者？　耳を疑ったよ。俺の知る鎌蛇《かまへび》のグリッドとは思えな……」

「やめろっつってんだろこのクソガキ!!」

　元ボスが俺の口をがばりとふさぎ、息を荒くしながら凄《すご》んだ。

「お前、何が目的だ。金か？　女か？　――いや、ちがうな。お前がそんなまともな理由で現れるわけがねえ。お前は昔からイカれたクソガキだった。絶対に厄介事を持ち込んできやがったに決まってる……！」

　俺はボスの手を剝《は》がしていった。

「ボスに仕事を頼みたくてね。それと久しぶりに話をしたい聖職者が一人」

「やっぱり厄介事じゃねえか！　冗談じゃねえ、帰れ！　二度と現れるな！」

「金はきちんと払うさ。ほら、ボスと一緒に街道の掃除をしたときの金が残っているから安心してくれ。ボスは部下にもちゃんと分け前をくれる、いい頭《かしら》だったよな」

「脅す気かこのクソガキ……！」

「今の商売の元手は、あのとき潰した賊どもが貯め込んでいた金かな？　さすが平和主義者だ。汚い金を綺麗にするのがうまいね」

「……俺がこの王都でどれだけ必死に信頼を築いてきたと思ってる。お前みたいなガキ一人が何をほざこうと、ただの逆恨みで処理できるんだよ」

「残念だがボス、俺はもうガキって歳《とし》じゃない。それに、ボスだって薄々気がついているんだろう？　俺の名前を聞いたことがあると」

そう笑うと、かつての上司は白髪混じりの頭髪をかきむしった。まだ四十代くらいだったと思うが、若白髪だろうか。きっと気苦労が多いんだろう。

「クソ、やっぱりそうなのか!?　お前が、お前があの……!?　おお神よ、嘘だといってくれ……！」

「神なんて信じていないだろ」

聖職者の現実なんて、連中のお守《も》りをしているときにさんざん見てきた。初めの頃は衝撃を受けていた俺に、せせら笑いを浴びせたのはこの素敵な元上司だ。

ボスはハッとした顔で髪をかきむしる手を止めると、俺をまじまじと見ていった。

「それなら俺よりお前のほうがヤバいだろ。それでよく脅せると思ったな？　昔のことがバレたらまずい立場なのはお互い様じゃねえか！」

「あいにく俺は、今の立場に未練がなくてね」

「あークソ、死ね、お前は昔からそういうイカれたガキだったよ……！」

まあまあと適当になだめながら、俺は依頼内容を告げた。

すると元上司の顔色は蒼白を通り越して土気色になった。

「王家を敵に回す気か!?　死にたきゃ一人で死ね！　俺を巻き込むな！」

「下々の噂程度で王家は動かないし、仮に動いたとしても、噂が広がった後で情報源を特定するのは難しい上に意味がない。ボスならよくわかっているだろう？」

「お偉方《えらがた》の誰も彼もが同じ動きをするわけじゃねえ、相手をよく見て行動しろって俺も散々教えてやったよな!?　お前はあの『婚約者』の噂も調べてねえのか!?」

「万が一、お役人がやってきたら、俺の名前を出していい。酒の席とはいえ、俺から聞いたから疑わなかったといえば、信憑《しんぴょう》性はあるだろう？」

そこまでいえば、白髪混じりの元上司は、こちらの本気具合を確かめようとするように眼をすがめて見てくる。

やがて、ひどく嫌そうなため息を吐き出していった。

「わかった。ただし一つだけ聞かせろ。お前、今は誰の下で動いている？」

探る眼だ。

俺はなんと答えようかわずかに迷って、結局は軽く笑ってみせた。

「昔も今も変わらずに、俺の唯一の神の下さ」

第3章

仮面舞踏会へと向かう馬車の中、天井に備え付けられた灯りが夜闇を淡く照らす下で、わたしはそわそわと落ち着かない心地で無意味に両手を組み直した。

ちらりと自分が着ているドレスへ視線を落としては、その装飾の多さにまたいたたまれない気持ちになる。

今夜のわたしが身に纏うのは、いつもの王家の白のドレスではない。

柔らかな白地を基調としながらも、胸元には青水晶の宝石が星の川のようにスカート部分まで続き、そこに金糸の刺繍が絡みついている。

丈の長いスカートは、白地の上から南の海のような透明感のある青の薄紗《はくさ》が覆っている。その縁には繊細な刺繍が施され、歩くたびに足元に光がきらめくかのようだ。透ける薄青色には金糸でいくつもの春告げ花が描かれ、華やかさを増している。

袖は薄いシースルーの生地で丹念に刺繍が施されており、動くたびにひらひらと華やかに揺れる。

――可愛いのです、可愛いのですが、普段着ているものと違いすぎて落ち着きません……！

率直にいうと、これほど可愛いドレスが自分に似合うとは思えない。

普段、夜会などで着るドレスといったら、伝統・格式・品格、その三点がすべてだ。

一歩間違えると重苦しく野暮ったい印象すら与えてしまうドレスを、いかにも王家の姫君といった有無をいわせぬ強さのある微笑みで制圧しているのだ。あれは野暮ったさ対王家の威厳の戦いである。

たまには流行を取り入れた華やかな色合いのドレスを着ることのできる夜会もあるけれど、そのときも上品さが重視される。

使用される素材こそどれも最高級のものであるけれど、仕上がりはあくまで品格を重視して――つまりなんというかシンプルなのだ。綺麗ではあるけれど、きらきらだったり、ふわふわだったりはしない。とてもシンプルである。

だから今回も同様のものを考えていたし、すでにあるドレスに多少の手を加えたらいいだろうと思っていた。

三日後という短い期限だ。一から仕立てるにはとても足りない。仮面舞踏会のテーマである古神話をモチーフにした胸飾りや髪飾りなどを付け足せば、それで十分だろうと思っていた。

「恐れながら殿下、あのリットン卿の仮面舞踏会にその程度の衣装では、参加資格があるとは見なされませんわ」

そう重々しく告げたのは、わたしのドレスを一手に取り仕切る侍女のニコレットだった。

知らなかったのだけど、どうやら我が国のファッション界隈とでも呼ぶべきところでは、リットン卿の仮面舞踏会は有名だったらしい。

「殿下のお立場で締め出されるということはあり得ませんが、ほかの者ならまず門前払いですわ。あれは遊びの場ではありませんもの」

夜会の中でも最たる娯楽の場が仮面舞踏会では？　というわたしのもっともな疑問は聞かれもせずに、その晩はニコレットの手配した者たちに取り囲まれた。バーナードも別室に連行されていた。

そして出来上がったのが、虹の女神の教え子である光の妖精をモチーフにした、この可愛らしいドレスだ。

完成品を見たときは、思わず絶句した。

それから、ぎしぎしと軋《きし》んだ音を立てながら首を動かしてサーシャを見た。

わたしの筆頭侍女であり、もっとも付き合いの長い彼女は、実に満足げな顔をしていた。

わたしは膝から崩れ落ちそうだった。

隠していたつもりだったのに。こういう装飾たっぷりの可愛いらしいドレスへの憧れはあったけれど、隠していたつもりだったのに、見抜かれていたことの恥ずかしさで顔から火が出そうだった。

もう舞踏会まで時間がないとわかっていたけれど、憧れるのと実際に身に纏うのは話が別だ。

「このような可愛らしいドレスがわたしに似合うとは思いませんが……!?」と必死に抗議した。

しかし、普段から装いに関しては、ドレスも靴も髪型も化粧も装飾品もすべて侍女たちに一任している身だ。

彼女たちの知識と腕前を信頼しているのと、忙しい時期には身支度を整えながら報告を聞き書類に目を通しているので、自分の装いにまで気が回らないのだ。

侍女たちからはときどき好みや意見を確認されるけれど、だいたい「あなたに任せます」の一言で済ませてしまっている。王家の姫の装いにはさほど選択肢がないからというのもあるし、自分のセンスに自信がないというのもある。

そんな体たらくだったので、わたしの必死の抗議に耳を傾ける侍女は誰一人いなかった。ひどい。

最終的にすべての身支度を整えたわたしが「変ではありませんか……!? やはりいつもの白のドレスのほうがいいのではないでしょうか!?」と訴えても、お似合いですの合唱しか返ってこなかった。

ついにはサーシャに心配そうな顔で「姫様の御心に添わないものでしたでしょうか?」と尋ねられては、口ごもるしかない。あれは絶対にサーシャはわかっていたと思う。

――ええ、密かに憧れてはいました。こういったきらきらした可愛らしいドレスを、一度は着てみたいと思っていましたけれど……!

普段は野暮ったさとの戦いに挑んでいる身としては、きらきらしすぎている。いたたまれない。

わたしは斜め向かいに座る婚約者へ、ちらと視線を向けた。

すると、こちらを見ていたバーナードとばっちり目が合ってしまう。

彼の瞳に吸い込まれるように、じっと見つめ合ってから、お互いにハッと視線を下ろす。

「すみません、殿下……！」

「い、いいえ！　謝ってもらうようなことは、なにも……！」

わたしは妙に慌てふためいて俯きながら、脳内でそっとバーナードの姿を反芻《はんすう》する。格好良い。

わたしは思わず胸の内でニコレットたちとリットン卿に感謝を捧げた。

先ほどまでの恨み言もきれいさっぱりと消え去る格好良さだ。ありがとう、ニコレット。ありがとう、サーシャ。前言撤回します。やはりテーマに添った服装は大切です。

今回の仮面舞踏会のテーマである古神話とは、このディセンティ王国に古くから根付いている伝承や物語、神々の時代にあったとされる逸話や伝説などの総称である。おとぎ話『騎士バーナードの英雄譚』もこのうちの一つに分類されるし、いくつかの物語や伝承には『呪いの魔剣』と評される武器も登場する。

古神話は、聖教会が信じる神や掲げる教義とは別物だ。

それゆえ聖教会はこの古神話にまつわる祭事などにいい顔をしないけれど、人々の暮らしに根付いている風習や伝統を排除しようとすれば反感を買うだけ。それは聖教会側も理解しているため、表立っては口出しをしてこない。

春の訪れを祝う祝祭『種子の息吹《カーメルナル》』は古神話の一つに基づいている。

それは簡単にいうなら、こんな話だ。

――あるとき、冬の神と春の神の間でいさかいが起こった。

冬の神は春告げ鳥に種子を渡さず、春の神は冬の使者に祝福の息吹を授けなかった。

季節の巡りが途絶えたことで、空は朝の始まりを失い、大地は眠りの終わりを見失った。

困り果てたほかの神々や妖精たち、竜に人に獣とあらゆる者たちが集まり、二神の仲を取り持つために盛大な祭りを催した。

それが祝祭『種子の息吹《カーメルナル》』だ。

ちなみに、わたしの服装のモチーフとなっているのは『悪戯《いたずら》好きな光の妖精』だけれど、バーナードは『静寂の死者の国の王』だそうだ。

初めにそれを聞いたときは、
なぜそのモチーフを選んだのです……!?　もっときらきらと格好良い神や妖精がいるではありませんか!?　まさか『静寂の死者の国の王』を『滅びをまき散らす呪いの魔剣』と同一視する解釈もあることに由来しているのではないでしょうね!?　今夜は濡れ衣を晴らす夜ですよ!?

……と、色々と苦情が浮かんだけれど、実際にバーナードの姿を目にして浮かぶのは厚い感謝一択だった。

今夜のバーナードの服装は、全体的に黒を基調としている。

膝下まで覆うロングコートは青みがかった黒で、艶のある生地が王の冷ややかさを強調している。

そこにたっぷりと施されているのは銀糸の刺繍だ。花びらのような、それでいて絡みつく蛇《へび》のような美しさと恐ろしさを醸《かも》し出すその刺繍模様。ベストは畏怖《いふ》を抱かせる漆黒の生地に、こちらも銀の刺繍。紐飾りだけが、あえて輝きを落としたような金糸で結われている。

もう、なにもかもが格好良い。

バーナードは何を着ていても素敵なのに、こんなに良く似合う服装をしていては、ときめきで死んでしまう令嬢が続出だと思う。死者の国の王がこれほど格好良かったら、静寂どころか黄色い悲鳴が飛び交っているにちがいない。

問題は格好良すぎて直視しづらいことだけだ。美の破壊力がすごい。

バーナード自身も普段とは違う服装に慣れないのか、珍しく動揺した空気を漂わせて、わたしのほうをじっと見たり、ふいと眼をそらしたりしている。わたしも同様の行動を取っているので、お互い様である。

落ち着きを取り戻そうと一つ深呼吸をしてから、仕事の話を切り出した。

「ギルベルトについて、何かわかったことはありますか？」

バーナードも、すっと表情を改めてこちらを見た。

「まずはチェスターが調べた件からご報告します。ギルベルト、いえランティスは、フォワード家内部では家出だと見なされていたようですね」

チェスターは先にリットン卿の屋敷へ行って、全体の警備の指揮を執《と》る手筈《てはず》になっている。

「ランティス失踪時には置手紙が残されていたそうです。ただ、十三の子供が家出をして、そう長く姿をくらませられるはずがない。家出した先でトラブルに巻き込まれた可能性が高いというのが、実際の捜索時の考えだったようです」

「家出の理由は？　家出の数日前に母君が事故で亡くなったと聞いていますけれど、やはりそのことがショックで……？」

「そこがどうも、はっきりしないんですよね」

　バーナードも首を傾げながらいった。

「今のギルベルトの姿からは想像がつきませんが、ランティスは幼い頃は身体が弱かったらしく、辺境伯家を継ぐのは難しいだろうと見なされていたそうなんですよ。それで母親は、後継者である次男につきっきりで、ランティスに目を向けることはなかったとか」

「病弱だったのですか？　それなのに家出を？」

「ああ、それが、弱かったのは十の頃までだったそうなんですよ。チェスターいわく、普通の人間は、幼い頃は頻繁に熱を出していたとしても、成長とともに丈夫になるのは珍しい話じゃないそうで」

　それはそうですねと頷きながら、わたしは眉間にしわを寄せた。

　今の話の通りなら、ランティスを跡継ぎ候補から外すのが早すぎる。何かほかに、理由があったのだろうか？

こういった場合、残念ながら意外とあるのが、実は父親が先代辺境伯ではなかったというケースだけれど……。

サーシャが集めた情報によると、ランティスの母君である先代辺境伯夫人は、結婚するまではほとんど社交界に姿を現さなかったらしい。

夫人も子供の頃は身体が弱かったからというのは表向きの理由で、夫人の母君が社交界を嫌って屋敷にこもっていたのだという。どうも夫が他家の夫人と浮気をしていたらしく、夜会などで顔を合わせることが耐えがたいのだろうというのが当時の噂だったそうだ。

ランティスのおばあ様にあたる母君と一緒に屋敷にこもっていた夫人が、結婚前にほかの男性と……というのは考えづらいし、辺境伯とは政略結婚ではあったものの仲睦まじい様子だったらしい。父親の浮気で苦労していたのだろうことも考えると、なおさらランティスが辺境伯の実子ではないという可能性は薄く思える。

しかし、我が国では、貴族の家なら通常は長男が跡を継ぐものだ。

ただし、男子がいない家や、長男がいるものの身体的に跡を継ぐのが難しい家などは、国に申請した上で法務官の調査のもと、正当な理由であると認められたなら、長女が継ぐことや、あるいは次男が継ぐことも可能だ。

子供の頃に失踪し、数年間行方が知れないというのは、残念ながらすでに亡くなっている可能性が高いため、次男が継ぐに至る正当な理由と認められるだろう。

しかし、十歳まで身体が弱かったというだけでは無理だ。

……現当主である弟のレイティス・フォワードとの間に家督争いがあったと見るべきだろうか？

年齢的には二人とも幼すぎるため、本人たちの意思ではないだろうけれど、それぞれに別の後ろ盾がついて争っていたとしたら、可能性はあるだろうか？

わたしは頭を悩ませながらも、報告の続きを促した。

「ギルベルトが所属していたという傭兵団については？」

「こちらは残念ながら、めぼしい成果はありませんでした。騎士団の連中にも当たってみたんですが、ギルベルトは傭兵団にいたと話すものの、その傭兵団の名前まで明かしたことはないそうなんですよ。まあ、傭兵団なんて名ばかりで、追い剝ぎと大差ない真似をしている連中も少なくないですからね」

真っ当な傭兵団なら名前を伏せる必要はない。

明かさないのは、何かしら事情があるからだろう。そうだとしても、先王の治世下で国内が荒れていた時代に、親のいない子供が一人で生き抜いたのだ。やむを得ないこともあっただろう。

「その辺りを察して、周りの連中も深くは聞かなかったようです。ただ……、これは、ギルベルトのことだと確認が取れたわけじゃないんで、そこを踏まえて聞いてほしいんですが」

質問を変えてみたんですよと、バーナードは含みのある口調でいった。

「ギルベルトのことを尋ねるのではなく、十三、四程度の子供が、傭兵連中に交ざって対等に話しているのを見たことがあるか？　とね」

　あの男が傭兵団時代に人脈を築いていたなら、その幼さからして目立ったはずです、とバーナードは続けた。

「雑用係でも使い走りでもなく、周りから戦力として扱われている。そういう子供を見たことがあるかと聞いたところ、一人、心当たりのある奴がいました。そいつの話によると、その傭兵団は鎌蛇のグリッドという男が頭で、布教活動を行う聖教会の連中の護衛についていたそうです。――実際のところ、護衛だけやっていたかどうかはわかりませんがね」

　わたしは口元に手を当て、眉を顰めて呟いた。

「彼は過去に、聖教会の活動に関与していた可能性が高いということですね」

「清廉の騎士だなどといわれていますが、本質的に、あの男の武器は剣ではなく諜報と扇動でしょう。普通の傭兵団でその手のやり方を学べるとは思いません。ですが、聖教会に協力していたなら話は別です。民衆に対する人心操作は、連中がもっとも得意とするところですからね」

◇

　リットン卿の館は、幻想的な雰囲気に包まれていた。

　橙色のランタンが、手前に広がる庭園から奥まった場所に見える林の中までも、至るところに無数に灯されている。地上の闇を払う星のようでもあり、その揺らめく炎一つ一つが妖精たちの戯《たわむ》れのようでもあった。

バーナードとともに、目元を覆う仮面をつけて馬車を降りた。

わたしたちを出迎えたのは、同じく仮面をつけた中年の男性だった。リットン卿だろう。

しかし、ここではお互いに本名を名乗ることはしない。

「神々のための祝祭へようこそ、光の妖精《ラ・ルラ》よ。そして死者の国の王《オル・グライア》」

「素敵な悪戯の宴《うたげ》をありがとう、春告げ鳥《ア・ファー》。あなたのためにも、冬の神の御心が春解けの雪のごとく和らぎますように」

口上を述べて礼を取る。バーナードも無言のまま軽く頷いてみせた。

この仮面舞踏会においては、衣装だけではなく、呼び名や挨拶、たわいないお喋りさえもテーマに添ったものであることが求められるのだという。

もっとも実際にはそこまで徹底できるものでもなく、常連も多い催しのため、口調も砕けていってしまうそうなのだけど、建前としては、あくまでこの場にいる者はいずれも皆、古神話に出てくる存在であるということらしい。

ニコレットが今夜のわたしたちの衣装を『光の妖精』と『死者の国の王』に決めたのは、この二人が恋に落ちる物語が古神話にあるというのも理由の一つだろう。

大広間に入ると、楽団が奏《かな》でる美しいメロディが聞こえてくる。

バーナードとともにゆっくりと歩を進めると、人々の視線が集まってきた。

わたしの胸元には、白百合と交差する二本の剣が小さく刺繍されている。王家の家紋案は、最終的には採用されたのだ。

ただ、この仮面舞踏会に参加するということは公《おおやけ》にしていなかった。

王妹と話ができる機会があるとわかったら、高位貴族や大商人たちが権力や財力にものをいわせてでも招待状を手に入れようとするのが目に見えていたからだ。それでは目的が達せられない。今夜は、庶民層やそこに近い人々と交流するために来ているのだから。

重厚な音楽でも隠しきれない動揺とどよめきが、大広間にさざ波のように広がっていく。

「まさか、王妹殿下……!?」

「本物なのか!?」

「白の貴色に王家の紋だぞ。女性であれを纏える御方は今、アメリア殿下しかいないだろう……!」

そんなざわめきが聞こえてくるのに、わたしはいつものように王家の姫らしく微笑んでみせる。

今宵《こよい》はこの顔を覆う仮面対王家の威厳である。

「どうしてここに!?　リットン卿と交友があったのかしら……?」

「金蔓家絡みではありませんの?　卿も一応は親戚筋なのでしょう?」

「親戚筋といっても遠縁のはずよ。アメリア殿下を招待するなんて、ルーゼンの本家でなくては無理よ！」

「ほっ、本物のアメリア殿下ですの……!?　わたくし、こんな近くで王家の方にお会いするなんて初めてで……！　どっ、どうしたら!?」

「落ち着いて、落ち着くのよ、慌てずにまずは深呼吸、ひぃっ、殿下がわたしを見たわ！　わたしを見てくださった！」

「ちょっと、図々しいわよ、あなた！　殿下は大広間の様子をご覧になっただけでしょう！」

　わたしは声がするほうへ視線を向けて、遠目にもわかるようにくっきりと唇に笑みを浮かべてみせた。途端に、歓声とも悲鳴ともつかない声が上がる。

　ありがとう。ぜひ今夜の話は広めてくださいね。王家の姫が、素敵な婚約者と仲睦まじく過ごしていたと。よろしくお願いしますね。

「おっ、俺も、アメリア殿下と目が合った気がする！　もしかして俺のこの暗黒の山羊《マヌ・オマ》の衣装をお気に召して……!?」

「馬鹿かお前は自意識過剰もいい加減にしろ、相手は殿下だぞ！　失礼なことをいうな！」

「つーか、お前の歳で暗黒の山羊を選ぶのは痛い。ガルドレウス物語が好きでも、もっとほかに登場人物はいるだろ。殿下の目を引いたとしたらそれはやべー奴がいるなって意味だぞ」

「うるせー！　好きなものを貫くのは格好良いって、ユリアナはいってくれてるからいいんだよ！」

「そうだな……、己の信じるところを貫くのは立派なことだ……。ああ、アメリア姫にこんな数歩の距離でお会いできるなんて、俺は今夜死んでもいい……！　俺の命を捧げさせてください、姫……！」

「キモい！　変態の命を捧げられても殿下は迷惑だろ？　やめて差し上げろよ、キモいから」

「黙れ暗黒の山羊！　俺は変態じゃない！　騎士のはしくれとして当然のことをいっただけだ！」

聞こえてくる会話に小さく噴き出しそうになって、誤魔化すように咳払いした。

非常時でもないので命は捧げなくていいですけども、暗黒の山羊は少し気になります。『ガルドレウス物語』は確か、戦士ガルドレウスが暗黒の山羊を倒す物語だったと記憶していますが、悪役をモチーフにした装いもあるのですね。

そう感心しつつも、大広間中の関心を集めることに成功して、わたしは今度は作り笑いではなく微笑んだ。

さあ、皆、わたしの隣にいる素敵な婚約者にも気づいてください――！

「殿下が仮面舞踏会に参加されるなど、初めて聞いたぞ」

「金蔓家は何を企んでいる？」

「いやしかし、今宵の姫殿下はまたひときわ美しいな。あのような装いをされているのは初めて見た。これは黒脈家筋の友人が聞いたらとびきり悔しがるだろうて」

「ハハッ、社交界中に妬まれてしまうかもしれませんよ。私も取引先から質問攻めにされる未来が眼に浮かびます」

「ですけど本物の殿下なら、いつも護衛についている近衛騎士の方々はどちらに……？」

「招待客に紛れて護衛についているのではなくて？　門をくぐったときから、今夜はいやに物々しい雰囲気だと思いましたもの！」

「本当に本物の姫殿下だっていうの？　なら、隣にいるのは、あの噂の……！」

「あらでも、噂で聞くよりずっと――、いい男じゃない？」

「ちょっとあなた、何をいい出すのよ!?」

「目元を隠していてもわかるわ。あれは相当な美形よ。多くの舞台を鑑賞してきたわたしのこの審美眼を信じなさい。あれは絶対に女たちの視線を奪う顔をしているわ」

「変なことをいい出すのやめなさいよ、相手は殿下の婚約者よ!?」

「でも、本当に……、素敵な方ですね。あの服装は静寂の死者の国《オル・グライア》の王がモチーフなのでしょうけど、あれほど美しさと荘厳さを体現されている方は初めて見ました」

「あのロングコートを着こなせるのもすごいわよ。あれは難易度高いわ。よほどスタイルがいい男性じゃなきゃ無理ね」

　ふっ、ふふふふふ、そうでしょう、そうでしょう！

　わたしは表には出さないまま、内心で鼻高々に胸を張った。ついにバーナードの素晴らしさが王都中に知れ渡る日が来ましたね！

「見た目に騙されちゃ駄目よ！　人の皮を被った呪いの魔剣なんて呼ばれている男よ。近衛隊のほかの騎士様たちからも避けられているって聞いたわよ」

「それ、私も聞いたわ。仕事中も横暴で横柄で、部下の手の骨を砕いたこともあるんだって」

「嫌だわ、目が合っただけで難癖をつけてくるんでしょう？　逆らった相手は皆殺しにしてきたとか……！」

「二言目には『殺すぞ』と怒鳴りつけて、すぐに剣を抜くんですってよ！」

そんなことはしませんけど!?

皆、よく見てください。この格好良くて優しげな男性を！

だいたいバーナードは「殺す」なんて脅したりしません。彼がそう決めたときには、すでに事が終わっているのですよ！

「なんでも、実際に夜会で斬り殺された青年もいるんですってよ。それも姫殿下に挨拶しただけでよ!?」

「まあ、なんて恐ろしい……！」

そっ、それに近いことはありましたけど、あれは相手がわたしの命を狙っていたからです！　何もかも誤解です！

聞こえてくる言葉の数々に、王家の姫らしい微笑みにひびが入りそうになるのを、わたしは必死で耐えた。

このような言語道断の噂が幅を利かせるのも、今このときまでです。

今宵の宴で、わたしとバーナードの噂を、いちゃいちゃで甘々なものに変えてみせましょう……！


　わたしは、わざとらしくゆっくりと着飾った人々を見回した。

　彼ら彼女らが一様に口を閉ざし、ただ視線だけがこちらへ注がれる。

　そのタイミングに合わせて、バーナードの腕をぐいと引いてみせた。

　問いかけるようにわたしを見下ろす婚約者に、できる限り高慢に微笑んでみせる。

　それから、彼の仮面の下の頬をすっと人差し指で撫でた。

「わたしの愛しい死者の国《オル・グライア》の王。あなたが静寂を好むことは知っているけれど、わたしは喧噪を愛するの。それが妖精の性《さが》だもの」

　光の妖精《ラ・ルラ》は悪戯好きで恐れ知らず、わがままで好奇心旺盛な妖精だ。誰もが恐れる死者の国にさえ飛び込んでいってしまうほどに。

「今夜のあなたはわたしのしもべ。誰もが膝をつく死者の国《オル・グライア》の王はいないわ。あなたはわたしだけを見ていなくてはだめなのよ。どれほど煌《きら》びやかな蝶が寄ってこようとも、眼もくれずにいるの。あなたはわたしとだけ踊り、わたしにだけ愛を囁くのよ」

　こげ茶色の瞳と視線を絡めて、わたしは高飛車に言い放った。

「わたしの愛が欲しいのでしょう？　なら、そうしなくてはいけないわ」

傲岸な笑みを浮かべながら、わたしは胸の内で動揺の七転八倒をしていた。

――ど、どうでしょうか、これは!? このわがままな妖精らしさに加えて、わたしのほうが彼に独占欲があるのですよという真実を含ませたアピール、さらには支配じみた物言いをされてもちっとも気を悪くしないバーナードです！ 噂とはまるでちがうわたしたちの姿に、皆も息を呑んでいることでしょう！

そのバーナードは、なぜか耐えるような気配を滲ませていた。仮面越しにも、眉間に刻まれたしわが見える気がする。

この程度のことで怒る人ではないので、わたしに撫でられた頬がくすぐったかったのかもしれない。笑い出したいのを我慢しているのだとしたら、悪いことをしてしまった。頬ではなく肩辺りを撫でたほうがよかっただろうか。

そんなことを頭の片隅で考えていると、彼はまるで探るような眼でわたしを見た。湖の底を覗き込むような眼だ。バーナードがわたしの何を見透かそうとしているのかわからず、かすかに戸惑う。

しかし、それらはほんの一瞬のことだった。

バーナードはふっと微笑むと、わたしの手を取った。

そして、手の甲に、うやうやしい仕草で口づける。

「何もかもすべてお前の望むままに。輝ける空の遣い、闇すら散らす星の花、我が愛、光の妖精《ラ・ルラ》よ」

バーナードの瞼がわずかに下がる。こげ茶色の瞳がすうと細められて、まるで獲物を狩るような鋭さが増す。

あぁ――――、死者の国の王と恋に落ちた光の妖精の気持ちがわかってしまう。

この眼差しに射貫かれてしまったのは、きっとわたしだけではないはずだ。

楽団の奏でる音楽が、ゆったりとしたものから不意に転調する。

始まったのは、弾むような軽快なメロディだ。

王都の花通りを歩けば、旅芸人が奏でているこの曲を一度は耳にすることだろう。長く親しまれている曲で、踊り方を知らない者でも自然と身体が揺れてしまうような魅力がある。

テンポの速さや、くるくると立ち位置を入れ替えたり、ときには足をそろえて跳ねるような踊り方をするため、王宮の夜会では採用されない曲だけれど、仮面舞踏会なら問題ない。むしろ好まれる類の曲だろう。

バーナードの手に導かれるようにして、わたしたちも踊り出した。

王家の姫にこの曲が踊れるのか？　という野次馬な好奇心が視線に混じる中、わたしは楽しくステップを踏み、バーナードの腕の下をくるくると回った。

わたしにだって、いわゆる『やんちゃ』をしていた時代はあるのだ。

聖教会の追っ手を避けて下町に潜伏したこともあるし、包囲網を突破するために旅芸人の一座に交ぜてもらったこともある。いくら普段は伝統的なドレスを着て俗世など知りませんという王家の微笑みを浮かべていようとも、実体は世俗に塗れた姫なのだ。庶民に人気の曲くらい踊れるのである。

バーナードも、三ヶ月前の婚約披露パーティーの頃は木彫りの人形のような硬い動きだったけれど、今ではすっかり慣れたものだ。滑らかに、余裕をもってわたしをリードしてくれる。

軽やかな一曲が終わると、再びゆったりとしたメロディが始まった。

今度は踊りながら会話をする余裕もある。わたしはバーナードを見上げて囁いた。

「いつもの近衛隊の礼装姿も素敵ですけれど、今夜の服装もとても似合っています。あなたの姿を見たときに、古神話がテーマであることに初めて感謝しました。あなたの黒髪にもよく合っていますし、眼を奪われずにはいられません。これが世にいう『男性の色気』というものなのでしょうか？　見惚れてしまいます、バーナード。とても素敵です」

バーナードが、突然、木彫りの人形に戻った。

ぎしっと音がしそうなほど彼の動きが硬くなる。足を踏んでしまうことはなかったけれど、わずかに体勢を崩したわたしを、バーナードが慌てて支える。

どうしたのかと思って見上げたら、彼は目をそらしていた。その首筋はほのかに赤く染まっている。

「バーナード、もしかして」

「突然そういうことをいい出さないでいただけますか殿下、今は任務中ですので。俺の集中を断ち切ろうと鉈《なた》を振るうような真似は控えてください本当に」

「照れていますね？」

「そのような事実はありません」

「ふふっ、あなたが本当は可愛い人だということが皆に気づかれてしまいますね！」

「ハハッ、それはないですね」

「なぜそこだけ笑い飛ばすのですか」

不満を込めてじっとりとした視線を向けると、バーナードは意地の悪い目つきでわたしを見下ろした。

それから、わたしの耳元に唇を寄せて、囁いた。

「今宵、皆の記憶に残るのは、あなたの美しさだけでしょう、我が姫」

彼は顎を引き、顔を傾け、そして――こげ茶色の瞳が、わたしの間近にあった。鼻筋が触れ合ってしまいそうなほど近く、吐息が感じられそうな距離だった。

「あなたこそよく似合っています。いつもの白のドレス姿もお美しいですが、今夜のこの趣の違うドレスはあなたの可愛らしさをいっそう引き立てている。光の妖精《ラ・ルラ》はここに実在していたのかと納得してしまうほどに美しく愛らしい。……申し訳ありません、姫。今夜、あなたの姿を目にしたときから、同じ言葉しか繰り返せない非礼をお許しください。あなたはあまりにも美しく、闇夜を照らすほどに輝いていて、俺からすべての言葉を奪っていくんです」

「あっ、あの、バーナード、わかりましたから、もう……」

「あなたの空色の瞳は至高の光。たとえ黄金を積み上げたとしても、あなたの眼差しを得ることができないなら何の価値もない。美しい俺の姫。あなたが俺を見てくれるたびに、あなたの瞳が俺を映してくれるたびに、俺は歓喜の炎に焼かれています」

「そのっ、そのくらいで、バーナード……！」

眩暈《めまい》を起こしそうな甘い囁きに、必死で制止をかける。身体中が熱くて、目元を覆う仮面があってよかったと心底思いながらも、この動揺を隠しきれている気がしない。

実際、バーナードはひどく楽しげに笑っていった。

「おや、照れていらっしゃるんですか、殿下？　俺は事実を申し上げただけなのですが」

彼の足をちょっと踏んでやりたくなったことを、ここに告白しておく。

数曲踊ってから、二人で壁際へと移動する。

大広間の中央はダンスを楽しむ人々の場となっている一方で、壁際には休憩や歓談、飲食のための席が用意されていた。そちらにも古神話にちなんだ色合いのランプや逸話のある花々、春告げ鳥をかたどったのだろう小物などが飾られていて、リットン卿のこだわりが感じられる。

わたしたちは濃紺のソファに腰を下ろした。

王宮の夜会なら歩いている途中でも大勢に話しかけられ、挨拶を交わし、交流を深めるところだけれど、この仮面舞踏会では皆に遠巻きにされている。視線こそ痛いほど感じるものの、話しかけていいのかわからないといった様子で、しきりにこちらを窺ってくるばかりだ。

おそらく、突然王妹が現れた理由がわからないため、下手な真似をして不興を買ってしまったらという不安が二の足を踏ませているのだろう。王家の姫という身分は、リットン卿の舞踏会においては高位すぎるのだ。

さて、どこから攻め込もうか？　誰から話しかけようか？　噂を広めてもらうには、庶民層へ顔が利いてお喋り好きな人物が好ましいだろう。

思案しながら、途中でもらったグラスに口をつけて、喉《のど》を潤す。

そして、グラスをサイドテーブルへ置くと、そろりそろりと隣のバーナードにしなだれかかった。

ちらっと上目遣いに彼を見ると、こげ茶色の瞳は異常事態を発見したといわんばかりにわたしを見つめていた。

「殿下、酒でも飲みましたか？」

「あなたが薬草酒すら取り上げたのではありませんか」

むっと唇を尖らせる。

こだわりの強いリットン卿は、王都にある修道院の中でも薬草酒造りで有名なゼムル修道院に依頼して、今夜のために新作を用意してもらったのだという。

それならわたしもぜひ飲んでみたいと思ったのに、バーナードが頑として許さなかった。彼が思っているほど、わたしは酒に弱くない、はずだ。

おかげでわたしの元へ差し出されるグラスは果実水だけだ。給仕にもそう根回しされている。

わたしが眼だけで抗議していると、視界の隅で、薬草酒を盤に載せた給仕が人々の隙間を縫うようにしてこちらへやってくるのが見えた。給仕も皆、仮面で顔を隠しているけれど、正体はすぐにわかる。

「特別な薬草酒はいかがですか？　悪戯な光の妖精《ラ・ルラ》に、死者の国の王《オル・グライア》よ」

盤に載ったグラスを恭しく差し出しながら、給仕――ライアンが小声で囁いた。

「殿下、副隊長から伝言です。ギルベルトが来ていると」

一瞬、息を呑んだ。

そしてすぐさま何事もなかったかのように微笑む。

グラスを手に取ろうか迷っているそぶりをしながら、眼だけで続きを促す。ライアンもまたにこやかな表情を保ったままいった。

「リットン卿が酒の礼にゼムル修道院長を招待していたんですが、その男が知人として連れてきました。二人とも別室にお通しして、今は副隊長が対応してます。どうも、あちらさんも殿下が来ているとは知らなかったみたいっスね。修道院長は泡を食った様子で、知り合いに有名な騎士を紹介されたから話のネタになると思って連れてきただけだと、必死に無関係を主張してました」

「本人の様子は？」

「そっちも殿下がいるとは思わなかったみたいっス。副隊長に殿下の存在を匂わされたらマジで驚いた顔をしてましたし、抵抗とかもなくて、大人しく帰るつもりみたいっスよ」

このまま帰していいかどうか、殿下の判断を仰ぎたい。それがチェスターからの伝言だと聞いて、わたしは顔には出さないまま考え込んだ。

やはりギルベルトは聖教会と繋がっているのだろうか？

現長官の企みではないとしても、教会内部のほかの派閥の者たちと関わっている可能性はある。この仮面舞踏会で鉢合わせしたということは、ギルベルトもまたこの場で噂を誘導しようと企んでいたということだろう。これほどバーナードの評判を下げることに熱心なのだから、王妹の婚約解消自体も目的の一つなのかもしれない。あの決闘騒ぎはただのパフォーマンスではなく、本気で自分が新たな婚約者に名乗りを上げるつもりだったのだろうか。聖教会の息のかかった人間を王家に送り込みたいという企みか。

だけど、現長官でなくても、今の教会幹部ならバーナードの実力は知っているはずだ。評判を下げたくらいで婚約解消が行われると思っているなら、見込みが甘すぎる。

これがたとえば、バーナードではなくチェスターがわたしの婚約者だったなら、婚約にも影響は出ているだろう。大貴族の令息と王家の姫の結びつきであったなら、令息の素行不良は問題視されるところであるし、隙を見せた途端にほかの有力者たちが突いてくるに決まっている。

けれど、わたしとバーナードの婚約は、そういった類のものではない。

大前提として、彼一人が一万の軍勢にも匹敵するといわれるほどの実力があり、いわばバーナード個人が強大な軍事力であるからこそ、わたしの元へ政治的な縁談さえ来なかったのだ。そしてわたしは結婚しなくてはいけない事情があった。今となってはそれらの経緯すべてに心から感謝しているけれど、つまるところ、バーナードにいくら悪評が立とうとも、わたしたちの婚約には影響しないのである。

もちろん、バーナードが悪評通りの振る舞いをしていたなら、お兄様は即刻破談させようとするだろうけれど、彼がいつもわたしを守ってくれていることは、お兄様も青筋を立てながらも認めるところだ。

わたしは軽く息をついた。

いくら考えたところで、憶測の域を出ない。情報が足りていない。このままでは真実にはたどり着けないだろう。ギルベルトの動機がわからなくては、こちらも対応を見誤ってしまう。

それならば、せっかくの機会だ。

盤上のグラスを取って囁く。

「チェスターに伝えてください。彼と二人で話がしたいと」

ライアンは頬を引きつらせて、わずかにわたしの隣へ視線を向けた。けれど、結局は何も口に出すことはなく、ただ頷いて立ち去った。

わたしはじっと上目遣いで、譲る気のない意志を持って、隣に座る婚約者を見つめる。

バーナードは予想通り苦々しい顔をしていた。

「危険です、殿下」

「あの者の動機を探りたいのです。何のために動いているのか、直接会って見極める必要があります」

「せめて俺を傍に置いてください。俺が駄目なら、チェスターでも構いません。護衛と距離があっては、万が一のときに間に合わない可能性もあります」

「彼にわたしへの害意はないのでしょう？　あなたの観察眼を信じています。それに、室内で二人きりになるつもりはありません。あなたはこの屋敷の図面を把握していますよね？　庭園も含めて」

「……庭で、あの男と話がしたいと？」

「ええ。会話の内容はお互いにしか聞き取れない、ただしあなたやチェスターからは目視可能な位置。そういった場所はありませんか？」

バーナードは渋々といった様子で、ため息混じりにいった。

「冬薔薇の庭に、石造りの長椅子が五つ置かれています」

◇

雪のような淡い色の花弁が、ランタンの灯りに滲んで橙色に染まっている。

冬薔薇は冬の終わりに咲く花だ。

未だ寒さの残るこの季節、夜の庭園は人の気配もなく静かなものだった。

石造りの長椅子は横一列に並び、椅子と椅子との間隔は広く取られている。

右から数えて一つ目の長椅子にはチェスターとコリン、五つ目にバーナードとライアンがそれぞれ腰を下ろしていた。

あからさまに監視だとわかる態勢は取らずに、庭を観賞している風を装ってくださいと命じたのはわたしだ。なにも知らない人間が見たら、そしてここが夜の庭でなかったら、無関係の三組の人々がそれぞれ白薔薇を愛《め》でているようにしか見えないだろう。

わたしは、三つ目となる中央の長椅子に座り、客人を待っていた。

やがて足音もなく、その青年は現れた。

薄氷の海を思わせるような薄青のロングコートを、銀の刺繍が厳かに彩る。おそらく彼の装いは、冬の神が従える獣のうち、もっとも獰猛と恐れられる銀狼をモチーフとしているのだろう。

仮面で目元を隠しているけれど、改めて見ると確かに、評判通りの整った容姿をしている。チェスターにも負けていない美貌だと話していたのはライアンだっただろうか。わたしは胸の内で力強く否定した。

――チェスターのほうが格好良いですし、バーナードはもっと、はるかに、比べ物にならないほどの美形ですね。

「悪戯な光の妖精《ラ・ルラ》よ、美しい貴女の隣にお邪魔してもよろしいでしょうか？」

「ええ、どうぞ、獰猛な銀の狼。今夜は素敵な夜ですもの。話し相手が欲しかったところです」

光栄ですと微笑んで、ギルベルトが隣に腰を下ろす。

隣といっても、わたしとは人二人分ほどの間隔が開いている。

「この庭の白薔薇は美しいわ。冬の神も気に入ることでしょう」

「ええ、雪原のような白さです。私としては、白百合の季節が待ち遠しくも感じますが」

白百合は王家の家紋だ。今さら世辞のつもりだろうかと思いながら、軽く笑ってみせる。

「まあ、銀狼がそのようなことをおっしゃっては、冬の神が機嫌を損ねてしまいますよ？　――それとも、心変わりでもされましたか？　ほかに信じる方がいらっしゃるのでしょうか？」

ギルベルトが沈黙する。

わたしは隣を向き、彼に柔らかく微笑みかけた。

「そうだとしても、わたしはあなたを責めたりはしませんよ。あなたの功績は素晴らしいものですもの。あなたのされることには、きっと深い意味があるのでしょう？　あなたが称えられるべき方だということを、わたしはよく知っています。たとえ誰が理解しなくとも、わたしは知っていますよ。あなたは誰よりも素晴らしく、偉大な方です」

寛大に穏やかに、密やかに笑ってみせる。――敵の油断を誘い、その足をすくうために。

「よかったら、わたしにも手伝わせてくれませんか？　望みをおっしゃってくださいな。わたしはあなたのような英雄の助けになりたいのです」

　ギルベルトはしばらく押し黙った末に立ち上がり、わたしに向き直ると、おもむろに自らの仮面を取った。

　そしてそのまま、地面に片膝をついて首を垂れる。

「非礼をお許しください。この場にそぐわない振る舞いではありますが、今ここで申し上げる言葉に嘘偽りはないことの証として、俺はただのギルベルトに戻ります」

「……いいでしょう。わたしは光の妖精ですけれど、人の子の訴えを聞くのもまた、わたしの役目ですからね」

　苛烈な若葉色の瞳が、薄闇を貫くように、わたしをまっすぐに見上げた。

「俺は聖教会の手の者ではありません。連中と取引関係にあったことは、確かに、両の指では足りないほどあります。今回も仕事を頼まなかったとはいいません。ですが、フェノル教の神など信じていませんし、王家と敵対する意図もありません」

「……この状況で、あなたの言葉をただ信じろというのは、難しいことだと思いませんか」

「俺の行動で、殿下が不快な思いをされるだろうことはわかっていました。ですが、聖教会の手下だと誤解されるとは思っておらず……、俺の手落ちです」

　仮面のない素顔は、心底申し訳なく思っているように見えた。

わたしはつい、眉間にしわを寄せながら尋ねた。

「あなたは何がしたいのですか、ギルベルト」

王家と敵対する意図はないといいながら、王妹の婚約者を貶めるために外堀を埋めるような真似をして、いったい何が目的なのか。

「……これから申し上げることは、殿下のお立場では否定するしかないことでしょう。それを承知の上で、いわせていただきます」

ギルベルトはわずかに視線を横へそらした。

バーナードがいる方向へ一瞥をくれて、彼は敵意を露わにいう。

「あの男は危険です。今は大人しいふりをしていても、いずれ必ず殿下へ牙をむきます。どうか婚約についてはご再考を」

「あなたは……、バーナードとの間に何かあったのですか？」

「……俺は、ああいう人間を知っています」

その一瞬、ギルベルトの瞳に浮かんだのは、愛とも憎悪ともつかない仄暗《ほのぐら》い色だった。血が滴るような痛みが、その眼に滲んで見えた。

「あの男は、今は礼儀正しく振る舞っているのでしょう。殿下への愛を誓い、誠実な言葉を口にし、貴女の信頼に足る人間であると示しているのでしょう。ですが、家庭とは一種の檻です。外からではわからないもの。檻の中へ入ってしてしまえば、あの男は貴女のためといって貴女を縛ろうとする。自由を奪い、己の支配下に置こうとする。貴女が戦うことを許さず、反抗の意志すら圧《お》し潰そうとする。己の欲のために、貴女が無力であることを望むでしょう。あれはそういう人間です」

「ギルベルト、あなたは――――、誰を見ているのですか？」

とっさに言葉が口を突いて出た。それは直感だった。

彼がバーナードについて語る言葉は、何もかも間違っているにもかかわらず、ひどく重く、真に迫っていた。彼の眼には、真実そのような人物が見えているのだとわかる。それはまるで二重写しの影のように、ギルベルトにはバーナードが誰かと重なって見えているのだろう。

ですがそれは、バーナードの話ではないでしょう？　と、そう言外に問えば、彼は少し困ったような顔をした。

「似たような経験があるからわかるとだけ、いわせてください」

「あなたが既婚者だと？　いえ、違いますね、それは――――」

十歳まで病弱だった辺境伯家の長男。たったそれだけで後継者から外された子供。

その瞬間脳裏に閃《ひらめ》いたのは、根拠のない推測であり、それでいて奇妙なほどの確信だった。

「それは、あなたのお父様があなたにした仕打ちですか？　あるいは、あなたのお母様が？　あなたが家を出た理由はそれですか、ランティス？」

あえて名を呼んだというのに、ギルベルトは気に留めた様子もなく続けた。

「殿下、今ならまだ間に合います。どうか婚約を解消なさってください。――――手遅れになる前に。

取り返しのつかないことが起こる前に、どうか」

「まさか、わたしに婚約解消の理由を与えるために噂を流したとでも？　そうなのですか？

——ギルベルト、あなたは大きな誤解をしています」

きっぱりと否定しても、青年の苛烈な瞳は揺らがない。

それどころか、わたしの返答を予想していたというように、悲しげに微笑んだ。

「殿下はこの国を守ることを第一に考えていらっしゃる。桁外れに強い護衛騎士という〝英雄〟を創りあげたのは、このディセンティ王国のためだとわかっています」

英雄とはその存在だけで他国に睨みを利かせられるもの。恐ろしく強いと評判の英雄がいたなら、それだけで敵国の兵は怯み、士気は下がる。

自分もその〝英雄〟だから利用価値はわかると、銀髪の青年は落ち着き払った態度で続けた。

「虚像役に選んだからには、あの男を信頼なさっているのでしょう。御身との婚約をもってこの策が完成されるということも理解しています。しかし、殿下。ときに人は、外と内で異なる顔を見せるもの。そして、たやすく信頼を裏切るものです」

ひどく真摯《しんし》にギルベルトがいう。

わたしは思わず首を傾げて聞き返していた。

「——……虚像？　あの、ギルベルト？　バーナードの強さは事実ですが……？」

「ええ、それなりに腕は立つのでしょうね。うまい噂は常に真実を養分に育つものです。今回、噂が噂を呼んで、一万の軍勢にも匹敵するなどと囁かれているのは、さすがの手腕と感服しています。誇張が過ぎるという者もおりましょうが、はったりは強気でいってこそ。俺も心得ております」

「あの、ギルベルト、何か根本的な誤解があるような……？」

「殿下が創りあげた〝英雄〟という幻想の盾を、破壊する気はありません。あの男とは御前試合で戦うことになるでしょうが、俺は決して〝最強の騎士〟を叩きのめすような真似はいたしません。殿下が心血を注いで作られた盾です。俺はあの男の強さが評判通りのものであると振る舞いましょう。しかし――、祝祭の場である御前試合であの男が俺を殺したなら、貴女の婚約者としては不適格となるはずです」

「待ってください、ギルベルト。あなたは何か誤解しています。いえ、何かというか、何もかもというか……」

わたしは彼を押し留めるように手のひらを向けた。

予想外の言葉の数々に混乱しながらも、不意に脳裏をよぎったのは、先日の朝食の席でのお兄様との会話だ。

――あの狂戦士《バーサーカー》を『普通の人間』として計画を立てたのだろう点だけは惜しいが。

――常軌を逸した所業というのは自分の眼で見なくてはなかなか信じがたいものだからな。奴に慣れてしまっているお前や私のほうが普通ではない。

まさか、そういうことなのだろうか？

彼は生贄姫の噂を鵜呑《うの》みにしていたわけではなく、理性的に、理論的に考えて答えを出したのか？

たった一人で一万の軍勢を壊滅させることのできる人間などいるはずがないという良識の下に？

「ギルベルト、口で説明しても信じがたいことかもしれませんが……。まず、そもそもですね、バーナードは御前試合に出ませんよ」

「今はそう振る舞っているのですか？　だとしても、内心では怒り心頭でしょう。名誉を傷つけられたとね」

「いえ、その点は気にしていないと思いますよ」

「御前試合で俺は敗北しましょう。しかし、あの男の本性は明らかにしてみせます。あの男が怒りに任せて俺を殺したなら、そのときはどうか、婚約について今一度お考え直しください。それだけが俺の望みです」

それからギルベルトはすまなそうに眉を下げて謝罪をした。

「殿下のお立場では否定するしかないことでしょう。俺はそれをわかっていて申し上げました。許しは請《こ》いません。俺は、今後の行動をもって忠誠と贖罪を示しましょう」

わたしはついに言葉をなくして、片膝をついている青年を見下ろした。

どうしよう。まったく話が噛み合っていない。

これはいったい、どこからどう訂正していったら納得してくれるのだろう。動機がわからないと思っていたけれど、わかったはずなのに何も解決していない。

――え……、ええと……？　これは、何をどういえばわかってくれるのでしょうか……？

　わたしが二の句を継げずにいると、ギルベルトは静かに立ち上がった。

　用件は済んだという様子で、一礼して立ち去ろうとするその後ろ姿を、とっさに引き留める。

「ギルベルト！」

　無言で振り向いた銀の髪の青年に、わたしは問いかけた。

「あなたは聖教会の人間ではないといいましたね」

「ええ」

「それならば、あなたは誰の下で働いているのですか？　いったい何に殉《じゅん》じようとしているのですか？」

　これこそが今夜、聞きたかったことだ。ギルベルトの言葉に惑《まど》わされてはいけない。彼が誰のために、あるいはどの神のために動いているのかを見極めなくては。

　ギルベルトは、なぜか驚いたようにわたしを見た。

　若葉色の瞳が、苛烈でもなく凍りついてもいない温度で、愛おしむような奇妙な輝きを見せる。

　銀の髪の青年は、月明かりの下でかすかに笑った。

「貴女です」

　迷いのない声が、夜の庭園に響く。

「俺の神は昔も今もただ一人、貴女だけです、アメリア殿下」

ギルベルトの姿が夜の闇の中へと消えていく。

今度は引き留めなかった。引き留められなかった。

――絶句してしまっていたからだ。

呆然と見送るわたしの傍に、バーナードたちが近づいてくる。

ライアンがあっけらかんとした口調でいった。

「すごいっスね、殿下。姫様から出世して神様になるとはさすがぐぉっ」

最後の呻き声はチェスターの仕業だろう。

わたしはもう、そちらに気を配る余裕もなかった。ただ、バーナードを見上げて力なくいった。

「あなたにも聞こえていましたか……？」

「ええ、最後だけは。俺の神がどうだとかいっていましたね」

「……っ、今までも、わがまま姫から王の右腕まで、さまざまな呼ばれ方をしてきましたし、王家の人間として受け入れてきたつもりですけれど、さすがに神は……、神はないと思いませんか……!?」

「殿下の狂信者だったんですねえ、あの男。どうりで話が通じないわけです」

「しみじみいわないでください、バーナード……！」

わたしは少しばかり涙目になってしまった。

第4章

ギルベルトが去った後、わたしたちは再び大広間に戻り、本来の目的である噂を広めるための交流に励んだ。

仮面舞踏会が閉幕となった後は、後宮の私室に帰り、サーシャの手を借りてドレスを脱ぎながら事の顛末を話した。

すると、夜着に着替えたわたしの前で、筆頭侍女は頭を抱えてしまった。

「姫様の狂信者ですか……、『貴女が俺の神』と……、神ですか……！」

わたし自身も『神様扱いはないですよね』とたそがれていたものの、自分より動揺の激しい相手を見ると落ち着きを取り戻すものだ。

サーシャはギルベルトに妙な期待を抱いていたようだし、ここはわたしが慰《なぐさ》めてあげよう。そしてバーナードこそ唯一無二の婚約者だと認めさせましょう――と企《たくら》んでいたら、わたしの母親代わりでもある彼女は、目元をハンカチで覆ってわっと泣き崩れるようにいった。

「どうしてまたそんなおかしな男ばかり……！　姫様ほどの御方なら、本来、求婚者が列をなしているはずですのに……！　山のような求婚者の中から、これぞという男性を選《よ》りすぐって夫になさるはずでしたのに！」

「そんなことを考えていたのですか？」

「姫様の夫となる男性ならば、誠実な人柄は備えていて当然、身分に地位に実力を兼ね備え、見目の良さに包容力を持ち、そしてなにより姫様への深い愛情を抱いている、そんな男性をより取り見取りの中から選ばれるはずでしたのに！」

「まあ、サーシャ。バーナードはその条件にぴったりではありませんか」

「長年苦労してこられた姫様が、今後は心穏やかで幸福な日々を迎えられることを、このサーシャ、心から願っておりました……！」

　わたしの相槌が聞こえなかったふりで、長年の侍女はハンカチを目元に当てて切々と続けた。

「あの夜会での凶行事件があった後も、わたくしは信じておりました。天におわす大いなる神は、この国を守ろうと奔走された姫様の献身を、しかとご覧になっているはずだと。ならばきっと、この試練を乗り越えて姫様にふさわしい求婚者が現れるはずだと、固く信じておりました」

　サーシャはそこでハンカチを下ろすと、凄みのある声でいった。

「だというのに、現れたのは、極端に偏《かたよ》ったろくでもない男二人……！　天は寝ぼけているのでしょうか!?　真っ当で良識ある好青年はどこにいるのです!?　これほど聡明で輝かしい姫様のもとに、どうしてこう、おかしな男ばかり寄ってくるのか……！」

筆頭侍女が両手をわなわなと震わせて、心底忌々しいという口調でいう。迫力のある形相は、殺気すら感じさせた。

わたしはやや怯みながらも、彼女が忘れてしまっていることを思い出させるために努めて明るく告げた。

「落ち着いてください、サーシャ。何も心配はいりませんよ。わたしの素晴らしい婚約者なら、すでに決まっているではありませんか」

「姫様、今からでも遅くはありません。わたくしも伝手《つて》を総動員してルーゼン家に働きかけますから、チェスターで手を打つというのは……！」

「次にそれをいったら本気で怒りますからね」

◇

翌日の朝食の席では、お兄様にも「神……、神か……、神……！　いやそれでも私は狂戦士《バーサーカー》よりは狂信者のほうが」などといわれて少しばかり冷たい目になった後のこと。公務の予定も一通り終えた夕暮れである。

わたしは、バーナードと、公開訓練帰りのチェスターの三人で、再びの作戦会議を開いていた。

ローテーブルの上には三人分の紅茶が用意されていて、ほのかな香りが室内に漂う。

「それにしても、困りましたね」

ティーカップを手に取りながら、わたしはため息をついた。

「ギルベルトの目的が、まさかわたしの婚約解消だったとは……」

王家への謀略か、あるいはこのディセンティ王国そのものに対する謀《はかりごと》か？　と警戒していたこともあって、公人のわたしとしては拍子抜けした感覚がある。そんなことで王都中の噂を手中に収めないでほしいものだ。その優れた手腕は、もっと別のことに活かしてほしい。

しかしその一方で、私人のわたしとしては、決して負けられない戦いを挑まれた気分だ。わたしは絶対婚約解消なんてしませんからね！

チェスターも深く頷いていった。

「まずは、隊長に対する偏見と誤解を取り除く必要があるでしょうが、昨夜の様子では、殿下のお言葉さえ受け入れないようでしたからね」

ティーカップをローテーブルに置き、どうしたものかと嘆息する。

チェスターは隣に座るバーナードへ視線を向けていった。

「殿下から伺ったお話を纏めると、ギルベルトの誤解はおおよそ三つです。一つ目、隊長は殿下を騙している。隊長の本性は他者を束縛し抑圧し、己の支配下に置くことで優越感に浸るようなおぞましいものであり、今は殿下に対して外面《そとづら》よく過ごしているだけだと」

「そのようなことをいっていましたね……」

あれはおそらくは、ギルベルトの知る誰かをバーナードに重ねてしまっているのだろう。

ギルベルトが真実見ているのはバーナードではない。バーナードを通して、別の誰かを見ている。

過去に彼を苦しめた誰かを。

そう察しつつも、わたしは頭痛に耐えるように額に手をやった。

誤解の方向性がひどい。本来のバーナードの姿と真逆である。

チェスターは自分の上司をしげしげと眺めて「どこをどう見たら、外面がいいなんて誤解ができるんでしょうかね？　隊長が外面だけでもよくしていてくれたら、俺の苦労は大幅に減っているはずなのに」とぼやいてから、再びこちらへ向き直って続けた。

「誤解の二つ目。隊長が最強の騎士であるというのは国防のために殿下が創りあげた虚像であり、実際はギルベルトでも倒せる程度の腕前である。ははっ。いえ、笑ってはいけないんでしょうが、そんな普通の人間だったら、俺が隊長への問い合わせ窓口にされることはなかったはずなのになと思わずにはいられず」

「彼なりに常識の範疇で推測した結果なのでしょうけど……。あの誤解は、ギルベルト自身が情報戦に長《た》けているがゆえでしょうか……？」

「それに加えて、あの男は、形なきものを信じることも恐れることもない性質なのではありませんか？　徹底して冷静で冷徹とでもいいますか。暗闇に怯えることもなく、神も呪いも信じないのでしょう」

そこまでいってから、チェスターは気まずそうに眼を泳がせた。

「ただし……、信仰心はある。少なくともギルベルトにとっては、殿下こそが実在する神であると。これが三つ目の誤解ですね」

わたしとチェスターは、まるで計ったようなタイミングで、同時にため息を吐き出した。

「なにがどうしてそうなったのかは知りませんが……、神とまでいうのなら、わたしのいうことを信じてくれてもいいと思いませんか」

わたしが少々やさぐれた気分で呟くと、チェスターも嘆息して答えた。

「あの男からすると『立場上、殿下は否定するしかない』らしいですから、言葉での説得は難しいでしょうね……」

バーナードだけが悠然とした態度を崩さずにいった。

「ここは簡潔に、ギルベルトを闇討ちでもしますか」

「あんたは、歩く俺の苦労増幅器か何かですか？」

「俺が噂通りの『人の皮を被った呪いの魔剣』だとわかったら、少なくとも二つ目の誤解は解けるだろう。これが一番手っ取り早い」

「御前試合を前にして近衛隊隊長が騎士団の英雄を闇討ちすることのどこか手っ取り早いのか、俺には到底わかりかねますね、はっはっは」

チェスターの怒りに満ちた笑い声が室内に響いたときだ。

執務室の扉が遠慮がちにノックされる。入室を許可すると、見張りの衛士が申し訳なさそうにいった。

「殿下、お取り込みのところ申し訳ございません。近衛隊の者が、至急殿下にお目にかかりたいと押しかけてきておりまして」

「どうぞ、通して構いませんよ」

バーナードとチェスターが怪訝な顔で振り向く中、駆けこむように入ってきたのはライアンだった。

「大変っスよ、殿下。総隊のエンリケが負傷して全治二週間、御前試合への出場は絶望的だそうです！」

わたしは思わず、バーナードとチェスターと三人で顔を見合わせた。

近衛隊総隊所属のエンリケは、去年の御前試合で奮闘した第四の騎士だ。

今年はギルベルトの対戦相手になるはずだった。

ライアンが説明したところによると、負傷の経緯はこうだった。

エンリケが姉の荷物持ちとして花通りへ買い物に訪れていたところ、突然現れた男に「貴様だけは許さん！」と叫ばれて殴り掛かられた。とっさに避《よ》けたものの体勢を崩して倒れかけ、地面に手をついたときに手首をひねってしまった。医官の見立てでは全治二週間だという。

駆けつけた衛兵が事情聴取したところ、犯人の男はなんと騎士団の人間で、理由は頑なに話さないものの「騎士団に迷惑をかける気はない。すでに辞表を同僚へ預けてある」とまでいう。詰め所で衛兵が困り果てていたところに、犯人の妹が駆けつけてきた。そして真っ青な顔でエンリケに平謝り。

事情を尋ねると、彼女は王宮勤めの下級官吏で、兄からしつこく騎士団の同僚との見合いを勧められて辟易し、恋人がいると嘘をついた。その恋人役に選んだのがエンリケだ。ときおり王立図書館で顔を合わせて、挨拶やたわいない世間話を交わすだけの間柄だったけれど、彼女はずっと片想いを胸に秘めていた。だからとっさに、架空の恋人に彼を当てはめてしまった。兄が引き下がってくれたらそれでよかった。

しかし、兄のほうといえば、何ヶ月待っても相手の男が挨拶に来る様子がない。相手の男はあの高慢ちきな近衛隊の一員で、騎士団にとっては憎き第四の騎士で、五男とはいえ男爵家の人間だという。こちらは実家が小金持ちなだけの平民だ。もしかして、本気になっているのは妹だけで、相手の男は遊びのつもりなのではないかと密かに気を揉んでいたところ、騎士団の同僚から聞いたのだという。

あの近衛隊の第四の騎士が、金髪の美人と仲睦まじく過ごしているのを見かけたと。独身だと聞いていたけれど、婚約者がいたんだなと。

妹は赤毛だ。兄はカッと頭に血がのぼり、騎士団の馬を頼み込んで借りると、同僚から聞いた場所へ駆けていった。とはいえ花通りは広い。買い物客で賑わっており、時間もすでに経過している。見つかるはずもないかと一度は冷えかけた頭で、それでも未練がましく、以前同僚から女性に人気だと聞いたカフェを捜したところ、見つけたのは、テラス席で金髪の美人と親しそうにしている男の姿だった。同僚のいったことは本当だったのだと思い込み、兄はこぶしを振り上げた――。


「待ってください、ライアン。その同僚というのは、まさか……」

「例の殿下の狂信者っスよ！　清廉の騎士ギルベルト！」

うわ……と、引いた声を漏らしたのはチェスターだった。

気持ちはわかる。昨日の今日でこれなのか。動くのが早い。事前に集めていた手札を、状況に応じて切っているというところか。

バーナードを確実に御前試合に出させるために、すでに決まっていた第四の騎士を落としに来るとは、信じられない。頭が痛い。どうしてそう嫌な方向に有能なのだろう、彼は。

「あ、でも、この話には続きがあってですね。なんと、エンリケのほうも、その妹さんにずっと片想いしていたそうなんスよ」

だから、事情が判明した後、エンリケは真っ先に彼女に告げた。

『どうかもう謝らないでください。御前試合にはすでに一度出させていただきました。次はほかの騎士にという神の思《おぼ》し召《め》しでしょう。私は、偽りであっても、あなたの恋人になれたことを嬉しく思います。あなたさえよかったら、どうか本物の恋人にしていただけませんか？』と……。

「その妹さんって、柔らかそうな赤毛の可愛い子なんスよ～！　エンリケの奴、うまいことやりましたよね！　兄貴のほうも真相を聞いたら真っ青になって床に頭をつける勢いで謝ったらしいですし、結局はエンリケが取りなして、事件扱いにはならずに済みそうだって話です」

「殴りかかられたのは普通に災難だと思うが……、まあ結果を見たら丸く収まったといえるのか。ギルベルトなら、そこまで知った上で動いていそうですね」

　チェスターがげんなりとした口調でいう。

　わたしも嘆息した。

「第二の花咲かせのデントになるつもりでしょうか、彼は」

「愛の花というより、なにかどす黒い花が咲きそうですが……」

　わたしとチェスターは、そろってはあと息を吐き出す。

　それから、四つの眼でじっとバーナードを見つめた。

　最強の近衛騎士は、嫌そうな顔をしていった。

「御前試合には出ませんよ、俺は」

「わたしとしてもギルベルトの思い通りになるのは癪《しゃく》ですけれど、これは誤解を解く絶好の機会ではないでしょうか？」

「そうですよ、隊長。闇討ちなどよりはるかに真っ当な手段です」

バーナードはため息を一つつき、それからわたしを見据えていった。

「殿下、俺とて、あの男に思い知らせてやりたいと考えなかったといえば嘘になります。ですが、ギルベルトが何を誤解し、何を仕掛けてこようと、俺にとって最優先事項はあなたをお守りすることです。何があろうと、その優先順位が変わることはありません。闘技場のような狙いやすい場所で、チェスターもいないというのに、俺があなたの傍を離れることはあり得ませんよ」

ぐうの音も出ない正論である。

しかし、三つの誤解のうち、もっとも簡単に解けるだろうものが、バーナードの実力についてなのだ。

わたしの近衛隊隊長をどう説得しようかと頭を悩ませたとき、隣室に繋がっているほうのドアがノックされた。

隣室で働いているのはわたしの補佐官たちだ。入るようにいうと、わたしの筆頭補佐官がやってきて、ある人物が王都へ足を踏み入れたことを知らせてくれた。

その内容に、思わず微笑んだ。

「どうやらわたしは賭けに勝ったようです」

謁見予定者の名簿にある通りに、明日、王宮へ上がるように伝えてくださいといえば、筆頭補佐官は心得顔で頷いた。

バーナードが愉快そうに笑い、チェスターが賛美の言葉を口にする。

わたしは思考を巡らせながらも、呟くようにいった。

「さて、これが形勢逆転のための一手となると良いのですけど」

◇

わたしの謁見のための部屋は、王宮に三室ある。

これは儀礼にこだわるご老体方の批判をかわしつつ、いかに効率よく謁見を行うかを考えた結果だ。

謁見の際、すでにわたしが室内にいる場合は、目通りを願った人物の名前や肩書きが高らかに読み上げられるところから始まり、その人物もまた扉のところで一通りの格式ばった口上を述べてから、わたしの許しを得て入室しする。さらに格式ばった挨拶を美辞麗句を織り交ぜてとくとくと語り、わたしの許しを得て着席し……という大変に時間のかかるものになってしまう。

効率よく用件だけを聞きたいとは思うものの、儀礼や手順をおろそかにするとそれはそれで外野が厄介だ。

補佐官たちに相談したところ、客人に先に座っていてもらえばいいのではないか？　という名案によって増やされたのが小謁見室である。来客には室内で座って待っていてもらい、わたしは三部屋を順繰《じゅんぐ》りに回っていく。王妹《わたし》が相手を待たせる分には問題はない。

まあ、まったく何もいわれないわけではないけれど、目くじらを立てられるほどではない。

ちなみにこれは、わたしがあくまで王妹であり王の補佐官だから使える手段だ。お兄様は三室の小謁見室を羨ましがっていたけれど、さすがに国王陛下の立場でこんな真似はできない。


その人物は、午前中の謁見予定者名簿の五番目に名前が載っていた。

わたしが護衛騎士を伴って室内に入ると、彼はサッと立ち上がる。

銀の髪に、若葉色の瞳。同じ色でも印象は随分と違って見える。おそらく彼は〝凍りついた〟という形容詞を持つことはないだろう。戸惑いと恐れに揺れ動く心がそのまま、その瞳に映っている。

先代辺境伯の第二子にしてフォワード家現当主、レイティス・フォワード。

ランティスの——ギルベルトの弟だ。

わたしは彼に着席を促し、自分も相向かいのソファに腰を下ろした。

南の国境を守る辺境伯三家のうちの一つ、フォワード家。王都とは距離があるため、早馬を出しても御前試合までには到底間に合わない。

だからこれは賭けだった。

——本当はフォワード家の現当主は、西の砦の英雄が兄だということをすでに知っており、御前試合に出場するギルベルトに会うため、あるいはその姿を一目見届けるために、王都へ向かっている最中なのではないか？

わたしがそう考えたのは、騎士団長であるエバンズ卿の言葉が理由だった。

彼はわたしに「ギルベルトも殿下のお言葉にだけは耳を傾けるやもしれない」といった。エバンズ卿は、わたしならギルベルトを説得し、実家に帰らせることができるのではないかと期待していたのだろう。

わたしにはそれが不思議だった。

先代が存命中ならばまだしも、今になってギルベルトが素性を認めたら、何が起こるかエバンズ卿にもたやすく想像がつくはずだ。

確実に、フォワード家で家督争いが起きる。

すでに弟が当主の座を継いでいるのだ。そこに長年失踪していた兄が、英雄の名声とともに帰ってきたらどうなるか。火を見るよりも明らかだ。揉めないはずがない。下手をしたら死人が出る。

だからこそお兄様はギルベルトを放っておけといったのだ。死の床にあった先代辺境伯とて、長男を見つけて力になってくれとは頼んだものの、連れて帰ってきてくれとは請わなかった。息子二人が争うことを避けたかったからだろう。

そして、それを騎士団長という重責を担《にな》うエバンズ卿が理解していないはずがなかった。

そうにもかかわらず彼は、わたしにギルベルトの説得を望んだ。

ならば、エバンズ卿には確信があったのだ。ギルベルトがランティスに戻っても、フォワード家で揉め事は起こらないという確信が。

エバンズ卿にとってランティスは親友の息子だ。

同様に、その弟であるレイティスも大切な存在だろう。

若くしてフォワード家を背負うことになったレイティスを、亡くなった父親の分まで気にかけて、何かにつけて連絡を取り合っていたとしても不思議はない。

当主となったレイティスが真実なにを望んでいるか、エバンズ卿は知っていた。その望みとは、正統な後継者である兄をフォワード家に連れ戻し、当主に据えることだった――。

何もかも推測だ。賭けの範疇だ。

しかしわたしは、その推測をもとに使者を出した。

ギルベルトが生家を忌避しているのは事実だろう。騎士団長を介してその情報を得ている、あるいは具体的には知らされずとも察しているなら、レイティスはこの機を逃さず、御前試合の直前に王都入りできる旅程を組むはずだ。

直前でなくては駄目だ。辺境伯フォワード家一行が王都入りしたという情報がギルベルトの耳に入ったら、彼は御前試合すら捨てて姿を消してしまうかもしれない。その事態を避けるために、レイティスは直前までは王都に近づかない。

わたしはそう推測した上で旅程を逆算し、鉢合わせが可能だろう地点へと使者を出した。

――そして今、レイティス・フォワードはわたしの前に座っている。

旅程の半ばで王宮からの使者と遭遇したのだろうフォワード家一行は、王妹が急ぎ呼んでいるという命令に従って本来の日程を早め、昨日のうちに王都入りした。わたしは賭けに勝ったのだ。

「これは予定通りです、フォワード卿」

困惑に揺れる瞳に、わたしは微笑みかけた。

「今日の謁見者名簿には、事前にあなたの名前が入っていました。この時期に地方領主が王都を訪れて、謁見に社交、それに御前試合の見学などをしていくのはよくあることですからね。これは突然のことでも、急な話でもありません。予定通りの謁見です。誰も不審に思うことはないでしょう」

――ギルベルトは父親によく似ているという。

フォワード家は南の国境を守る家柄だ。先代の若い頃をよく覚えている人物が王都にそれほど多いとは思えないし、覚えていたとしても、似ている程度のことで平民の騎士と辺境伯家を結び付けようとはなかなか思わないだろう。

しかし、王妹《わたし》が突然フォワード家当主を呼び出したとなったら話は別だ。もし、誰かが疑念を抱いたら、それこそいま話題の人物なのだ、瞬く間に憶測が広がるだろう。わたしとしては、これ以上の混乱は避けたかった。だから、事前に名簿に名前を載せておいた。

これで予定通りだ。

わたしのいわんとするところを察して、レイティスの眼が見開かれる。

まばらな光のように揺れ動いていた若葉色の瞳が、一つの核を見つけたかのように収束する。レイティスはまっすぐにわたしを見つめて――そうすると確かに彼はギルベルトに似ていた――いった。

「殿下、私に兄と敵対する意志はありません。兄こそ当主にふさわしい人物です。どうか兄とともにフォワードの地へおいでください。新たな領主夫妻を、民は心から歓迎するでしょう。無論、私もです」

「……何か誤解があるようですけれど、フォワード卿。わたしの婚約者は、あなたの兄君ではありませんよ」

内心で頭を抱えながらも、やんわりと指摘する。

するとレイティスはハッとした様子でわたしの背後に立つ護衛騎士たちへ眼をやり、申し訳なさそうにいった。

「失言でした。……しかし、殿下。我が家は長きにわたって南を守り続けてきた辺境伯家三家のうちの一つ、猛勇のフォワードです。私が王都へ伴った者たちも一騎当千の猛《も》者《さ》ばかり。どうかいつでもご命令ください。見目麗しいだけが取《と》り柄《え》の騎士たちなど、瞬く間に蹴散らしてみせましょう」

まあ……、ふふ、とーっても誤解されていますね。

わたしは胸の内で棒読みに呟いた。先ほどまでとは一転して鋭い眼差しを見せたと思ったら、何をいい出すのだろうこの現当主は。ギルベルトとの血の繋がりをとても感じる。控えめな顔をして好戦的すぎる。

それに視線を向ける先も間違っている。レイティスはわたしの背後の左側を睨みつけているけれど、そちらに立っているのは公開訓練から必死で抜け出してきたチェスターだ。わたしの見目麗しい婚約者が立っているのは右側である。誤解で挑発するのはやめてほしい。兄とそっくりだ。

わたしは小さく嘆息していった。

「王都の噂が耳に入っているようですけれど、わたしとギルベルトには本当に何もないのですよ。根も葉もない噂に、彼も困り切っていることでしょう」

噂を広げた張本人だということは黙っておく。

「ただ、今回のことで、エバンズ卿から気になる話を聞きました。それであなたを呼んだのです。エバンズ卿はわたしにギルベルトを説得してほしい様子でしたけれど、そのためには、過去に何があったのか知る必要があると思ったものですから」

兄とわたしが恋仲であると未だ信じていそうなレイティスは、こちらをじっと見つめた。それはまるで縋るような眼差しだった。

やがて彼は深く重い息を吐き出した。断罪の日を迎えた罪人のような吐息だった。彼は、いつかこんな日が来ると思っていたというように微笑んだ。

「どうぞ、何なりとお尋ねください。何もかもお話しいたします」

「ギルベルト、いえ、ランティスの失踪は、家出だとフォワード家では判断されていたと聞きました。その理由を伺いたいのです」

「……兄は幼い頃は身体が弱く、頻繁に熱を出して寝込んでいました。そのことはご存じですか？」

頷くと、レイティスはどこか陰りのある微笑みを浮かべた。

「幼い子供が体調を崩すことなどよくあるものです。いくら辺境伯家、強健な戦士であることを求められる家柄とはいえ、十にもならないうちから将来を決める必要はない。ですが兄は、その歳で跡継ぎから外されました。身体が弱いこと、そして弟の私が風邪一つひかない頑丈な子供だったこと。それだけでとお思いでしょうが、ええ……、本当にそれだけでした。辺境伯夫人として完璧であろうとする母にとっては、それだけのことが、恐ろしく巨大な問題に見えたのでしょう」

「お母様ですか？　跡継ぎを決めたのは、お父様ではなく？」

わたしがつい口を挟むと、レイティスは複雑そうな顔をした。

「母の希望を父が聞き入れたのです。……これは、後になって、病床の父から聞いた話ですが、当時は国内外が不安定な情勢だったこともあり、父は家を空けることが多かった。母は夫人としてよく務めてくれ、家を守ってくれたけれど、兄のことになるとひどく荒れた。跡継ぎであるはずの兄が病弱であることが、母にとっては耐えがたかった。……それで、父は母の希望を叶えることにしたのです。あくまで一時的な処置のつもりで」

レイティスはひどく自虐的に「一時的な処置です」と繰り返した。

「兄が大人になっても病弱なら私を後継者に、兄が成長とともに頑丈になるならば兄を後継者に。そのときには母も納得するだろうと父は考えていたそうです。まあ、問題を先送りにしただけですね。母のことは何も解決していません。……とはいえ、当時の父に、あの荒れる母を相手にする余裕がなかったのだろうこともわかりますが」

　そしてレイティスは、後継者として教育を受けたのだという。

　一方でランティスは、医師や使用人たちに世話を焼かれてはいたけれど、寝込むことが多かったこともあり教師はつかなかった。

「ですが――、兄は天才でした」

　レイティスは噛みしめるようにいった。

「誰にも教えられなくとも、我が家の蔵書を片っ端から読みふけって、瞬く間に知識を吸収していきました。知識だけではありません。私は盤上の模擬戦で兄に勝てたことは一度もなかった。兄のあの機知、決断の速さ、劣勢に揺るぎもしない鋼の精神と強い意志。どれをとっても比類なきものでした。私は未だに、兄ほど才覚のある人物に出会ったことがありません。兄は素晴らしかった」

「……お兄様を尊敬されていたのですね」

　レイティスは、大きく首を横に振った。

「いいえ、いいえ、殿下。これはそのような美談ではないのです。美しい思い出ではない。……病弱だった頃の兄は、将来は私の補佐をしたいと語ってくれました。自分が弱いばかりに私に苦労をかけて申し訳ないと恥じていました。私は……、その頃の私は、兄を励ましたものです。兄上は頼りになると、兄上の頭脳はこの家の宝だと、……いずれ母上もわかってくださるなどと、そんな愚《おろ》かなことをいいました。母の愛情が私にしかないと薄々気がついていながら、そういったのです」

夫人のランティスに対するそれは、無関心と呼ぶのもまたちがったのだという。

夫人は病弱な長子のことを、ひどく恐れていた。まるでランティスがいるだけで世界が壊れてしまうかのように。

「これも後になって聞いた話ですが……、母は実家では非常に厳しく育てられたそうです。完璧であることが当然であり、一つでも過ちを犯したものは無能な役立たずであると。父は母の実家のそういった態度を嫌い、政略結婚でありながら関わりを断ちました。父は武骨な武人でしたが、女性への態度は丁寧だった。母にとって父は……、自分を救ってくれた英雄のような存在だったのだと思います」

夫人は夫を愛し、懸命に尽くした。

辺境伯家当主の妻として、何もかもを完璧に行おうと必死で努力した。

けれど努力ではどうにもならないこともある。彼女にとってその最たるものが、我が子の体調だったのだろう。

おそらく夫人にとって、長子が病弱であり後継者にふさわしくないということは、自分自身に役立たずの烙印《らくいん》を押されるのと同じことだった。夫人は、ようやく得た居場所も、愛する夫も、何もかも失ってしまうかもしれないという恐怖に支配されていった。

　そして、その過去の傷から来る歪みの発露は、先代辺境伯には理解できなかった。理解のための話し合いを重ねることもなく、そのための時間もまたなかった。問題は先送りにされた。

「それでも、ある程度の時期まで……、兄が本当に病弱だった頃までは、かりそめの平和がありました。母に認めてほしいと、寂しそうに微笑む兄を犠牲にした平和でしたが」

　母親に顧《かえり》みられることはなかったけれど、使用人たちは病弱な若君を大事に育てた。元気な弟もまた、母親の言いつけを破って、こっそりと兄の部屋を訪れては二人で遊んでいた。

　しかし、変化は徐々に訪れる。

　ランティスは、歳を重ねるごとに熱を出すことが少なくなっていき、寝込むことも減っていった。

「今でもよく覚えています。あれは月の輝く夜でした。私と兄は、夜中に中庭で会う約束をしていました。兄は私に、見てほしいものがあるといったのです。珍しい虫でも見つけたのだろうかと、私はそんな幼いことを考えていました。ですが、あの夜、私の前で披露されたのは、子供の眼にもわかるほど見事な剣技でした」

　月光の下で、ランティスの振るう剣は光の一閃のようだった。風を切り裂くように鋭く、鈴の音よりも軽やかで、どんな舞よりも優雅だった。

「誰も兄に教えていません。兄は教本で読んだ通りにやってみたのだといいました。そして私にアドバイスを求めたのです。上達するための指導を、この私に……！」

レイティスには幼い頃から教師がついていた。だから自分より達者で当たり前だとランティスは考えていた。弟が頑丈なだけが取り柄であることを、病弱だった兄はわかっていなかった。

レイティスはその晩、初めて、足元が崩れ去ってしまうような恐怖を覚えた。

兄が健康になったら、後継者は自分ではなくなるだろう。それはまだいい。兄が長子だ。本来なら兄が後継者のはずだった。


――でも、母上は……？

今度は自分がいらない子になるのか。


そう思ってしまった後は、もう駄目だった。兄への嫉妬と恐怖で胸の内は荒れ狂い、不安と焦りにとりつかれていった。

「ですが……、当時の私は母の性格をわかっていませんでした。今にして思えば、あの母が、変化を受け入れられるはずがなかったのです」

先代辺境伯が考えたように、丈夫になったなら後継者を変更したらいいとは夫人には思えなかった。なぜならそれは、ランティスを外したことが、夫人の過ちだと認めることだからだ。

実際のところ、過ちなどとは先代辺境伯も誰もいわなかった。願ったのが夫人でも、最終的な裁量は当主にあるのだ。責任を追及するならば辺境伯その人であるし、まだ息子は二人とも子供だ。その必要があるほどの問題でもなかった。

しかし、夫人はそうは考えなかった。今さらランティスを後継者に戻すことは、辺境伯夫人としての能力に欠けると認めることだと恐れ、頑なにレイティスを支持した。

ランティスが熱を出さなくなっても、夫人は彼に教師をつけさせなかった。

周りが進言しても、後継者ではないのだから必要ないといって聞かなかった。

ランティスが一人でこっそりと剣の練習をしていたことを激しく咎《とが》めて、彼から剣を取り上げた。

「兄は勇猛な父に憧れていました。フォワード家の人間であることに誇りを持っていました。だから、せめて剣だけは許してほしいと、教師はいらないから剣だけはと、そう懇願しました。ですが、母は許さなかった」

――お前は弟の地位を狙っているの!? この誇り高きフォワード家を壊すつもりなの!? ちがうというなら黙っていなさい! お前は剣など持たなくていい! 戦う術などお前にはなくていいのよ! お母様はお前のためにいっているの! お前が力をつけることなど誰も望まないわ! お前は無力なままでいなさい! 家族のためを思うなら、お前にできることはそれだけよ!

荒れ狂って叫ぶ母の声を今でも覚えている。そうレイティスは語った。

「それから……、兄は母の望むように振る舞いました。本を読むことすら母に禁止されたため、自室にこもりきりで、何をするわけでもなくぼんやりと窓の外を眺めていました。少なくとも、周りからはそう見えるように過ごしていました」

　わたしが思わず首を傾げると、レイティスは声を立てて笑った。

「あの兄がそう簡単に諦めるはずがなかったということです。兄は、いつの間にか、辺境伯家の城からこっそりと抜け出す通路と手段を見つけていました。使用人たちが兄を気の毒がっている間、兄は城下を駆け回っていたというわけです」

「それは、また……、勇敢なことですね」

「ええ、信じられないほどの不屈の意志と度胸がありますよね。私もそう思います。兄には多くの才能がありましたが、一番凄《すさ》まじいのはあの決断と行動の速さではないかと」

　確かに、一般的な人物であれば、王妹の婚約者が悪逆非道だと誤解したとしても、王都中に噂の火をつけようとは考えないし、実行に移しもしないだろう。わたしは苦く笑った。あなたは昔からそういう性格だったのですね、ギルベルト。

「しかし、当時は兄もまだ子供でした。城下で密かに剣を買い求めたものの、その姿を親戚に目撃されてしまっていた。それがやがて母の耳にも入り……、あの日が訪れました。母が命を落とした日です」

　それは積み上げてきた歪みが、ついに決壊したかのような日だった。

　話を聞いた夫人は今まで以上に荒れ狂い、怒鳴りながらランティスの部屋へやってきて、剣を取り上げようとした。

しかし、ランティスはそれまでとはちがい、初めて真っ向から母親に反抗した。

自分とてフォワード家の一員だ、剣を持って何が悪いのか。武芸を鍛えることは辺境伯家の者にとって義務ではないのか。我々は王家から国境と民を任された身、この国を守るためのフォワード家です。たとえ母上であってもそれを邪魔することはできないはずです――。

レイティスは母の様子を案じた使用人からの報告を受けて、急いでその場に駆けつけていた。当主が不在である今、夫人が耳を貸すとしたら次期当主であるレイティスしかいない。まだ十二歳の子供であっても、レイティスしか。誰もがそう思っていた。

しかし、ランティスは自らの力で堂々といい返していた。その姿は凛々《りり》しく聡明で、力強かった。

夫人は怯んだ様子で後ずさり、そのまま逃げるように部屋を出て行った。

二人きりになった兄の部屋で、レイティスは、何かいおうとした。弟としてふさわしい何かを。

けれどできなかった。兄が眩しく輝けば輝くほど、自分が居場所をなくしていく気がしたからだ。

「母にいい返した後で、兄の手は震えていました。母に正面から抗うことは、兄にとっても苦しいことだったのです。それに気づいていながら私は、微笑みかけてくれた兄に……、いいました」

――もう跡継ぎ気取りですか？　兄上が病弱じゃなかったら、こんなことにはならなかったのに。最初から兄上が丈夫だったら、母上だって安心できたのに！　私がどんな思いをしているか、兄上は知らないでしょう。全部兄上のせいなのに！

「兄が一番傷つくとわかっていて、その言葉を選んだのです。あぁ……、覚えています。兄上の表情が凍りついていく……、それなのに私は眼をそらして……、そして、悲鳴が聞こえるんです」

奥様と叫ぶ声に、慌てて兄とともに部屋を飛び出した。けれどもうそのときには手遅れだった。怯えた顔で出て行った夫人は、階段で足をもつれさせて転がり、そのまま帰らぬ人となった。

ランティスが姿を消したのは、その数日後のことだった。

夫人の急な葬儀で辺境伯家内が慌ただしく、体調を崩して寝込んでいる長子にまで手が回らないでいる間のことだった。

「兄は置手紙を残していました。そこにあったのは謝罪と、自分のことは死んだものとして扱ってほしいという短い文章でした。恨み言一つ書かれていなかった。兄は父に、母に、そして私に詫《わ》びていました。――何一つとして、兄のせいではなかったのに」

そこまで語り終えると、レイティスは俯き、片手で顔を覆った。そして深い深いため息を吐き出す。

やがて上がったその面差しには、年月とともに積み重なった疲れが見えた。

「殿下。本心を偽りなく申し上げるなら……、私は今も母を嫌うことはできません。もしも第三者が母を非難したなら、それが正論であっても、私は母を庇《かば》うでしょう。母にもいいところがあった、優しいところがあった、愛情深いところがあったのだと必死にいうでしょう。ですが……、それは私の立場だからいえることです」

レイティスは視線を落として、悔いの滲む声でいった。

「母には辛い過去があり、父は仕事が忙しく、私は幼かった。――そんなことが、兄に対して何の言い訳になるでしょうか？　我が家のかりそめの平和は、傷つく兄から目をそらすことで成り立っていた。兄が圧し潰されずにすんだのは、ひとえに兄自身の強さゆえです。しかしそれも、あの日に限界を迎えてしまった」

　本当はずっと怖かったと、レイティスはぽつりと呟いた。

「あの行動の速い兄のことですから、自らの手で終わらせてしまっているのではないかと、だから捜索隊にも見つけられないのではないかと、ずっと恐れていました。……ですが、あれはそう、陛下が即位された頃のことです。西から来た商人の一行が、西の国境を守り抜いた英雄の話を盛んにしていました。月光のような銀の髪に、凍りついた若葉色の瞳、恐ろしいほどに知恵が回り人心を掌握し、劣勢さえ逆手に取る若き英雄。……まさかと思いました。髪と瞳の色、それに歳の頃が同じ、たったそれだけのことでしたが、心臓が早鐘を打ったのを覚えています」

　すぐにでも確認に赴きたかったが、その頃には父親はすでに亡く、新たな辺境伯として領地を離れるわけにはいかなかった。

　レイティスはほのかに笑った。

「私が確信を得たのは、エバンズ卿の様子が変わったときでした。我が家の者ですら兄のことを諦めるようにいう中で、エバンズ卿だけは捜索を続けるといってくださっていた。その卿が、あるときを境に突然態度を変えて、私に諦めるようにいってきたのです。あれは、新たな騎士団長として国内を巡回された後のことでした。それで私は確信したのです。エバンズ卿は西の砦で兄と再会したが、兄は家へ帰ることを拒んだのだろうと」

レイティスは、そこで言葉を切ると、長く息を吐き出した。

「私が知っていることは、これですべてです、殿下。……今はギルベルトと名乗っている人物が、真の名を捨てざるを得なかった事情について、本人に非は一切ありません。ランティス・フォワードは、当主の座にふさわしい人物であり、殿下の伴侶として何ら問題のない男性です」

わたしはあいまいな相槌を一つ打って、しばし沈黙した。

ぐらぐらと胸の奥で揺れるものがある。レイティスの話を聞きながらずっと引きずられそうになっていたものがある。わたし自身を飲み込もうとする記憶の波がある。

わたしはそれを、強く強く奥底へ封じ込めた。

吸い込んだ息とともに喉の奥へ押し込める。今必要なものは弱さではない。わたし自身の嘆きではない。そんなものは捨ててしまえ。ここにいるわたしは王家の姫。民を守り導き、この国の未来を背負う一族が一人。

細く、深く、息を吸い込んで吐き出す。

……何をいおうか、何をいうべきか。

真っ先に思い出したのは、あの仮面舞踏会の夜のことだ。

ギルベルトはいっていた。

――あの男は貴女のためといって貴女を縛ろうとする。自由を奪い、己の支配下に置こうとする。貴女が戦うことを許さず、反抗の意志すら圧し潰そうとする。

――手遅れになる前に。取り返しのつかないことが起こる前に、どうか。

――御前試合であの男が俺を殺したなら、貴女の婚約者としては不適格となるはずです。

ギルベルトの言葉、先代辺境伯夫人の行い、そしてレイティスの話。

それらを考えると、おそらくこれは、わたしを守るためだけの策略ではなく、弟を守るためでもあるのだろう。ギルベルトは最初から死ぬつもりでいる。バーナードに殺されたときこそ、彼の二つの目的は達せられるのだろう。

わたしはかすかに息を吐き出した。

意識を目の前の青年に戻す。

レイティスは温和な表情を浮かべているけれど、それでも話を聞いた今となっては、彼の身を縛る罪の意識が透けて見えるようだった。

彼がここまで率直に心情を明かしてくれたのは、わたしが己の兄と結婚を考える仲だと信じているからだ。

兄は清廉な人物であり、王妹の婚約者として問題となるような過去はないのだと訴えたかったのだろう。わたしが未来の義姉になると思うからこそ、心を開き、赤裸々に話してくれたのだろう。

その意図は十分に伝わってきている。

つまりこれは誤解の上に成り立った打ち明け話なのだ。

そう理解していながら踏み込むことに、多少の迷いはあった。

しかし、わたしは王家の人間だ。この国と民を守ると誓いを立てた。

目の前に傷つき打ちひしがれた民がいるなら、わたしがするべきことは傍観でも沈黙でもない。

たとえこれがどれほど傲慢な振る舞いであったとしても、踏み込んで声をかけることだ。

レイティスと、わたしは静かに呼びかけた。

「フォワード家はあなたを当主として円滑に回っているように見えますし、ギルベルトに戻る意志はないでしょう。それでもあなたはランティスに戻ってきてほしいと望むのですか？」

「私は兄が心を変えてくれたのだと思っています。殿下との将来のためには、当主の地位が必要になるでしょうから」

「いえ……、先ほどもいった通り、わたしの婚約者はあなたの兄君ではありません。将来を含めてもです」

わたしは小さく嘆息しながらも、レイティスをじっと見つめた。

「辺境伯家当主となるために、長年努力をしてきたのでしょう？　ギルベルトが功績を挙げたといっても、それは西の砦でのこと。フォワード家を守り、南の国境を守ってきたのはあなたです、レイティス。その手で築き上げてきたものを、簡単に手放してしまって良いのですか？」

「簡単ではありませんっ」

レイティスはとっさのように反論した。

そして次の瞬間には、感情的になった己を恥じるように俯き、絞り出すような声でいった。

「ですが、これが正しいのです。私は当主の座をかすめ取ったようなものです。本当にふさわしいのが誰か、私はとうに知っていたのに。眼をそらし、耳をふさぎ、保身に走って、最後には兄を裏切りました。その償いをしなくてはなりません」

わたしは沈黙し、冷めてしまった紅茶を一口飲んだ。

どう切り込むかを考える。

わたしはただの小娘だけれど、同時に王家の権威を纏う者だ。その言葉に、他人を揺さぶる威力はある。

ティーカップを置き、それから、ローテーブル近くの誰もいない空間を指さしていった。

「そこに十二歳の子供がいます。そうですね、髪の色は金、瞳の色は碧《あお》としましょう。どこにでもいる子供です。あなたにも見えますか？」

突然何をいい出したのかと、レイティスが困惑を露わにこちらを見る。

わたしは彼の視線を無視して続けた。

「普通の優しい子供です。ただ、その子には手に負えない問題を抱えている。父親は不在で、母親は精神的に不安定。母親は兄を虐げる一方で、その子には優しい。その子は母親のことも兄のことも愛していて、愛しているからこそどうしていいのかわからない。やがてその子も疲れてしまって、兄を傷つける言葉を口にしてしまう。その子はずっとそれを後悔している」

　レイティスの表情がみるみるうちにこわばっていく。

　わたしは彼に視線を戻して尋ねた。

「あなたは、そこにいるその子に、許さないといいますか？　必死で頑張っている十二歳の子供に？」

「殿下、私は――――ッ！」

「これはあなたの話ではありません。金の髪に碧の瞳をした、そこにいるその子の話です。あなたなら、その子になんと声をかけますか？　罪を償えといいますか？」

　誰もいない空間を見つめるレイティスの唇が、声を発しようとしてはできずに震える。

　少し話をしただけでもわかる。彼は真っ当な人物だ。一度失言しただけの十二歳の子供を断罪しようとは思えない。それが自分自身でなければ。

　自分のことだから許せない。その心情は理解できる。

　わたしは静かに続けた。

「あなたのせいではありませんよ、レイティス。わたしはただの第三者ですが、だからこそいいましょう。あなたのせいではない」

　若葉色の瞳が大きく歪んだ。青年が喉を震わせて、あえぐように息を吐く。

「あなたは子供だった。あなたのお母様のことは、あなたにどうにかできる問題ではなかった。あなたの家で起きた悲劇は、あなたのせいではない」

「ですがっ、私は兄に、取り返しのつかないことをいったのです……！」

「あのギルベルトが、愛する弟の失言を十年経っても咎め立てすると？　わたしも彼と親しいわけではありませんけれど、そのような人物には見えませんよ」

「なら……っ、どうして帰ってきてくれないのですか？　私を恨んでいるからでしょう。私を許せないから、今もギルベルトと名乗り、ランティス・フォワードには戻ってくださらない……！」

　わたしは緩やかに首を横に振った。

「それは罪悪感があなたの眼を曇らせているのでしょう、レイティス。わたしの眼から見たなら、帰らない理由は明らかですよ。弟を守るためです。今さらランティスが現れたらフォワード家は揉めるでしょう。弟を当主として認めているからこそ、ギルベルトは一生その名に戻るつもりはない。わたしはそう思いますよ」

　レイティスの若葉色の瞳が、大きく見開かれた。

　やがてその眼が潤み、頬を一粒の雫《しずく》が伝う。

　謁見室に、小さな嗚咽《おえつ》が零れた。

◇

一日の公務を終えて、ランプが照らす回廊を歩き、後宮の私室前まで来る。

いつも通りに護衛の騎士たちに声をかけて、衛士が開けてくれた扉の内側へ入ろうとしたときだ。

「たまには花見でもしませんか、殿下」

わたしが無言で見返すと、バーナードは不敵に笑ってみせた。

「月明かりの下で見る花もきれいなものでしょう。あなたと過ごす時間が欲しいんです。御身に恋い焦がれるこの男に、どうか慈悲を与えてくださいませんか？」

彼にしては芝居がかった台詞だ。

わたしは一瞬、王家の姫らしく微笑んで断ることを考えた。心配をかけてしまいましたか？　大丈夫ですよ。そんな風に柔らかい口調で告げようかと思ったけれど、結局は頷く。

バーナード相手に大丈夫だといい張ったところで無駄なのだ。

後宮の中庭では、白の冬薔薇が見ごろを迎えていた。

木製の長椅子に、バーナードと並んで座る。

バーナードは任務中と変わらない隊服姿だけど、わたしは何枚も羽織った上に外套を纏っている。さらに肩から毛布を掛けられ、分厚い膝掛けもしている。この格好を余人に見られた日には、社交界でのあだ名が着ぶくれ姫だとかミノムシ姫だとかになるだろう。

わたしは全身をモコモコとさせながら、ぼんやりと白薔薇を眺めた。

「綺麗ですねえ……」

「ええ。しかし、どれほど見事な花であろうとも、我が姫の美しさにはかないません」

「先ほどからその大仰な口調は何なのですか？」

「おや、お気に召しませんでしたか。これは残念。ライアンに教わった、とっておきの口説《くど》き文句だったのですが」

　思わずふふと笑いが零れた。

「教わる先はチェスターにしたほうがいいのではありませんか？」

「あいつは駄目ですよ。チェスターにあるのはもっぱら『女性に誤解を与えない断り方』です。常に争奪戦の対象になっているせいか、口説くための語彙《ごい》はないんです。女性に関しては回避と撤退しかない男です」

　大真面目にいわれて、くすくすと笑ってしまう。

　それから、唇に笑みを滲ませたまま、彼のほうを向くことなく尋ねた。

「わたしは沈んで見えましたか？」

「いいえ。いつも通りでしたよ」

「それはあなた以外にはそう見えたという話ですか？」

「俺の眼が良いことは、殿下も評価してくださっているでしょう？」

　バーナードもまたこちらを見ない。

わたしたちはそろって、月明かりの下で咲き誇る冬薔薇を眺めていた。

やがてわたしは、ため息を一つ吐き出していった。

「落ち込んでいるつもりはないのですよ。ただ少し……、昔を思い出しました」

多分これは、少しだけ、レイティスの話に心が引きずられているのだ。

わたしは冬薔薇の向こう、月光の下ですら深い暗闇を見つめた。方角がちがうから、その先にはいないと知っているのに。

「わたしのお母様の話は、あなたも知っていますよね」

「……殿下を産んだ後は離宮に引きこもって、それ以来、誰の前にも姿を現していない女性でしょう？」

あえて『誰の前にも』といってくれる彼は優しい。その声に抑えた怒りが滲んでいることも。

わたしは小さく微笑んだ。

「ええ。わたしも会ったことはありません」

お母様の姿は肖像画で知った。髪と眼の色は同じだった。似ているといえば似ているのだろうか？　今となってはわたしの前でお母様のことを話題に出す人はいないし、自分では鏡を見てもよくわからない。

お母様は出産後、長年の侍女一人だけを連れて、王宮の広大な敷地の片隅にある離宮に閉じこもった。その後は誰の呼びかけにも応じず、扉を固く閉ざしている。

わたしも幼い頃は、どうしてもお母様に会いたくて、サーシャに無理をいって離宮まで連れていってもらったことがある。それも一度や二度ではなかった。

けれどわたしがどれほど外から呼びかけても、幼い王女を憐《あわ》れんだ見張りの衛士が大声で娘の訪問を告げても、ついぞ扉が開かれることはなかった。それがお母様の答えだった。

サーシャにしがみついて涙を耐えるわたしの元へ、お兄様だけが、家庭教師の授業も何もかも放り投げて飛んできてくれた。

――大丈夫だ、アメリア。私がそばにいる。この兄が、ずっとそばにいるからな。何も心配はいらない。大丈夫だ。

そんな囁きが、思い出せば今でも優しく耳朶《じだ》を打つようだ。

お母様は、お兄様とわたしがお父様を諫《いさ》めようとしたときも、お兄様が決定的にお父様と対立したときも、お兄様が即位したときでさえ、離宮から出てこなかった。食料や日用品などは定期的に運び込まれているので、生きてはいるのだと思う。わたしの婚約についても、お兄様が人をやって知らせはしたらしいけれど、いつものように返事はなかったという。

だからもう諦めているし、受け入れてもいる。ここまで来ては何の期待もしようがない。

ただ、少しだけ、あの兄弟の話に引きずられるように、揺れてしまう感情があるだけで。

「お母様が離宮に閉じこもった原因と思われることは、いくつもあって、色々なことの積み重ねとしかいいようがないのですけど……」

わたしは隣に座るバーナードを見上げる。

彼もまた、わたしと眼を合わせるようにこちらを見てくれる。

「決定打が何だったか知っていますか？」

月明かりの下で夜色に染まった瞳に、一瞬だけ、隠しきれない激しい怒りが滲んだので、あぁやはりこの人も噂を耳にしたことがあるのだと思った。

「わたしが生まれたときに、お父様がいったのですよ。『なんだ、女か』とね」


お母様は、お兄様のときからして難産だったのだという。長く苦しんだ末にお兄様を産んだ後は、出産に対する恐怖心が強く残っていた。

しかし子供は一人でいいとは誰もいってくれなかった。王妃の務めとして、当然のように第二子が望まれた。出産は一人目よりは二人目のほうが楽になるというのが定説だそうだけれど、お母様は二人目のわたしも難産だった。

散々苦しんだ末に産んだ赤子を見て、夫が悪意すらなくいい放った言葉は、すでに色々なことが重なって崩れかかっていたお母様の精神にとって致命傷だったのだろう。心を許していた侍女以外は、何もかもを捨てて、放り投げて、離宮に閉じこもってしまった。

女性二人の立てこもりだ。

兵を動かせば、力ずくで離宮から連れ出すことは簡単だっただろう。

けれどお父様はそうしなかった。

その頃には夫婦仲は冷え切っていて、妻の身勝手な行動はお父様にとって都合がよかったからだ。

そこにもまた、王家の絡み合った事情があるのだけど、端的にいうなら、お父様は本来、王位を継ぐはずのない第三王子だった。兄二人とは母親がちがうため、後継者争いにおいて名前が挙がることもなく、五大公爵家のうちの一つ、青蔓のセーデル家に婿養子として入るはずだった。

先々代の王の命によってお父様を当主の夫として迎え入れることになったセーデル家は、そのために長男を分家へ養子に出す羽目になり、長女が当主の座を継ぐことになった。

しかし政変が起こり、お父様の元には玉座が転がり込んできた。

そのときに、婚約者であったセーデル家長女をそのまま妻として、王妃として迎えていたらよかったのだろう。しかしお父様は、よりにもよって婚約者の妹と恋に落ちた。婚約者である長女には次期当主としての務めがあるから王妃にはなれないといい張り、当時まだ健在だったセーデル家当主夫妻が猛反対するのを押し切って次女を妻に迎えた。次女はセーデル家の分家に嫁ぐ予定で、上に立つ者としての教育など受けていなかったのに。

王になるはずではなかったお父様と、王妃になるはずではなかったお母様だ。

責任と重圧と、周囲の騒音に押し潰されるように、二人の仲が冷えていくのはあっという間だったらしい。しかしお父様にとっては、本来の婚約者を裏切ってまで迎えた妻だ。ただでさえセーデル家に対して後ろめたいのに、結婚生活がうまくいかなかったなどと認めるわけにはいかなかったのだろう。

そんなときに、お母様が勝手に離宮に引きこもった。

お父様は妻の身勝手な行動を嘆きながらも、寛大な夫として、妻が自分から出てきてくれるまで待つと宣言したらしい。

セーデル家の人間が無理やり押し入ろうとするのも許さなかった。無理強いは良くないという建前のもとに。

これによって、お父様とセーデル家の立場は逆転した。

加害者は被害者に、被害者は加害者に。王は自分を受け入れるために長男を養子にまで出したセーデル家を裏切ったのではなく、王妃として迎えたセーデル家の娘に裏切られたのだと。

セーデル家の娘が、王妃の務めを放棄して引きこもっている。

これはどうしてもセーデル家の肩身を狭くした。それでも二年ほどは離宮の外からの呼びかけなどを行っていたらしいけれど、やがてお父様は、周囲の甘言に乗せられるようにして、王妃の不始末を盾にセーデル家所縁《ゆかり》の人々を一斉に王宮から追い出した。お兄様やわたしの世話をしていてくれた人々もだ。

サーシャの身分が侍女でありながら、わたしの乳母《うば》のような立場でもあるのは、本来乳母を務めていた女性がセーデル家の分家筋だったため、このときに職を奪われ、王宮を追われたからだ。

わたしはため息をついて、バーナードの腕にもたれかかるように、ぽすりと頭を預けた。

「幼い頃は何度も考えました。もしもわたしが男子に生まれていたら、何もかもちがっていたのかもしれないと」

「殿下」

「わかっています。わたしのせいではない。性別を選んで生まれてくることなど誰にもできません。わたしが娘として生まれたことはわたしの罪ではない」

ギルベルトが病弱に生まれたことが、彼の罪ではないように。

わたしがどう生まれようとも、それはわたしの罪ではない。

それに、わたしが男子に生まれたとしても、今と同じ結果だったかもしれない。あるいはもっと状況は悪化していたかもしれない。

……そう、頭ではわかっている。

「それでも……、昔は何度も繰り返し思いました。もしもわたしが男子だったら、お母様は閉じこもらずにすんだだろうか。お父様とお母様が仲直りする日が来ただろうか。家族の仲がもっと良くて、お父様もわたしたちの話を聞いてくださっただろうか。そうしたら、この国が荒れることも避けられただろうかと……」

泣くつもりなんてないのに、眼のふちが勝手に潤んできてしまう。

顔を隠したくて、バーナードの腕にぐいと額を押し付けた。

「昔の話です。今はもうちがいます。……ただ、昔のことを思い出して……、少し、悲しい気持ちになっただけなのです……」

「殿下」

バーナードの両腕がわたしの背中に回る。

彼は壊れ物を扱うような優しい手つきでわたしを抱きしめて、その腕の中にすっぽりとわたしを隠してくれる。彼の胸元で、その大柄な身体が作る影の中で、わたしの頬を耐えきれなかった雫が伝った。

「……っ、……あまり……、甘やかさないでください、バーナード……」

「嫌ですよ。殿下の言葉でもそれは聞けませんね」

「あなたは……、わたしを甘やかすのが世界で一番上手なので……、わたしはすぐ駄目になってしまうのです……っ」

「……正直なところ、この程度のことで甘やかすことができているとは、俺はちっとも思えないんですがね……」

バーナードの大きな手が、優しくわたしの背中をさする。

その温かさだけで、ほろほろと何もかもが緩んで、眼のふちから零れ落ちてしまいそうだった。

「俺にいわせればね、あなたは我慢しすぎだし、自分の気持ちを抑えることに慣れすぎていて、痛いという感覚まで鈍《にぶ》っているんですよ」

「え……、これは、怒られていますか……？」

「心配しています。姫様は、いつもいつも、自分自身よりも優先するべきものがあると考えていて、そのためには自分の感情は後回しで、我慢が当たり前になっているでしょう」

「そんなことは……」

「あるんですよ。あなたのそれはもう無自覚で、癖みたいになっている。切りつけられても痛くないという顔をしているうちに、自分でも傷口が見えなくなってしまうんでしょう。あなたの傷は確かにそこにあるのに」

　バーナードの声は苦しげで、抑え込んだ怒りが滲んでいた。

　でも、それがわたしへ向けられた怒りではないということはわかった。

「なぁ、全部捨てちまえよ、姫様。あんたを苦しめるものも縛り付けるものも何もかも全部捨てて、どこか遠くへ行こう。俺がずっと守るから。……そんな馬鹿げたことを、ときどきいいたくなります」

「バーナード」

「馬鹿げています。あなたが頷くわけがないとわかっている。あなたにとってこれはすでに選んだ道だ。あなたが背負っている重荷を投げ出すことはない。……ならばせめて、弱音くらい吐き出してほしいと思っても、あなたはときどき、自分の傷にも無自覚なので……」

　わたしの背に回るバーナードの腕に力がこもる。ぎゅうと抱きしめられる。

わたしはふふと笑って、彼の背に手を回した。

「これはやはり甘やかされていますね」

「どこがですか」

彼は歯嚙みするようにいった。

「俺に甘やかせるものなら、とうに殿下をさらって逃げています。あなたのことを誰も知らない土地へ連れていって、あなたを大事に大事に囲い込んで暮らすんです。心身を擦り減らすような交渉も、正解のない決断も、あなたには一切させません。あなたは何もしないで、日がな一日、好きな歌を歌って、好きなだけ甘味を食べて暮らすんですよ」

「それは楽しそうですねえ」

「あなたは絶対に拒絶しますけどね。でも……、姫様だって、何もかもが嫌になったことが一度もないとはいわせない。すべてを投げ出したくなったことだって、一度や二度じゃないだろう？　あなたはそのたびに、意志の力で必死に前を向いているだけだ。だから……、もう、頑張らなくていいんです。前を向こうとしなくていい。俺が代わりにすべて行って差し上げますから。どうか目をつぶっていてくれ。あんたはもう何もしなくていいんだ」

「……昔から、あなたは、堕落の誘いのようなことをいいますね」

「ええ、殿下を堕落させたくて努力しているんですよ。あなたが傷つくくらいなら、いっそ駄目にしてしまいたいとね。健気なものでしょう？」

「努力の方向性が間違っていると思いますが……」

わたしはゆっくりと彼の腕の中から抜け出して、月明かりの下では夜色に輝く瞳を見つめた。

「あなたはわたしを無自覚だといいますけど、あなただって自覚していないことがあると思いますよ？」

「へえ、ぜひともお聞きしたいですね」

「それは……、あなたの心がどれほどわたしを守っていてくれるかということです」

夜色の瞳が見開かれる。

わたしは微笑んで、彼の右腕にそっと触れた。

「あなたがいてくれるから立ち上がれる。あなたがいてくれるから奮い立てる。あなたはいつだって、わたしの心も身体も護ってくれています、バーナード」

「殿下……」

「その上、あなたときたら、わたしが気づけていないわたしの悲しみまで、丁寧にすくい上げようとしてくれる。こんなに嬉しいことがあるでしょうか」

バーナードの右手を両手で握りしめながら持ち上げて、そこに頬を寄せた。

「いつまでも痛む傷は確かにあります。結局、わたしは、今でも両親のことを振り切れていないのでしょう。でも……、わたしにはあなたがいてくれる。お兄様や、サーシャや、チェスターや、皆がいてくれる。わたしはこの幸福を大切にしたいのです」

バーナードの左手が、再びわたしの背中に回る。

先ほどより強く、それでいて激情を抑えていることがわかる優しい手つきで抱きしめられる。

「お守りします。この先もずっと、何があろうとも。あなたは俺が守ります。……愛しています、俺の殿下。俺のアメリア様」

わたしは「はい」とだけ頷いた。

それ以上はなにも言葉にできずに、ただ彼の厚い胸板に身体を預けるようにして、その温もりを感じていた。

どれほどそうしていたことだろう。

やがて冷たい風が吹いて、冬薔薇がざわめくような音を立てた。

バーナードが心配したように「そろそろ戻りましょうか」というので、わたしもそろりそろりと身体を離した。なんだか妙に照れた心地になって笑うと、バーナードもまた優しく微笑んでいった。

「ところで、殿下。最近、俺に対して何か隠し事をしていませんか？」

「えっ……？」

「騎士団の視察に行ったときも、仮面舞踏会のときも、たまに様子がおかしい瞬間があるんですよね。隠し事というか、俺に対して何か必死に気づかれまいとしているような」

「なっ……!?　ななな

っ、なんのことでしょう!?」

思わず長椅子の上で勢いよく後ずさってしまう。だって不意打ちすぎる。

先ほどまでの甘やかな雰囲気の後で突然の尋問はずるいのではありませんか!? この愚かな独占欲に気づいていたのですか!?

あからさまな動揺を見せてしまったわたしに、バーナードは何か納得したように頷いた。

「ああ、自覚しているなら結構です。無自覚に我慢しているのなら、どうにかしてお話ししていただこうと思っていましたが」

「その言い方は何か怖いのですけども!? わたしを守ってくれるのですよね!?」

「ええ、隠している自覚があるなら、無理に聞こうとは思いませんよ。まあ、我慢しないでほしいとは思いますが。あなたが俺に対して我慢するなんて、労力の無駄遣いもいいところですから」

「無駄ではありませんよ。これはその……、わがままをいわないという、あなたとのお付き合いにおいて大事なことなのです!」

「あぁ今無理やりにでも聞き出したくなった……。くそ、いいですか殿下。あなたのわがままなんていうのは、俺にとっては褒美のようなものです」

「褒美」

「そんな怪訝な眼で見ないでください。あなたは甘味が好きでしょう? 同じようなものですよ。俺はあなたのわがままとやらを聞くのがとても好きなので、どんどんいってください。――というかな、そんなものを我慢するなよ姫様」

後ずさった分だけ、バーナードが距離を詰めてこようとする。

わたしはささっと立ち上がり、時間を稼ぐように髪などを整えた。

「コホン。ところで話は変わりますが、バーナード」

「俺は変えたくありませんが、なんでしょうか殿下」

「御前試合の話です」

「俺に出ろと？」

「ええ」

わたしは夜空を見上げた。そこに浮かぶ、暗闇の中で輝く銀の月を。

そして、同じ色の髪をした兄弟のことを思った。

「いろいろと考えたのですけど……、あなたにギルベルトを倒してほしいのです。殺すことはせずに、それでいて圧倒してください。あなたの剣で、ギルベルトの策略を断ち切ってほしいのです」

自らの死で完成する策を、ギルベルトに許すわけにはいかない。それが本人の望む綺麗な幕引きであったとしても。生きられる限りは生きよと告げることが王家の姫であるわたしの務めだ。

「ギルベルトの思惑を粉々に砕いてほしいのです。あなたにならそれができるでしょう？」

「できますし、俺にとっても望むところですけどね。それでも俺は、優先順位を変える気はありませんよ」

「わかっています。そちらはわたしがどうにかしましょう。要するに、闘技場で、あなたかチェスターが常に傍にいる状況を作れたらいいのですから、どうにか……」

うーんと考え込むも、すぐに名案は浮かばない。明日になったら、お兄様やチェスターにも相談しようと思っていると、バーナードが立ち上がった。

彼は冷たい風からわたしを守るように傍に立って、目線を下げるように身体を傾ける。

「殿下、あなたの安全が確保できるなら、ギルベルトと戦うことに否はありません。そのうえで、一つ許可をいただきたい」

「なんでしょう？」

わたしが瞬きながら尋ねると、バーナードは薄く笑った。

「あの男を叩き潰す際のやり方は、俺に任せていただけませんか」

夜色の瞳の奥に、仄暗い怒りが見える。

わたしは少しだけ思案して、それから頷いた。

「あなたに一任します」

「……自分から願い出ておいてなんですが、そんな簡単に許可を出していいんですか？　俺は殿下の意に反することをしますよ？」

「今回の件において一番の被害者はあなたです、バーナード。あなたはいつも理性的に対処してくれていましたけれど……、もしわたしがあなたの立場で、あなたの婚約者にふさわしい女性はほかにいるなどといわれたら、辛くてたまらなくなってしまうと思うのです」

「殿下」

「ですので、ギルベルトの骨の一本や二本程度、折っても許します」

「あぁ……、骨というか、何というか……。ご想像とはちがうやり方を考えています」

「命を奪うのは駄目ですよ？」

「わかっています」

「再起不能にするのも駄目です」

「心得ています」

「では何を？」

わたしは彼の本心を探るように、じっと見つめる。

バーナードはひどく楽しそうに笑った。

「悪いことですよ。少しだけね」

第5章

冬の終わりと春の訪れの境目で、空は青く澄み渡っている。

祝祭『種子の息吹《カーメルナル》』の最終日には、王立円形闘技場にて祭事が行われる。

七代前の国王が造らせたという円形闘技場は、中央に巨大な石造りのリングが置かれており、メインステージとなるそこから階段を上るように観客席が広がっている。

建設当初は剣闘士と呼ばれる人々が剣を握って殺し合う見世物が人気を博し、観客たちはその勝敗を予想して賭けるギャンブルにこぞって夢中になったそうだけれど、これは王都の治安を著《いちじる》しく悪化させる原因となったため、次の王の時代に禁じられた。今ではこういった祭事に用いられる以外では、野外で行われる演劇や音楽祭などの舞台になっている。一番遠い席までぎっしりと観客を詰め込んだら、最大収容人数は二万人を超えるという。

今日は祭事としての使用であり、王家を筆頭に高位貴族や大商人なども多く観覧に来ているため、一人一人の座るスペースはゆったりと広く取られている。

北側の騎士団勢の観客席と南側の近衛隊勢の観客席は、それぞれの騎士たちが詰めかけているため混雑しているが、ほかの席、特に舞台に近い前方の席は、まるでお茶会の場のように煌びやかだ。各家の者によって采配されたのだろうその空間は、敷布や日よけ以外にも、その家の権勢を示すかのように彩られ、飾り立てられている。

その筆頭ともいえる王家の席で、わたしはお兄様とともに並んで座り、王都でも著名な歌姫たちが見事な歌声を響かせるのに聞き惚れていた。

祝祭の最後を飾るのは御前試合だけれど、その前には、王立楽団による演奏会や、伝統の踊り手たちによる祝いの舞、名高い歌姫たちによる春告げの歌なども披露される。こちらを本命として楽しみにしている観客も多いだろう。

美しく心地よい音色に、ときに激しく、ときに心弾ませるリズムのうねりによって、広大な闘技場の空気も十分に温まっていく。

歌姫が最後の一音を終えると、熱狂的な拍手が沸き起こった。

――そして、ついに御前試合が始まる。

「それでは、お兄様」

「ああ、またな」

お兄様とわたしがそれぞれ立ち上がり、移動するために別れると、観客席からは戸惑いのざわめきが漏れた。

通常なら、祝祭の最後、春告げ鳥が足を止めたといわれる聖なる枝を捧げるまで、王家は貴賓席で見守るものだ。

まさか御前試合を前にして王家が闘技場を去ってしまうのかという驚愕の視線を肌で感じながらも、無言で一番近い通用口へと進む。洞穴のような形をしたそこへ入ってしまうと、もはや観客席は見えなくなる。

近衛隊とともに階段を下り、足早に進むと、やがて目指す入り口が見えてきた。

すでに待機していた三人に合流すると、絶妙なタイミングで場内が静まり返った。

国王陛下がこれからお話しになるという先触れを、側近の誰かが出したのだろう。静寂に包まれたところで、朗々とした声が聞こえてくる。もう一つの貴賓席へ移ったのだろうお兄様だ。

「永久の繁栄と、春の訪れに祝福を！」

円形闘技場にお兄様の声が響き渡り、場内中からそれに応える幾重もの声がまた「祝福を！」と重なる。そこには声だけでなく、鳴り響く打楽器や、槍の柄《え》を石造りの床に打ち付ける重い音なども含まれていた。

やがて残響すら消えて、静寂が戻ったところで、お兄様が再び口を開く。

「春の訪れとともに、私にはもう一つ祝い事がある。我が最愛の妹であり、このディセンティ王国を支える柱が一つ、王の右腕たる執務官、アメリア・ディセンティの婚約だ！」

わっと割れんばかりの拍手が起こる。

この巨大な円形闘技場であっても、お兄様の声はよく通る。一軍の将たる者の貫禄とでもいうのだろうか。戦場で指揮官の声が弱々しくては話にならないというのはあるだろう。騎士団長であるエバンズ卿の号令も凄まじいし、バーナードやチェスターも、その気になったらお兄様同様に声を遠方まで通すことができる。

残念ながら、こればかりはわたしには難しい。全力で声を張り上げたとしても、場内の隅々までは響かない。

お兄様の明瞭な声が続く。

「御前試合は己の才覚のみを頼りに戦う神聖な場、剣以外が勝敗を左右することはあってはならん。しかし、王家の姫の婚約者が近衛隊隊長とあっては、やりにくさを感じる者もいるだろう。そこで今回は、私が騎士団の側に立つことにした！」

どよめきと納得が闘技場を揺らす。

そう、通常なら王家の席はちょうど石造りのリングの中央近く、騎士団勢と近衛隊勢の中間地点に位置している。しかし今回は、もう一ヶ所席を用意してもらった。北の騎士団勢側に作られた広々としたスペース、そこが御前試合用のお兄様の席だ。

「我が国の精鋭、死者の国《オル・グライア》の王すら恐れぬ勇ましき騎士団だ。よもや、麗しい姫君の応援でなくてはやる気が出ない――などとはいうまいな？」

お兄様の笑いを含んだ声に、場内がどっと沸く。

「このたびの御前試合、姫たる妹は近衛隊に、王たるこの兄は騎士団につこう。さあ、戦うがいい！　勇士たちよ、その武を示せ！」

わああっと、歓声が沸き起こり、ありとあらゆる音が打ち鳴らされる。場内の熱気が一気に高まっていく。

同時に、密やかな戸惑いも満ちる。南側の近衛隊勢の中に貴賓席は作られていない。それでは、アメリア姫はどちらに――？　と、そんな囁きがさざ波のように広がる。

その問いかけを黙殺するように、石造りのリングの中央に年配の男性が立つ。

近衛隊と騎士団が戦うこの御前試合において、審判役を務めるのは衛士兵総官長だ。小柄な方で、一見したところは好々爺《こうこうや》なご隠居のようだけれども、ひとたび戦いとなれば、その鋭い眼光だけで敵を震え上がらせるのだという。

わたしは総官長が戦う姿は見たことがないけれど、幼い頃に後宮で無茶をして厳しく叱られたことはあるので、怒ると怖い方だというのは知っている。

中央に立った衛士兵総官長は、その体格からすると信じられないほどの声量で、観客たちと、待機している騎士たちへ告げた。

「春告げ鳥の翼の下に、名を呼ばれし勇士は進み出よ！　近衛隊の第一の騎士、ガルド・オーガス！　騎士団の第一の騎士、イザク・ハート！」

オーガス家直系の次男、ガルド・オーガスが、わたしに一礼してから場内へ進み出て行く。途端に上がった歓声は、もはや戦場の怒号に近かった。

これは近衛隊の観客席ではなく、オーガス家一族からの声援だ。

武のオーガス、五大公爵家最大の軍事力、北の盾。本家のご子息の活躍を一目見ようと集まった戦士たちによる雄叫びである。

「うおおおおおっ！」

「オーガス！　オーガス！」

「集結せよオーガス！　団結せよオーガス！」

「我ら千にして一つ！　万にして一つ！　軍勢にして一振りの剣なれば！」

オーガス！　オーガス！　と繰り返される家名と一族の名乗り上げが凄まじい。彼らの雄叫びによって、実際に闘技場が揺れているようにすら感じられる。

「うるさい」

「殿下、耳をふさいで大丈夫ですよ」

忌々しそうにいったのはバーナードで、笑顔で勧めてきたのはチェスターだ。

五大公爵家の筆頭格であるルーゼン家とオーガス家は、建国の時代から延々と仲が良くないのだ。

加えていうと、チェスターは家同士の不仲に関係なく、個人的にガルド・オーガスが嫌いだ。まあ、過去に色々とあったので、わたしもそこには口出しできない。

さらにいうと、ガルド自身はチェスターのことを宿命のライバルくらいに思っている節がある。嫌われていることに気づいていないのではなく、嫌われていても気にしないのだ。彼にとっては強いか弱いかがすべてなので。

ガルドが片手を上げたことにより、オーガス家からの声援がぴたりと止まる。あの家は本当に統率が取れている。

衛士兵総官長が、続けて騎士たちの名を呼んだ。

「近衛隊の第二の騎士、エリック・デイル！　騎士団の第二の騎士、ヒュー・クランヘル！」

騎士団の第二の騎士は姓を持たないのだろう。

クランヘルというのは騎士団の本拠地《一の剣》の古い呼び名だ。姓を持たない騎士が公の場で名乗りを上げるときは、所属先を加えることになっている。《一の剣》の騎士ヒューであるという意味だ。これが西の砦の騎士なら、エステニアと名乗ることになる。

平民出身であっても騎士団で昇格すると姓を持つものだけれど――これは名誉というより実用性の面が大きい。昇格すると何らかの役職に就くことが多く、上司が名しか持たないというのは部下の側がやりにくいのだ――ただし、通常の昇格には実技だけでなく筆記の試験も課せられている。

騎士団の教官による講習も行われているのだけど、なかなか合格できない者や、筆記の勉強を厭《いと》って挑戦しない者も多いと聞いている。

「近衛隊の第三の騎士、ローティス・クレイン！　騎士団の第三の騎士、ジョン・モール！」

いよいよ次だ。

わたしがバーナードを見上げると、彼は安心させるように微笑んでくれた。

「近衛隊の第四の騎士、バーナード・フォスター！　騎士団の第四の騎士、ギルベルト・エステニア！」

場内が大きくどよめいた。

洞穴のような形の入場口から、バーナードとともに歩き出す。青空の下に姿を見せたわたしに、観客たちはいっそうの混乱に陥ったらしい。

衛士兵総官長が、好々爺の面差しを崩すことなく楽しげに声を張り上げた。

「この度、近衛隊の第四と第五の騎士に、王妹殿下付き近衛隊隊長と副隊長が選出された！　しかし、いかに春の祝祭のためとはいえ、殿下の警護にわずかな隙も生じることは許されぬ！　そこで恐れ多くも、殿下自ら勇士たちの傍へ席を移されることとなった！　おお、春告げ鳥の翼の下、尊き王妹殿下に栄光あれ！」

拍手が沸き起こるものの、熱気の下を流れる怯え混じりの空気まではかき消せない。

戸惑う観客たちの心を代表するかのように、騎士団側から叫び声が上がった。

「お待ちくださいッ！　その男が試合に出るのですか!?」

声を張り上げたのは騎士団の第二の騎士ヒュー・クランヘルだ。

彼の左右に立つ第一の騎士と第三の騎士から「よせ、ヒュー！」「王家の御前だぞ！」と口々に止められているけれど、その二人も顔色が悪い。

中央のヒュー・クランヘルはガタガタと震える指先でバーナードを示して叫んだ。

「はっ、反則ではありませんか!?　こっ、こっ、これは騎士の戦いのはずっ！　人の皮を被った呪いの魔剣が出るとは聞いておりません！」

わたしたちとは逆側から入ってきていたギルベルトが、慌てたようにヒュー・クランヘルへ駆け寄った。

「ヒューさん、落ち着いてください。近衛隊の隊長と戦うことは、俺にとっては望むところです」

「馬鹿ギルベルトお前っ、あの魔剣のヤバさを知らねえからそんなこといえるんだよ馬鹿っ！　俺はあの怪物が剣を振るうのを見たことがあるんだ！　あれはもう戦いじゃなくて蹂躙《じゅうりん》だ！　奴にとっちゃ人の首を落とすなんて蟻を踏み潰すみたいなもんだっ！　あの男はマジもんの魔剣なんだよ！」

ヒューはぐるりと勢いよく後ろを振り返り、騎士団勢の前方に座っている上官に向かって叫んだ。

「団長！　これを許してよいのですか!?　ギルベルトに死ねというのですか!?　西の砦の英雄に対して、あまりな仕打ちではありませんか!?」

観客席がざわめく。

さりげなく場内を見回せば、騎士団側の反応は共感と戸惑いが半々といったところだ。前方の席に座っている幹部勢は皆、顔色が悪く血の気が引いているけれど、後方の席に行くほど戸惑いの顔も増える。人員の多い騎士団では、誰もがバーナードの実力を真に把握しているわけではないのだろう。

それに引きかえ、流血夜会事件が知れ渡っている近衛隊の観客席では、一様に気まずい空気が漂っていた。まるで自軍が卑怯な手を使ったかのような反応だ。「いくらエンリケが出られないからといってこれは……」「総隊長もやりすぎではありませんか……？」などというひそひそ声が聞こえてくる。

貴族や商家の反応も半々といったところだけれど、五大公爵家の面々は明らかに顔が引きつっていた。あのオーガス家の戦士たちに至っては、誰もが俯いて災いを避けるように沈黙している。

わたしが口を開きかけたとき、近衛隊の観客席から高笑いの声が響いた。

「ハッハッハ、騎士団の勇士ともあろう者が、ずいぶんと臆病風に吹かれたものだ。勇敢なる騎士団はたとえ死者の国の王が相手でも怯むことなしと聞いていたが、いやはや、中身の伴わぬ大言壮語は見苦しいのではないかな？」

振り向かなくともわかる。露骨な嘲笑までしているのは、近衛隊の総隊長であるネヴィル卿だ。いつものように自慢の口髭を撫でつけながら煽《あお》っているのだろう。

実は、わたしがバーナードとともに入場するというアイディアを出したのは、ネヴィル卿だった。

あれは一昨日のこと、後宮の冬薔薇を眺めた翌日の話だ。

わたしが第四の騎士にバーナードを推薦するより早く、ネヴィル卿のほうから執務室を訪ねてきたのだ。

「フォスター卿ほど武勇に優れた騎士ならば、西の砦の英雄ごとき敵ではありませんでしょう」

ネヴィル卿は、わたしの机を挟んだ向かい側に立ってそういった。扉の前に立っているバーナードの存在を全力で黙殺しながら。

フォスターの家名は、お兄様がバーナードへ爵位とともに授けたものだ。

もっとも、その家名で呼ぶ者は少ない。彼が敬意を払われていないというわけではなく、当のバーナードがフォスター卿と呼ばれても反応しないからだ。「それは俺の名ではないので」というのが本人の弁である。

とはいえ先日の婚約披露パーティーなどではごく自然に対応していたので、単純にお兄様から与えられた名というのが気に入らないのだろうとわたしは推測している。未来の義兄弟《きょうだい》仲は依然として険悪である。

総隊長という立場上『フォスター』と呼びかける機会が一番多いと思われるネヴィル卿は、呼んでも振り向きもしないとたびたび激怒している。

また、一方で、ネヴィル卿がバーナードにできる限り関わらないようにしているというのも有名な話だ。

御前試合への出場も、実力で選んだなら去年の時点でバーナードの名前が挙がっていただろう。彼以上に強い騎士はいない。バーナード本人の意向は別として、真っ先に選出されてしかるべき逸材だ。しかしネヴィル卿は、バーナードのことを疫病神か、あるいは災厄そのもののように認識している節があり、自分の名誉を守るためにも近寄らないという方針があからさまだった。

それがここに来てコロリと態度を変えてきたのは――、近衛隊の総隊長として、実力勝負で騎士団に勝つことは旨みが大きいと去年経験したからだろうか。

今年は騎士団に油断はない。確実に三勝できる手札をそろえてきた。エンリケですらギルベルト相手では厳しいだろうと囁かれていたのに、そのエンリケが出場できなくなってしまった。ネヴィル卿は新たな騎士の選出を迫られたが、並の騎士では太刀打ちできないことは、誰の目にも明らかだ。

しかし、そこで今回は勝利を諦めるという考えは、ネヴィル卿にはなかったのだろう。

本来、御前試合は、実力で争ったなら騎士団が勝つというのが常識だ。それをひっくり返しての近衛隊の二年連続勝利、その偉業を達成した偉大なる総隊長という名声を得るためならば、悪魔にも魂を売るといった様子で、彼は自慢の髭を撫でつけながら提案してきた。

「近頃は妙な噂が王都を賑わせているようですが――、いかがですかな、殿下？　ここは婚約者殿を第四の騎士として、その姿を傍近くでご覧になるというのは？　お二人の仲睦まじい様子を見たなら、愚かな噂を口にする者などたちまちいなくなることでしょう」

「悪い話ではありませんけれど、ネヴィル卿。まずはバーナード本人に確認を取るのが筋なのではありませんか？」

「ハハッ、何をおっしゃいます、殿下。あの男が私の話を聞くはずがありませんでしょう。どうせ今も扉の前に立ったまま私を射殺すような眼で見ているのでは？　ハハハッ、私は絶対に振り返りませんぞ。ですが、殿下が一言ご命令になったなら、そして殿下の護衛に支障をきたさないならば、あの狂犬に否はないはずです」

護衛については譲らないという点まで把握しているとは、避けているわりに意外とバーナードのことをよく見ている。

わたしは感心しつつ、その案を採ることにした。

「実力勝負でなら負けぬと大口を叩いていたのは、いったいどこの騎士団だったかな？　ああまさか、我が国の精鋭たちではあるまいよ。今まさに尻尾《しっぽ》を巻いて逃げ出そうとしているところではないか。震える子犬のようなありさまを笑っては気の毒というものだ、ハッハッハ！」

その挑発に黙っていられなくなったのは、騎士団の頂点だった。

騎士団勢の前方の席に座っていたエバンズ卿が、我慢ならないといった様子で立ち上がる。

「悪知恵しか能のない狐が吠えるな……！　我が騎士団の者たちは皆、厳しい鍛錬を欠かさぬ精鋭ぞろいよ！　貴様ごときに侮辱されるいわれはないわ！」

怒鳴りつけながらも、どこか歯切れが悪い。

おそらくエバンズ卿は、騎士団長である自分が王都を留守にしている間にギルベルトが暗躍していたことを把握しているのだろう。

バーナードの出場はギルベルトの企みだ。それを理解しているがゆえに強くは出られなかったのだろうけれど、ネヴィル卿の馬鹿にしきった態度に、ついには堪忍袋の緒が切れたらしい。

「ネヴィル卿よ、貴様こそ恥というものを知らんのか!?　形勢不利と見るや否や、人の皮を被った呪いの魔剣を担ぎ出してくるとは！　これは騎士同士の戦いだぞ！　人外を連れてくるのは反則だろうが！」

そうだそうだ！　と、賛同の声が騎士団勢から上がった。

しかしネヴィル卿はまったく怯む様子もなく、高らかに告げた。

「馬鹿め！　貴様こそ突撃しか能のない考えなしよ！　御前試合の規則を知らんのか？　声に出して十も繰り返してみるがいい愚か者！　『近衛隊と騎士団それぞれから選ばれた五人の勇士が戦うこと』とはあるが、人間でなくてはならないという決まりはどこにもないわ！」

「ばっ……、馬鹿は貴様だっ!!　そんな事態、誰も想定していないから書かれていないだけに決まっているだろうがっ！」

それはそうだ。沈痛な空気が近衛隊勢に漂った。

しかし近衛隊の頂点に立つネヴィル卿は大威張りで胸を張った。

「ハッハッハ、たとえ一騎で三千の軍勢を壊滅させる人の皮を被った何かであっても、バーナード・フォスターは紛れもなく近衛隊の騎士！　ならば御前試合への出場に何の差し障りもない！」

近衛隊総隊長がそう声高に断言したところで、低く、ため息混じりの声が告げる。

「ネヴィルのいうことにも一理ある」

「陛下……ッ！」

「おお、偉大なる我が国王陛下、公明正大なご裁断に心より感謝を申し上げます！」

焦った声を出したのがエバンズ卿で、鼻高々なのがネヴィル卿だ。

お兄様は若干うんざりした空気を醸し出しつつも、すっと視線を下げて、こちらを見た。わたしではない。この状況を望んで創り出した張本人であるギルベルトを見据えて告げた。

「だが、剣を握るのはネヴィルでもエバンズでもない。ゆえに西の砦の英雄よ、王の名において、今一度その意志を問おう。――――戦うか？」

ギルベルトは、お兄様を見上げてきっぱりといった。

「望むところです」

割れんばかりの歓声と雄叫びが闘技場に鳴り響く。

お兄様は笑みを浮かべて告げた。

「ならば行け。王たる私が許そう。戦うがいい、騎士ギルベルトよ！」

槍の柄が石造りの床を打ち鳴らし、打楽器が狂おしい響きを奏でる。一斉に拍手が上がり、試合前だというのにすでに立ち上がって声援を送る人々もいる。

　闘技場に熱気が満ちたところで、審判役である衛士兵総官長が、沈黙を求めるように大きく手を挙げた。

「第五の騎士たちの登場である！　今ひとたびの静寂を願いたい！」

　あっと思い出したように、観客たちが口を閉じていく。

　熱気混じりの静けさの中で、衛士兵総官長が最後の騎士たちの名を呼んだ。

「近衛隊の第五の騎士、チェスター・ルーゼン！　騎士団の第五の騎士、フランク・アスキン！」

　きゃあああっと、今度は圧倒的な女性たちの悲鳴と歓声が上がった。

　彼女たちの視線の先にいるのはいうまでもなく、結婚したい貴公子№１と評判のチェスターだった。

「チェスター様～!!」

「頑張ってくださいーっ！」

「応援しておりますー!!」

「お慕いしております～!!」

「今日もお麗しいです～!!」

　声援だけでなく、チェスターの名前が刺繍された大きな布をかざしている女性たちもいる。こちらはこちらで熱気がすごい。

なお、中央のリングの上で向かい合って整列し、先ほどまでは対立の火花を散らしていた近衛隊と騎士団の第一から第三の騎士たちは、一斉に妬ましそうな顔に転じて「人間、顔じゃないよな」「わかる」「それは俺もそう思う」「僕も同意します」とぼそぼそ呟き合っていた。そちらの様子は少し面白かった。

　バーナードとギルベルトが無言で睨み合っているのが心臓に悪かっただけに、彼らに癒《いや》されたともいう。

◇

　闘技場の中心には分厚い石造りのリングが置かれており、その両端に御前試合のために誂《あつら》えられた木製の長椅子が置かれている。

　勝敗は、どちらかが降参するか、あるいはリングから落ちることで決まる。御前試合用の刃を潰した剣で戦い、相手の命まで奪った場合は反則負けとなる。

　試合は五回行われるため、順番を待つ騎士や、あるいはすでに戦いを終えた騎士たちは、長椅子に座って観戦することになっている。

　わたしもまた、第四の騎士であるバーナードと第五の騎士であるチェスターに両側を守られるような形で、二人の間に腰を下ろしていた。

第一の騎士であるガルド・オーガスは、大方の予想通りに難なく勝利を掴んだ。

圧勝だったといっていい。オーガス家の観客席はまたひときわ賑わっていた。

第二、第三戦目は騎士団側が勝利を掴んだ。

特に第二戦目は、先ほど抗議の声を上げていたヒュー・クランヘルのほうが明らかに優勢だった。バーナードいわく、騎士団の五人の騎士の中ではギルベルトに次ぐ実力者だとのことで、長椅子に戻っていたガルドが、対戦するならヒューのほうが良かったとぼやいていた。

三戦目は接戦だったけれど、最終的には騎士団側が制した。

そして、ついに四戦目。

バーナード対ギルベルトの試合が始まる。

わたしは緊張を押し隠すように太ももの上で両手を組み、深く息を吸い込んだ。

立ち上がったバーナードが、こちらを振り向いていう。

「殿下、一つお願いがあるんですが」

「あなたの台詞ではありませんが、嫌な予感がしますね」

「俺が何をしても、黙って見守っていただけませんか？　まあ、可能な限りで構いませんが、最大限の沈黙をお願いしたいんです」

じっとバーナードを見上げる。

最強の騎士はわたしを見下ろしてにこやかに微笑んでいる。

　ため息を一つついて、頷いた。

「いいでしょう。今回はあなたに任せると約束しましたからね」

「感謝します。ではどうか、安心して見守っていてください。殿下が気になさっていた噂など、俺がこの手で消してみせましょう」

「ええ。――頑張って、バーナード。応援しています」

　こげ茶の瞳が見開かれて、それから彼は照れたように笑った。

　軽い足取りで中央のリングへ向かうその後ろ姿を見守っていると、右隣に座るチェスターが不安そうに呟いた。

「大丈夫でしょうか……。昔、オーガス家の説得に赴いて、殿下を軽んじる戦士たちを片っ端から叩き潰して死屍累々にしたときも、ああいった軽い足取りでしたよね、隊長は」

「いわないでください、チェスター。わかっていても、わたしのために戦ってくれるバーナードを応援しないという選択肢はないのです」

　呻きながらもそう返すと、今度は左上から声がかかった。

「殿下が気にされる必要はないでしょう。これで潰れるなら、西の砦の英雄もその程度の男だったということです」

　大柄な青年が傍に立つと、その陰にすっぽりと入り込んでしまう。

　先ほどまでバーナードが座っていた位置に、その青年は悠々と腰を下ろす。

途端に右隣のチェスターが不快そうに眉を顰め、わたしはため息混じりにいった。

「ガルド、第一の騎士の席は左端ですよ」

「御身の警護を疎かにしては、陛下から叱られてしまいます。あの男が試合に臨《のぞ》む間だけ、どうか傍にはべることをお許しください」

建前のうまい青年だ。警護されるために騎士たちの席にお邪魔しているのはわたしのほうであるし、強く突っぱねることもしにくい。

すでにリングの上に立っているバーナードも、わたしの隣に座ったガルドを見ても特に表情を変えなかった。何なら警備上はこのほうが安全だとまで思っているかもしれない。

わたしとしても、ガルドに対してそこまで強い好悪の情はない。ガルド・オーガスは冷酷だけれど有能だ。それが王妹としての判断だ。

ただ、犬猿の仲の二人に挟まれたいかと問われたら、できることなら避けたいというのが本音なだけで。

「殿下の護衛は隊長から俺に任されている。貴殿の出る幕はない」

「その隊長殿は俺が護衛につくことに異論はないようだがな。副隊長同士仲良くやろうじゃないか、ルーゼン卿？」

「お前をオーガス卿と呼ぶことは黒脈家全体への侮辱に感じられて躊躇《ためら》われる」

「おやおや、俺の試合での盛り上がりを見なかったのか？　ルーゼン卿は相変わらず目が悪いようだ。くだらない女に引っかかるのも納得だよ」

チェスターがぶわりと殺気立った。

わたしは淡々と告げた。

「ガルド。わたしの近衛隊副隊長を侮辱する人間を護衛に置く気はありません。謝罪するか、立ち去るか。自分で選びなさい」

「謝罪します。申し訳なかった、ルーゼン卿。言葉が過ぎました」

こういう場面であっさりと心底すまなそうな顔で謝ってみせることができるのが、ガルド・オーガスの性質《たち》の悪いところだ。

大柄で強面、上下関係に忠実で、名誉と強さを重んじる寡黙な青年と、一見したところはまさにオーガス家の戦士といった風貌であるのに、彼は必要とあれば言葉を弄することに躊躇いがない。直情型の人間が多いオーガス家においては密やかな異端さを持ちながら、それを表に出さない狡猾《こうかつ》さも併せ持っている。

わたしは短くため息をついた。

謝るくらいなら最初から煽らなければいいのにと思う。本当に思う。

しかしチェスターを怒らせる言葉を進んで口にするのがガルド・オーガスという青年だ。

チェスターにいわせるなら「性根が腐っている」というところであり、バーナードが評するなら「外面のいい戦闘狂」であり、わたしがいうなら「ライバル心はもう少し真っ当な形で表してほしい」だ。

ちなみにガルドは、好敵手と捉えているチェスターに対しては何かにつけて挑発するけれど、バーナードを前にすると無言になる。以前一度だけ、苦い顔で「あの男に競争心を抱くほど不遜ではありませんから」と零していたことがある。恐怖混じりの敬意があるらしい。

ガルドに気を取られている間に、リングの上ではすでにバーナードとギルベルトが向かい合っていた。

衛士兵総官長が、儀礼用の杖を打ち鳴らす。

「春告げ鳥の翼の下に、第四の騎士たちよ、その武勇を示せ！」

闘技場内がしんと静まり返る。

そこに総官長の声が響く。

「――――はじめッ！」

先に仕掛けたのはギルベルトだった。

まるで矢のような速さで間合いを詰める。刃を潰した儀礼用の剣が、三日月のような美しい曲線を描く。右腕から狙ったのは、武装した敵を相手取るときの癖だろうか。鎧《よろい》の隙間を突くような斬撃だ。

バーナードはそれを己の剣で受け止めた。

思わずわたしとチェスターは二人そろって息を呑んだ。

「バーナードが――――」

「――剣で受け止めましたね」

ガルドが怪訝な顔で「驚くようなことですか？　攻撃を受け止めるなど、あの男の実力なら当然のことでしょう？」と聞いてくる。

なるほど、普通の感覚ならそうなのだろう。でも、ちがうのだ。

「バーナードは敵の攻撃を受け止めないのですよ。あなたの一族と戦ったときもそうだったでしょう？」

わたしの言葉を、チェスターが頷きながら補足してくれる。

「受け止める必要がありませんからね。敵より速く動いてその首を落とすか、落とさずとも叩きのめせばいい。いちいち剣を交わす必要がないからやらないんですよ」

ガルドからの返答は、納得というより呻き声に近かった。

その間にもギルベルトの猛攻は止まらない。

観客席からは大きな歓声が上がった。

騎士団勢はギルベルトの優位と見て怒濤《どとう》の声援を送っている。西の砦の英雄と名高い騎士の勇姿に、大勢が身を乗り出して見入っていた。

わたしはだんだんとハラハラしてきた。

試合開始からしばらく経っても、バーナードが防戦一方なのだ。ギルベルトの攻撃を防ぐだけで、自分から仕掛けていくそぶりがない。バーナードの強さを疑ってはいないけれど、心配にはなってくる。

「大丈夫でしょうか……？　もしかして今日は、体調が悪かったのではありませんか？」

　わたしは真剣に案じた。

　しかし左隣のガルドは噴き出した。チェスターがつられて笑いそうになって、必死に耐えているのが気配で伝わってくる。

　憮然として口を閉じると、ガルドが弁明するようにいってきた。

「申し訳ありません、殿下。持病の咳が出てしまいまして」

「ふざけているのですか、あなたは？」

「滅相もございません。しかし、殿下。あの男にそのような心配はするだけ無駄かと」

「大丈夫ですよ、殿下。試合が始まってから、隊長は一歩も動いていないでしょう？」

だから心配になるのではないですかと無言のうちに反論を滲ませると、左右の二人が説明するように口々にいってきた。

「あれだけ攻め込まれているのに、一歩も動かないままですべて捌《さば》き切るというのは、防戦一方とは呼びません。そもそも『戦い』とすらいいがたい。ただの遊びですな。子供の剣術ごっこに付き合う大人であっても、あれよりは真面目にやるでしょうよ」

「隊長が何を考えているのかはわかりませんが、ギルベルトに圧されて動けないというわけではないのは確かです。隊長がその気になったら、一瞬で勝負はついていますよ。どうして長引かせているのか、俺にはそちらのほうが不可解ですが……」

チェスターの戸惑いに、わたしも頷いて同意を示した。

バーナードは桁外れに強いけれど、ガルドのように戦闘を好み欲するという人ではない。必要なら剣を振るうというだけで、いつもなら一瞬で終わらせているはずだ。

ガルドが嘲笑混じりにいう。

「西の砦の英雄も、よほどの節穴でないなら、さすがに気づく頃合いでしょうよ。自分が敵に回した相手が何なのかをね。妙な噂で人心を煽っていたようですが、そんなもので倒れるのは人間だけ。人ならざる者の前では、自分は踏み潰される蟻であると気づく頃ですよ」

その言葉を裏付けるように、ギルベルトは剣を引き、バーナードから大きく距離をとった。攻めあぐねて、体勢を立て直そうとしているように見える。遠目にも、その表情がこわばっているのがわかった。

バーナードと剣を交わしたことで、彼に対する誤解がようやく解けたのだろうか？　バーナードは真実、最強の騎士であり、その人柄もギルベルトが想像していたものとはちがうと悟ったのだろうか。

わたしは閃いていった。

「もしかして、バーナードが試合を長引かせた目的は、ギルベルトと剣での対話を試みたからなのではありませんか？　わたしは武芸の心得がないのでわからないのですけど、世の中の騎士たちは、剣を交えることで理解し合えることもあると聞いています。戦いによってはぐくまれる友情もあるのでしょう？　侍女から聞いて知っていますよ」

「それは……、そういった事例が一切ないとは申しませんが……、隊長にはまず当てはまらないことかと……」

「巨人と蟻の間で理解し合えることなどないでしょう」

チェスターが歯切れ悪くいい、ガルドが一刀両断して、わたしがそれでもなお諦め悪く「バーナードはきっとギルベルトの誤解を解こうとしているのです」といい募ろうとしたときだ。

距離をとったギルベルトを眺めて、バーナードが初めて口を開いた。

「どうした、もう終わりか？」

声は笑っていた。楽しげに楽しげに――、冷たく、空虚に。

「なら、今度は俺の番だな」

彼は声を張り上げたわけではない。それでもその宣告は闘技場内に響き渡り、誰の耳にも入り込んだだろう。

そして次の瞬間、バーナードの姿は消えていて、あるはずのない場所にあった。

ギルベルトの真正面だ。

刃を潰した剣がギルベルトの首に当てられていた。

「おい、ちゃんと避けろよ。危うく首を落とすところだっただろう？」

バーナードが笑う。愉快そうに笑う。

身じろぎもできずに眼を見開いているギルベルトに笑いかけて、剣の柄でその肩を打つ。それはひどく軽い動作で、けれどギルベルトが声も上げられずに崩れ落ちた。

しんと、闘技場内が静まり返る。水を打ったようというよりは、絶望によって凍りついたような静けさだ。

わたしもまた自分の身体を抱きしめるようにして、ぞくりと粟立つ両の二の腕を押さえた。

「バーナードがあの速さで動けると知っていても、それでもなお、いつ見ても鳥肌が立ちます……」

思わず呟くと、隣のチェスターも頷いた。

「こちらは瞬きすらしていないというのに、いたはずの場所からいなくなって、いないはずの場所にいますからね……。あり得ないものを目にすると、人間はやはり恐慌状態に陥ってしまうものではないでしょうか」

「お二人とも十分冷静でしょうがッ！　クソ、何なんだあれは。何度見ても存在が狂ってる。人の皮を被っているだけのなにか、神の手違いで人間に生まれてしまったなにかだ」

ガルドが怖れを滲ませて呻く。

凍りついていた観客席にも、泡がはじけるように恐怖が伝播《でんぱ》していく。

リングの上のギルベルトは、苦痛に顔を歪めながらも再び距離を取り、体勢を立て直そうとしていた。剣を握りしめるその指からも、バーナードを睨みつける眼差しからも、依然として戦意は失われていない。

ギルベルトが深く息を吸い込み、バーナードへ剣先を向けたときだ。

何が起こったのかはわからない。

チェスターのいう通り、瞬きすらしていなかったのだ。

けれど気づいたときにはギルベルトはリングの上に転がっていて、バーナードはその傍に無造作に立っていた。

ギルベルトが眼を見開き、遅れてやってきた痛みに耐えるように身体を硬くする。バーナードがその肩を嬲《なぶ》るようにゆっくりと踏みつけた。

悲鳴が上がったのは、ギルベルトではなく、観客席からだった。

「弱いな」

バーナードはつまらなそうに呟く。

それから闘技場内をぐるりと見回して、自身に集まる怯えた視線を前に愉快そうに唇を歪めた。

くつくつと空虚に笑い、やがて楽しげな声を立てる。

バーナードの嘲りに満ちた哄笑が闘技場内に響き渡った。

「弱い。あぁ、人間は本当に弱いな」

ギルベルトを踏みにじり、軽い動作で蹴り飛ばす。

それだけでギルベルトの身体が、石造りのリングの上で跳ねた。

悲鳴があちらこちらから発せられる。「いや」「やめて」「誰か止めてちょうだい」そんなご令嬢方の涙混じりの声が聞こえてくる。

わたしは真っ青になっていた。

隣を見なかったけれど、チェスターもおそらく真っ青になっていた。

誤解されがちだけれど、バーナードは決して残虐な性質ではない。彼は一瞬で勝負をつけるし、敗者を蔑むことも嬲ることもしない。そういった振る舞いに関心がない。彼にとって戦いとは手段であって目的にはなり得ない。

だからこれは、わざとだ。

わざとギルベルトを嘲笑い、わざと痛めつけている。それは目的を達成するための手段だ。人々に恐怖を刻みつけるための方法だ。

――あっ、ああ、どうしましょう。試合を長引かせていたのは、これが目的だったのですか？あのときいっていた『少し悪いこと』というのは、これだったのですか？

わたしは思わず悲鳴混じりの声で呟いていた。

「皆に恐怖を刻み込むことで、悪評を事実上消そうというのですか……!?　怖れによって皆の口を封じることで……!?」

「はっ、はは……、確かに、その名を口にすることさえ不吉に感じられる恐ろしい存在っていますよね……、神話の中にならいますよね……」

――それは伝承の中の悪魔。不吉の象徴。大いなる災厄の手。静寂なる死者の国の大地に突き立つおぞましい闇。名前を口にすることさえできない、人ならざるもの。死と終焉《しゅうえん》をもたらす呪いの魔剣。

「目指す方向がちがいます、バーナード……！」

「自分から悪夢になろうとする男がどこにいるんですか、隊長……!!」

悪評を消すというのは濡れ衣を晴らすということであって、恐怖によって沈黙を強いることではない。ないはずだ。

わたしとチェスターはそろって両手で顔を覆った。どうしてこうなったのだ。わたしはバーナードの悪評をどうにかしたいだけだったのに。まさか本人が恐怖の象徴になろうとしてくるとは思わないだろう。どうしてこうなったのです？　なぜ？

しかし視界を覆っても現実逃避にしかならない。わたしたちはそろって両手を下ろした。するとバーナードが片手でギルベルトの肩を摑み、立ち上がれずにいる彼をやすやすと引きずりあげている姿が目に入ってきた。

本当にどうしよう。

もはや闘技場内は恐怖に染まっている。

ギルベルトの猛攻を見た後だ、彼が弱いだけだとは誰も思わない。西の砦の英雄が弱かったのではなく、対戦相手が異常なのだと、誰もが悟っていることだろう。

人の皮を被った呪いの魔剣。その二つ名の意味を痛いほどに理解させられてしまう。生き物としての格がちがう、神の手違いで人に生まれてしまった存在。その気になったなら、この場の全員をたやすく皆殺しにしてみせるだろうと、そうわかってしまう。

場内に悲鳴やすすり泣きが満ちていく。

騎士団側の騎士たちですら、これ以上見ていられないというように顔をそむけ、「誰か止めろよ！」「怪物相手にどうやって!?」といい争う声が聞こえてくる。

それでもバーナードはギルベルトを嬲る手を止めない。楽しげに笑いながら、闘技場内に響き渡るような声でいった。

「簡単には死なないでくれよ。お前が死んだら俺が反則負けになってしまうだろう？　ほら、あがけよ。どうした？　それでも西の砦の英雄か？」

無邪気に首を傾げながら、言葉で嘲笑い、まるでゴミ屑のようにたやすくギルベルトを放り投げる。何もかもが噛み合わず、狂っていて、異常だ。――そう見えるように振る舞っている。恐怖を刻み込むために。

誰かが「化け物だ……！」と怯え切った声で叫ぶ。そのときだった。

観客席からひときわ大きな声が上がった。

「頑張ってください！　頑張って！　頑張って！　あに——ギルベルト殿！　頑張ってください！」

その声に、リングの上に倒れ込んでいたギルベルトが、びくりと身体を震わせる。

そして彼は、痛みに呻きながらも必死に立ち上がった。

左腕はだらりと下がり、右足もまっすぐには立たない。誰が見てもわかるほどに満身創痍《そうい》だ。それでもギルベルトは剣を握り直し、荒い呼吸の中で、必死にバーナードへ切っ先を向ける。

その英雄の姿に、わあっと騎士団勢が沸き上がった。

「頑張れ！　頑張れギルベルト！」

「頑張ってください！」

「頑張って！　あなたは俺たちの英雄です！」

「いや無理すんな！　もう棄権しろ！　リングから下りろ！」

「降参しろギルベルト！　お前は十分よくやった！」

「お前にはまだ未来がある！　ここは引け！」

「やっちまえギルベルト！　お前には騎士団がついてるぞ！」

応援する声に案じる声にと、さまざまな声が入り乱れる。

その熱はあっという間に観客席中に広まり、騎士団以外の貴族や商人たち、何なら近衛隊勢からすらギルベルトを応援する声が聞こえてきた。

これが神話の一幕だったら、ギルベルトは正義のために立ち上がった勇敢な騎士で、バーナードは世界を滅ぼそうとする邪竜などだろう。すごい。ひどい。完璧に悪役である。

しかし、応援の盛り上がりは長くは続かなかった。

バーナードが唇の端を上げて観客席を眺める。そしていっそ無機質な声でいった。

「黙れ」

それだけで、誰もが気《け》圧《お》されたように口を閉じた。実際にそれは圧されたのだろう。無造作に発せられたたった一言に、まるで殴られたかのような圧を感じたのだろう。

さらには、必死に立ち上がったギルベルトが、次の瞬間にはこめかみから血を噴き出して倒れ込んだ。

抑えきれない悲鳴が上がる。目の前の光景が信じられないというように、誰もが恐慌状態に陥る。

その中で、バーナードだけは嫌そうに顔を顰めて、よく通る声でいった。

「汚いな。お前のせいで、俺の剣が汚れたじゃないか」

刃は潰されている。それは間違いない。けれど、剣としての重さと硬さに変わりはなく、尋常でない速さと強さで振るったなら、皮膚を切り裂き肉を抉《えぐ》ることもあるだろう。

闘技場内に理解と恐怖が沁み込んでいく。

バーナードは疎ましそうに、血だまりの中でかろうじて息をしているようなギルベルトを見下ろした。

「このゴミが」

そう言い放ち、ギルベルトの顔を踏みつけにしようと、ゆっくりと足を持ち上げる。悲鳴が上がり、やめろと怒鳴る声が上がる。騎士団側の長椅子からヒュー・クランヘルが駆けてこようとするのが見える。

わたしは深く息を吸い込み、そして告げた。

「そこまでです、バーナード」

この声は騎士のものほど響き渡りはしないだろう。それでもバーナードが聞き落とすということはあり得ない。

事実、彼は動きを止めた。

つられたように場内の声も静まり、ヒュー・クランヘルが戸惑ったようにリング手前で足を止める。

バーナードはゆっくりとこちらを振り向いた。

闘技場内の視線もまた一斉に集まってくる。

わたしは周囲のすべてを無視して、こげ茶色の瞳だけを見据えていった。

「そこまでです。それ以上は許しません」

――試合前に、最大限の沈黙をと彼は願った。やり方は任せてほしいともいわれた。それを認めたのはわたしだ。今回の件で一番の被害者はバーナードだったからだ。

それでも、ここまでだ。これ以上は認められない。

バーナードは無言でわたしを見つめて、それからギルベルトへ向き直った。

まだ暴行が続くのかと悲鳴が上がる中で、彼は無造作にギルベルトを掴むと、リングの外へ投げ捨てた。

勝敗の条件は、どちらかが降参するか、あるいはリングから落ちるかだ。

バーナードはそれ以上ギルベルトへは眼もくれずに、まっすぐにこちらへ歩いてくる。リングを降りて、長椅子へと近づいてくる。

誰もが固唾《かたず》を飲んで見守る中、彼はわたしの足元で片膝をついた。

先ほどまでの悪夢が嘘だったかのように、主君に仕える騎士そのものの顔をする。

バーナードはわたしを見上げて、切なそうに眉を下げていった。

「お怒りですか、我が姫。俺の美しいアメリア殿下」

誰かが息を呑み、誰かが呆気にとられたような声を漏らした。

あれほど桁外れな力を見せつけて、荒れ狂う暴力そのもののようだった青年が、今や一人の姫の前に膝をつき、許しを請うように見上げているのだ。

それは強烈な印象を与えるだろう。たとえ今は恐怖と混乱の中にあって理解が追い付かないとしても、後になれば誰もが考えるだろう。

――あの男を制御できるのはあの姫だけなのだ、と。

この話が貴族の社交界だけで収まるわけがない。平民の騎士たちも大勢応援に来ているのだ。庶民層にまで恐怖とともに伝わって、今までの悪評や噂話など叩き潰されるだろう。

――もしもあの恐ろしい男の耳に入ったら、その怒りに触れたらどうするのだ、と。

これは、そこまで計算した上での振る舞いだ。

あの人の皮を被った呪いの魔剣には王妹しかいない、アメリア姫にしか抑えられないと思わせることまで含めての仕込みだ。

わかっていた。

だから、それらの意味もすべて込めて、腹の底から声を張り上げていった。

「やりすぎです！」

バーナードがわざとらしくうなだれた顔になる。

腹立たしい思いでそれを無視して、わたしは中央のリングへ視線を向けた。

「衛士兵総官長、試合の進行をお願いします。それから救護班、すぐに騎士ギルベルトを医務室へ運んでください！」

ハッとした様子で、各人が職務を果たそうと動き出す。

衛士兵総官長がバーナードの勝利を宣言し、怯え混じりの拍手がまばらに上がる一方、ヒュー・クランヘルを始めとした騎士団の面々がギルベルトに駆け寄り、救護班が彼を木製の担架《たんか》に乗せて運び出した。

ガルドはさっと元の位置に戻り、バーナードがわたしの隣に座る。そしてぼそりといった。

「今後に支障が出るような怪我は負わせていませんよ。骨だって綺麗に折ってやったんですから、手当てを受けて寝ていたらそのうち元通りになります」

「知っています。わたしはあなたがそういう人だと知っていますが、この場のほとんどの人間は誤解したでしょうね」

横目でじろりと睨みつけると、こげ茶色の瞳は嬉しそうに笑った。

「それなら俺の望み通りですね。我ながらうまくいった」

「全然、なにも、よくありませんけれど？」

「そうですよ、隊長。反省してください。人生で一度くらいは反省というものをしろ。頼むからしてくれ」

うんざりした口調でいいながら、チェスターが立ち上がる。

ギルベルトが運び出され、場内のざわめきも落ち着いてきた頃合いを見計らって、総官長が第五の騎士たちの名を呼ぶ。

ここに来てようやく、先ほどまでの恐怖を拭い去るように、明るい歓声が響き渡った。

あどけなさの残る令嬢方から妙齢の御婦人方まで、待っていましたといわんばかりにチェスターの名前を叫び、応援のために刺繍した布などを掲げる。

チェスターは去年はまっすぐリングに向かったものだけれど、今年は、先ほどまでの試合の影響を憂慮したのだろう。

いつもよりゆっくりと歩を進めながら、場内を見回しては、声援に応えるようにあちらこちらに手を振ってみせる。その普段とはちがう様子に、またいっそう黄色い悲鳴が上がった。

涙声も聞こえたけれど、それは先ほどまでとはちがい、歓喜によるものだ。

「きゃーっ！　チェスター様!!」

「格好良いです～!!　頑張ってくださいーっ！」

「お慕いしております～!!」

「今日も最高に素敵ですっ！」

「勝ってください～！　応援してますっ！」

などなど、闘技場内の空気が明るい熱気に満ちていく。

最終試合がチェスターであったことに、わたしもバーナードも感謝したほうがいいだろう。

祝祭が祝祭らしい雰囲気を取り戻せたのは、間違いなくチェスターのお陰だった。

◇

近衛隊の勝利で終わった御前試合の後、祝祭は滞りなく進んだ。

騎士団長がアルミナの街から運んできた、春告げ鳥が足を止めたと伝えられる大樹の枝を捧げて、儀式は終了となった。

今は王立楽団が美しい音色を奏でる中で、めいめいが祭りの余韻を楽しんでいるところだ。陽は傾きかけているけれど、闘技場内には橙色のランタンが端々まで飾られているため不自由はない。

観客席から石造りのリングまで下りていき、手を取り合って踊り出す人々もいれば、観客席で挨拶や社交に励む人々もいる。

久しぶりに会えた遠方の友人とその場で酒を飲み始める人もいれば、近くの店へ食事に行こうと連れだって帰る人もいる。国王陛下《お兄様》と王妹殿下《わたし》はすでに帰路についた——とされているため、場内の空気も緩んでいた。

さて、チェスターが護衛につきサーシャが同乗するふりをした馬車を、王妹殿下のものとして帰らせた後で、わたしはこっそりと闘技場内の一室で待機していた。

天井の灯りに照らされる室内には、木製のテーブルと椅子が数脚あるだけだ。会議などに使われる部屋なのだろう。通路側の扉の前には近衛騎士が見張りに立っているけれど、室内にいるのはわたしとバーナードだけだ。

わたしたちは今、通路側とは逆側の扉が開かれるのを待っている。

「あなたも座ってください、バーナード」

バーナードは断ろうとしたけれど、わたしが眼をすがめて彼を見ると、諦めたように椅子を一つ持ってきて、正面に腰を下ろした。

「お怒りですか、殿下」

「やりすぎです」

御前試合のときと同じ会話を繰り返しながらも、あのときは呑み込んだ言葉を続けた。

「わたしだって、あなたという婚約者がいるのに、ほかの男性を勧められることには腹が立ちましたし、わたしたちのことを似合いの二人だと皆に認めてほしいと願っています。でも、それは、あなたの悪評をさらに悪化させて、恐怖の象徴とその制御者のように扱われることではないのですよ。わたしはあなたが悪くいわれるのは嫌なのです」

わたしは怒りを込めていった。

しかしバーナードは軽く笑うだけだった。

「俺はどうでもいいです。俺のことをどうこう言われても、雑音よりも耳に入ってきません。残念ながら、こればかりは意見の相違ですね」

「バーナード」

「俺はですね、殿下」

彼は言葉を探すようにいいあぐねてから、こげ茶色の瞳に穏やかな優しさを宿していった。

「俺は悪評なんて立って当たり前だと思います。くだらない連中がいう通り、俺は出自の知れない流れ者で、戦いしか取り柄のない野蛮な成り上がりです。それが本来は身元確かな貴族しか入れない近衛隊に入って、王妹殿下付きの隊長までやっているんです。普通ならあり得ないでしょう」

「近衛隊が出自を重視するのは他国からの間諜や暗殺者が潜り込むことを避けるためです。あなたが裏切ることはないとわたしもお兄様もわかっているのですから、何も問題はありません」

「さらには夜会で血を流した狂犬で、人とは思えないほど異常に強い。人の皮を被った呪いの魔剣です」

「あなたのその強さがなければわたしもお兄様もとうに死んでいました。あなたは命の恩人です。ああ見えてお兄様も、本当は深く感謝しています」

「殿下の兄君の感謝とやらは犬の餌にしたいくらいどうでもいいですけど、普通はね、俺みたいな奴は怖いものです。悪評が立つのも当たり前でしょう」

そこで彼は言葉を区切ると、困ったようにわたしを見つめた。

「姫様は、自分と婚約したせいで俺が余計に悪くいわれると気にしていますけどね。客観的に考えてくださいよ。俺はあなたに望んでもらえたんですよ？　これほど幸運な男がどこにいるんです」

バーナードは笑みを浮かべて、堂々といってのけた。

「俺はあなたの心を得ることができた。これほどの幸福がほかにあるものか。俺はあなたに触れる権利を持っている。俺はあなたの愛を得ている。それが狂おしいほど嬉しい。俺にあるのはこの胸を焼く歓喜だけです」

「バーナード……」

「愛しています、殿下」

彼は目線の高さを合わせるように身体を傾けて、わたしを見つめて微笑んだ。ランプの灯りに照らされたこげ茶色の瞳は、揺るぎなく強く、そして深い愛情に満ちていた。

わたしはたまらない気持ちになって、ただ小さく頷いた。

バーナードは嬉しそうに笑うと、続けていった。

「俺にとって許しがたいのは俺の悪評などではなく、あなたにはほかの男のほうがふさわしいという声だけです。それを叩き潰せたので、俺は今とても気分がいい」

「わたしは今少し腹立ちを思い出しました」

「殿下は俺を褒めてくださってもいいと思うんですよ」

「恐怖の象徴になるとは素晴らしいですねとでも?」

「いえ、よくギルベルトを殺さずに我慢しましたねと」

「バーナード」

睨みつけても、彼は楽しげに笑うだけだ。

ちょっとした腹立たしさを込めて、わたしは手を伸ばし、正面にある彼の頬を軽くつついた。えいと怒りを込めて人差し指でぺちぺちとすると、バーナードが悪巧みをするような目をして、わたしの手を掴む。

そして突然、わたしの人差し指にキスをした。

彼の唇の柔らかな感触が皮膚に当たり、わたしはのけぞるように身体を引いた。

だけどバーナードは、しっかりと手を摑んだまま離さず、にやにやと意地悪くわたしを見た。

「仕掛けてきたのは殿下でしょう？」

「ちっ、違います、そういう意図では……」

たぶんない。なかったと思う。心臓がばくばくいっていて考えがまとまらない。頰が熱い。

「おや、許しを得たと思ったのは俺の勘違いでしたか。申し訳ない」

「い、いいえ、謝ることでは」

「では許可を取りましょう。アメリア様、あなたのこの美しい指に口づけたい。許していただけますか？」

「それは、バーナード、それはあの……っ」

無駄に口を開いては何もいえずに閉じる。身体中が熱くて、答える声も喉で止まったまま、まるで魅入られたように彼を見つめてしまう。

バーナードは何かに耐えるように目を細めた。

その長身は、しなやかにするりと音も立てずに動く。彼は椅子から腰を浮かせて、ゆっくりと、わたしに覆い被さるように近づいてきた。

「殿下、どうか……」

そのときだ。

通路とは逆側のドアから、ノックの音が響いた。

バーナードは一瞬、心底忌々しそうな顔をしてから、息を一つ吐き出した。

こげ茶色の瞳が尋ねるようにこちらを見る。わたしが頷くと、彼は立ち上がって扉を開いた。

そこに立っていたのは騎士団長のエバンズ卿だった。

「お待たせして申し訳ありません、殿下。準備が整いましたので、どうぞこちらへ」

わたしは激しく高鳴っている心臓を押さえながら、平然としたふりで頷いて立ち上がる。

外套のフードを目深に被り、エバンズ卿の後に続いた。バーナードがわたしの後ろを歩く。

部屋から部屋へと進んでも、誰とも遭遇することはなく、目的の部屋までたどり着いた。エバンズ卿が人払いをしてくれていたのだろう。

わたしは扉の前まで来てから、面倒見の良い騎士団長を見上げた。

「バーナードが同席してても大丈夫ですか？　彼に恐れがあるようなら、ひとまずここで待っていてもらいますけど」

殿下と後ろから咎める声がしたけれど、わたしは聞き流した。

エバンズ卿は苦く笑って、安心させるようにいった。

「問題ありません。あやつ自身が、殿下の近衛隊隊長殿と話がしたいといっております。お時間を取らせてしまい申し訳ありませんが、付き合ってやっていただけますか？」

「わたしもギルベルトと話がしたいと思っていたのですよ」

エバンズ卿が扉を開ける。

窓もない殺風景な室内には、簡易ベッドが一つ置いてあるだけだった。

そしてベッド柵に背中を預け、上体を起こしてこちらを見ている、包帯だらけの青年が一人。

ランプの灯りに照らされた室内で、わたしの姿を認めた途端に、ギルベルトはベッドから下りようとする。わたしは慌てて止めた。

「そのままで構いません。安静にしてください。動いたら怪我が悪化してしまいますよ」

「ですが……」

「殿下が動くなとおっしゃったら動くな。それともその両足を折ろうか？」

バーナードと咎める声で呼んでも、彼は肩をすくめるだけだ。

ギルベルトは苦い笑みでベッドへ身体を戻した。

エバンズ卿が部屋の隅から椅子を持ってきてくれたので、ギルベルトの隣で腰を下ろす。バーナードはわたしの隣に立った。

エバンズ卿は扉の前に戻ると、ため息とともに告げた。

「私は口を挟みません。騎士団長として事の次第を見届けるため、そしてアメリア殿下の護衛としてここに立っております。――騎士ギルベルトよ、これはお前が始めたことだ。最後までその責任を果たせ」

「はい。――感謝します、団長」

ギルベルトは静かに頭を下げた。

改めて見ると、彼は満身創痍としか言いようのないありさまだった。顔色は悪く、包帯は額にも手にも巻かれていて、左腕は動く様子がない。この分では、服で隠れている部分も包帯だらけだろう。医官の手当てを受けて、鎮痛効果のある薬湯も飲んだと聞いているけれど、この様子ではどこまで効いているかわからない。日を改めようかという考えが一瞬よぎったけれど、彼と秘密裏に引き合わせるためには今日が最善だった。

わたしの逡巡を察したように、ギルベルトは穏やかに微笑んで、再び頭を下げた。

「申し訳ありません、殿下。俺の愚かさで、貴女に多大な迷惑をおかけしてしまいました」

「それは……、バーナードへの誤解は解けたという意味でしょうか？」

「近衛隊隊長殿の実力に関しては、完璧に」

若葉色の瞳が力なく下がる。三日月のような薄い唇が自嘲気味に笑った。

「人の皮を被った呪いの魔剣、一騎で万の軍勢に勝るなどというのは、作られた大袈裟な噂とばかり思っていましたが……、まさかただの事実だったとは」

そう言いながらも、ギルベルトの面差しに恐怖はない。あれほど痛めつけられ叩きのめされた後でも、恐慌に陥ることなく、冷静さが揺らいでいない。その点だけでも、彼は十分に傑物であるといえた。

「ここまで実力差を思い知らされた挙句、ご丁寧に手加減までされたというのに、それでもまだ信じられない気分です。呪いの魔剣の生まれ変わりなどという存在が、本当にこの世にいるとは思いませんでした」

「待ってください、新たな誤解が生まれています」

バーナードは人間ですよと力強くいいきる。

けれどギルベルトに信じた様子はなく、それどころか若葉色の瞳が硬質さを増した。

そこには決意によって生まれた揺るぎなさがある。

彼はここに来てもなお戦意というものを保っていた。

「隊長殿の実力を侮った非礼はお詫びします。申し訳なかった。ですが、その上でお聞きしたい」

ギルベルトは鋭い眼差しでバーナードを見上げて、切っ先を突きつけるように尋ねた。

「なぜ殿下に剣を教えない？　一度教えてみて、適性がないから終わりにしたというならわかる。しかし君はちがう。俺が調べた限りでは、君は一度も試みることなく、ほかの指導役を勧めたこともない。殿下のご意志を第一としながら、なぜその点においては拒むんだ」

バーナードの眉間にしわが寄る。ギルベルトの問いかけの意図を測りかねたからだろう。

わたしもまた唐突な話題に戸惑いながら、質問を返していた。

「なぜ、そんなことを聞くのですか？　バーナードの職務は護衛ですよ。わたしに剣を教えないとしても、それで何か問題が？」

「殿下、この男は貴女が無力でいることを望んでいます。貴女に剣を握らせず、戦う意志も力も奪おうとしている。それが、なにがあっても貴女を守り抜けるという隊長殿の実力ゆえの傲慢さだというなら、まだいいでしょう。ですが、そうではなかったら？」

満身創痍のはずのギルベルトの身体に、その胸に、覚悟が満ちているのがわかった。彼は今、真実、命を賭けてバーナードと対峙していた。

「君が殿下に、戦う術を持たない〝弱い存在〟であることを求めているのであれば、俺は引くことはできない。答えてくれ、隊長殿。返答次第では、俺は人ならざる者とも戦おう」

バーナードが眼をすがめて、呆れたようにギルベルトを見下ろした。

それから、許可を取るように一度わたしを見る。

頷いてみせると、バーナードはため息混じりに口を開いた。

「お前は殿下がクソ頑固なことをわかっていない」

どういう話の切り出し方なのか。

わたしは眉を上げて彼を見上げたけれど、こげ茶色の瞳は嫌そうに続けた。

「剣なんて教えてみろ。もしも俺がいないところで襲撃を受ける事態になったら、殿下は真っ先に戦うことを考えるだろうが」

「それの何が悪い？　殿下に無抵抗で殺されろというのか」

「馬鹿か？　お前は聖教会の護衛をやっていたんじゃないのか。襲撃を受けたら、そいつらに剣を持って戦ってほしいと考えたか？」

「……いや、足手まといになるだけだから、大人しく引っ込んでいろと思っていたが……」

何かに気づいたように、彼は口元に手を当てた。ギルベルトの面差しから、徐々に決意が薄まっていく。

　一方でわたしは、気まずさから席を立ちたい心地になっていた。

　雲行きが怪しくなってきた気がする。ひとまずバーナードに任せてこの部屋を出てはいけないだろうか？　しかしちらちらと扉へ目を向けても、そこにはエバンズ卿が難しい顔をして立っている。なにより隣には最強の騎士がいる。

　バーナードは忌々しそうに続けた。

「その場に弱い女子供でもいたならなおさらだ。殿下は民を守るために剣を取るだろう。たいした腕前でもないのにな。政務で忙しい中でかじっただけの剣術に、重さも速さもない剣。そんなもので敵兵との体格差、腕力の差をひっくり返すことなど到底できない。どうなるかなんて、結果は目に見えている」

　バーナードは深い怒りのこもった息を吐き出した。

　それはこの場にいる人間に向けてのものではなく、口に出すのも厭わしいといわんばかりの想像上の未来に対する憎悪だった。

　こげ茶色の瞳が、じろりとわたしを見下ろす。

　わたしはそっと目をそらしたけれど、バーナードはそれを許さないといわんばかりに続けた。

「俺は殿下に逃げてほしいんですよ。逃げてくれさえしたら、俺が必ず駆けつけます。だからどうかそれまでは逃げてほしい。抗戦することを考えず、ほんの一瞬も迷わずに逃げることを選んでほしい。ですが――、殿下の性格上、自分が『戦える』と思ったら迷うでしょう。抗戦を考えるでしょう。その一瞬の迷いが生死を分けるというのに」

　おかしい。

　ギルベルトへの説明だったはずなのに、これでは完全にわたしへのお説教である。

「だから俺は殿下に剣を教えません。あなたには無力なままでいてもらいます。逃げる以外の選択肢なんて差し上げませんよ。剣を抜けるほどの間合いがあるなら、何があろうと一瞬も迷わず逃げるんです。下手に戦うことなんて考えるんじゃない。あんたの細腕でそんなもんはな、死にに行くのと同じことだぞ。俺がいないところで襲撃を受けたら一目散に逃げる。それが最大限あなたの身を守る方法です。わかりましたね、殿下？」

「なぜわたしが怒られているのかがわからないのですけど……」

「俺があなたにこの話をするのは何度目だと思っているんです。殿下ときたら、毎回納得した顔はするくせに『それはそれとして』などといい出して護身術に剣を習いたいなどと……、いいか姫様、あんたの最大の護身術は逃げることなんだよ。それ以外を考えるんじゃねえよ」

「バーナード、口が悪くなっていますよ、落ち着いてください」

　わたしが両手を広げてまあまあと押し留めると、ふっとかすれた笑い声が聞こえてきた。ギルベルトだ。俯いたまま、肩を震わせて笑っている。

わたしが叱られているのはあなたのせいもあるというのにと、釈然としない思いで見ていると、察したのだろう。若葉色の瞳がこちらを向いた。

「すみません。貴女を笑ったわけではないんです。殿下がおっしゃっていた通り、俺が見ていたのは俺の過去でしかなかったのかと納得できてしまって……、自分の滑稽さが笑えたんです」

――俺の眼はいつの間にか、こんなにも歪んでいたのか。

そう乾いた声で呟くギルベルトの眼差しは、遠き日を見つめているようだった。取り戻せない過去を、そこにある痛みと悲しみを。

虚ろな瞳が、やがて諦念とともに閉じられる。

「これですべての不安は解消できました。ありがとうございます。そして本当に申し訳ありませんでした。一連の扇動はすべて俺個人の企みです。どうかふさわしい処罰を与えてください」

ギルベルトがそう頭を下げる。

わたしはちらりとバーナードを見上げた。

彼は軽く頷く。

わたしがこれから告げようとしていることを察しているだろうけれど、こげ茶色の瞳は不満を押し殺しているようには見えなかった。あえていうなら、どうでもよさそうだ。御前試合で気がすんだのだろうか。

頭を下げたままのギルベルトに、わたしはいった。

「王家の婚約者に対し悪意のある噂を流布《るふ》し、人心を扇動したことは重罪です。いくらあなたが功績のある西の砦の英雄とはいえ、投獄は免れません。……しかし、その動機は王家の姫を守るためであったこと、被害者であるバーナードにあなたの罪を問う意志がないこと。この二点によって減刑はしましょう。それでも、あなたを放免するには足りません」

ギルベルトが困惑したように顔を上げる。

わたしはその若葉色の瞳を見つめて尋ねた。

「この先の一生を、一介の騎士として我が国と民に捧げると誓いますか、ギルベルト？」

「それは……」

「あなたが誓うのであれば、わたしがお兄様に掛け合って、恩赦《おんしゃ》を取り付けると約束しましょう。どうですか、ギルベルト？」

「殿下、俺はっ、俺にふさわしい罰を与えていただきたく……っ」

「これがあなたにふさわしい罰ですよ。守るために死ぬのではなく、守るために生きてください。あなたはこの先、いくら功績を立てても爵位は与えられず、フォワード家に戻ることもできないのです。それで十分ではありませんか」

苛烈な若葉色の瞳が歪む。彼が歯を食いしばっているのがわかった。

……以前、バーナードはギルベルトの本質を剣ではなく諜報と扇動だといった。わたしもそれは同感だ。彼は工作活動において本領を発揮する人だろう。

ただ付け加えるのなら、ギルベルトはおそらく、守るために生きる人間だ。なにかを守るために戦ってこそ、彼の心臓は脈打つのだろう。そのためなら己を犠牲にすることも厭わない。

わたしは静かに告げた。

「この件は公にはしませんが、記録には残します。たとえこの先あなたを担ぎ出そうとする者が現れても、法務官は王家へ対する罪歴のあるあなたが辺境伯となることを認めません。あなたの存在が、フォワード家に混乱を招くことも、弟を苦しめることもない。あなたはただのギルベルトとして生きていく。それがあなたへの罰です」

ギルベルトが耐えかねたように眼を伏せた。

西の砦の英雄は長く王都を避けてきた。功績を立て、英雄と呼ばれ、爵位を与える話が出たときも、かたくなに拒んできた。

なぜなら彼は、その容姿が先代フォワード家当主によく似ていたからだ。

ランティス・フォワードは死んだままでいなくてはならない。

今さら生きているとわかったら、それが西の砦の英雄だとわかったら、生家を惑わせ、弟をまた苦しめることになる。

ギルベルトはおそらく、ずっとそれを怖れてきたのだ。

けれど今回、彼はわたしの身を案じて王都へ来た。

その時点で、既に覚悟は決まっていたのかもしれない。名実ともに死んでしまえば、後から似ているという噂が立ったとしても、もはや何の意味もないからだ。

バーナードに殺されることは彼にとって一石二鳥の策だった。

レイティスのいう通り、彼はあまりに決断が早く、行動もまた速い。

「あなたは西の砦の英雄です、ギルベルト」

橙色の灯りに照らされる室内で、傷だらけの青年が、感情を押し殺すように息を吐く。

そこにいるのは、かつて見事に草原国ターインの侵略を退け、今回もまた瞬く間に最強の騎士を舞台へ引きずり出してみせた策謀の青年だ。

けれど、ここにきて、わたしには彼がひどく疲れているように見えた。若葉色の硬質な瞳の奥には、生きることに疲れ果ててしまったような諦めが覗いていた。

おそらく……、彼にとっても過去は未だに振り切ることができないまま、そこにあるのだ。

レイティスが怖れていた通りに、両親と弟を恨み許せずにいるのであったら、まだギルベルトは楽だったかもしれない。恨み切ることができたら。いっそ憎むことができたなら。

けれどギルベルトにはできなかったのだ。彼は家族を愛していて、愛されたかったから。

怒っていても恨んでいても、許せなくても、それでも愛していて、愛されたかった。

……だから今でも、母親を死なせてしまったという自責の念が、茨《いばら》のようにギルベルトの首を絞めつけている。

先代辺境伯夫人は事故死であり、そこにランティスの責任は一切ない。それをおそらく彼自身、頭では理解している。

けれど心が、自分が自分を責め立てるのだ。

――あのとき、ちがう言葉を口にしていたら。母親を動揺させるような態度を取らなかったら。自分が親の望み通りの子供であったなら、何もかもちがっていたのではないかと思わずにはいられない。

それがどれほど間違った考えか、ギルベルト自身わかっているのだろう。

先代辺境伯夫人にどんな過去があったとしても、彼女が息子へした仕打ちは間違っている。ランティスはランティスという一人の人間であり、親の望みを実現するための人形ではない。

その事実を理解できないほどギルベルトは幼くはないし、視野が狭くもない。

それでも……、心がついていかないのだろう。

わたしは密やかに息を吐いた。彼の気持ちがわからないとはいわない。その痛みが理解できないとはいわない。けれど……。

ギルベルトは疲れているのだろう。本当はもう綺麗な幕引きがしたかったのだろう。姫を守り、弟を守って死ぬ。そうやって満足して終わりたかったのだろう。

けれど、わたしは、それでいいとはいわない。

もう十分頑張りましたよといって見送ることはしない。

目の前にいる民を、死神の鎌に差し出すのはわたしの役目ではない。

――わたしはあなたの手を摑みます、ギルベルト。あなたに生きろといいます。あなたの前に未来はあると示します。それが王家です。

太陽の光が届かない室内で、月の輝きのような銀の髪の青年を前に、わたしは穏やかに微笑んでみせた。

「今回の一件で腹を立てなかったといえば嘘になりますが、それとは別に、わたしはあなたに感謝しています。あなたはこの国と民を守ってくれました。ありがとう、ギルベルト。あなたは素晴らしい騎士です。ずっと感謝の言葉を伝えたかったのです。あなたが西の砦にいてくれて本当によかった」

ギルベルトはひどく困ったような顔をして、ためらいがちに目をそらした。

そして震えを押し殺したような声でいった。

「俺が……、殿下にそういわれたら簡単に心が揺れてしまう弱い男だと知っていて、そのように甘い言葉をかけられるのですか……？」

「わたしは心からの思いを口にしただけですよ。とはいえ、あなたにとってわたしは神であると聞いていますからね。どうしてそれほど崇められているのかは知りませんけれど、利用しない手はありません」

自分の胸に手を当てて、傲岸《ごうがん》に笑ってみせる。

「わたしはあなたが欲しいのです、ギルベルト。あなたという人材が欲しい。このディセンティ王国の王の右腕として、あなたを死者の国の王には渡しませんよ」

　ギルベルトが眼を細め、頬を歪めて、泣き笑いのような顔をした。

「……俺が騎士団に入ったのは、わずかでも殿下の力になりたかったからです。貴女はご存じないことですが、俺は昔、貴女を見かけたことがあります。……あの頃の俺は、母を死なせた自分が、どうしてまだ生きているのかわからなかった……」

　ギルベルトは血を吐くような声でいった。

　それから「だけど」と、意志の力で唇を引き上げるようにして微笑んだ。

「あのときも、貴女が俺に道を示してくれた。この国を守ろうとする貴女の姿に、俺は、光を見ました。この世界の何もかもが信じられなくとも、俺自身が信じられなくとも、貴女だけは信じられると思った。……だから、せめて、姫の役に立ちたかったのです」

「無欲ですね、ギルベルト。それがあなたの願いなら、すでに十分叶っていますよ」

　彼の手に巻かれた包帯の上に、ぽたりと雫が落ちた。

「俺は、守りたかったものを守れずに、逃げ出した、弱い男です。俺は、守ろうとして、全部壊してしまった。俺は卑怯者で、俺に守れるものなど何もなかったのです。それでも、貴女が……、あのとき、貴女が揺るぎなく前を向く姿を見て……」

　ギルベルトの頬を涙が伝う。

　彼はもはやそれを隠そうともせずに、ただわたしを見つめていった。

「俺はまだ、貴女のお役に立てるでしょうか、姫……？」

「あなたが必要です、ギルベルト。この国を守るために、この先も力を貸してほしいと思っています」

力強く断言してから、でも、と続ける。

若葉色の瞳を覗き込んで、その奥にいる迷子の子供のような彼に、穏やかに告げた。

「でも、ギルベルト。そうでなくてもいいのです。戦わなくてもいいのです。騎士でなくてもいいのですよ」

疲れたなら休んでいい。苦しいなら泣いていい。ただ、どうか。

「たとえば、今日の食事はおいしかったとか、花の香りがしたとか、空が綺麗だったとか、そんな日常を積み重ねていってください。一つずつ、一つずつ、あなた自身のための毎日を過ごしていってください」

若葉色の瞳が見開かれる。

「ギルベルト。あなたには未来があって、自由なのですよ。その手に固く握りしめている過去を、もう手放してもいいのではありませんか」

彼はしばらく呆然としたように動かなかった。

やがて、ぎこちなく頷く。二度、三度と繰り返し、幼子のような仕草で頷いた。

それからギルベルトは、透き通る瞳でこちらを見た。苛烈でもなく、凍りついてもいない。涙とともに何かが流れ落ちていった後のような、初めて見る彼の眼差しだった。

殺風景な室内に、穏やかな沈黙が降りる。

ギルベルトは照れくさそうに頰を拭い、バーナードが面倒くさそうに息を吐いた。

わたしはそこで少々企みのある笑みを浮かべて、エバンズ卿を見た。

もらい泣きを堪えるように眉間に力を入れていた騎士団長は、すぐさまこちらの意図を察して、もとからわずかに開いていた扉を、大きく開け放った。

そこには、銀の髪に若葉色の瞳の青年が立っていた。

ギルベルトがぎょっとしたように身体を引く。しかし寝台の上では逃げ場はない。

青年はぼたぼたと大粒の涙を零しながら室内へ足を踏み入れた。

「兄上——！」

「なっ……、どうしてお前がここに……、姫!?」

わたしは早々に立ち上がり、にっこりと微笑んでギルベルトを見下ろした。

「あなたの決断力と行動の速さは素晴らしいですけれど、もう少し対話も重視したほうがいいと思うのです。まずは兄弟で話し合うところから始めてみてはいかがでしょうか？」

「兄上、俺はあんなにひどいことをいったのに、ごめんなさい、兄上……っ」

「いやっ、俺は君の兄ではないし、話し合うことなど何も！　姫！　待ってください、俺にどうしろと!?」

「安心してください、この再会は外部には漏れないように手配してありますから。お互いの気がすむまで語り合って大丈夫ですよ。エバンズ卿、あとはよろしくお願いします」

「感謝いたします、殿下」

エバンズ卿が深く頭を下げる。

それではわたしは失礼しますねと告げて、バーナードとともに部屋を出た。

背後からレイティスの泣き声とギルベルトの引き留める声が響いていたけれど、すべてまるごと無視した。

後ろでバーナードが「姫様は他人にはああいうことが言えるんですよねえ。どうしてその言葉をご自身に向けてくださらないんですかねえ。姫様だって戦わなくていいし、いつ『姫君』を辞めてくださってもいいんですけどねえ」とわざとらしい独り言を呟いていたけれど、それもきれいに聞き流した。

◇

冬の厳しさの下で澄み渡った蒼天とはまたちがう、雲の白さが溶け込んだような淡い水色の空がどこまでも広がっている。春の足音が聞こえてくるような暖かな昼下がりだ。

今日は政務を午前中で切り上げて、午後は休みを取っていた。

バーナードと二人きりで、連れだって後宮の庭を散策する。熟練の庭師たちが丹精込めて作りあげている庭園は、どの季節に訪れても色鮮やかで美しい。

　御前試合からはすでに二週間近くが経っていた。

　ギルベルトは未だに騎士団の本拠地《一の剣》で療養中だけれど、フォワード家一行は数日前に王都を離れている。レイティスは最後に挨拶に来た。国境を守る辺境伯家として、いつまでも領地を離れてはいられませんからと笑うその姿には、晴れやかな自信が満ちていた。

先にエバンズ卿から報告を受けていたことではあったけれど、兄弟の話し合いは良い決着をつけられたらしい。

　ギルベルトは回復でき次第、西の砦に戻るという。

『何かありましたらいつでもお呼びください。俺は必ず殿下のお役に立ってみせます。ご命令とあれば、敵国の王室を転覆させることもやり遂げましょう』

　という物騒すぎる伝言を、エバンズ卿を通して受け取っている。

　バーナードといい、どうして誰も彼も他国を滅ぼせるアピールをしてくるのだろう。その有能さはもっとこう、自分の人生の幸せを見つける方向などで発揮してほしい。

ちなみにバーナードは、御前試合の後、庶民層においても話題に上げられることが減ったらしい。

　噂話を集めて報告したライアンいわく、

「口にするだけで災いを呼び寄せそうっつーか、呪われそうな気がするみたいっスね。酒のツマミにしようにも、話に出すだけで騎士団の連中が真っ青になりますからね～。どんだけヤバいのかがそこから広まったみたいで、今じゃ立派な災厄扱い、呪いの魔剣の生まれ変わり、この世に降り立った死者の国《オル・グライア》の王なんていわれてますね。いやあ、あんなヤバいもんを見せられちまったら、そうなりますよね～。俺も気持ちはよくわかります。こんな人外で呪いの魔剣な狂犬隊長の下で働いている俺は超えらいっス。給料上げてもらってもいいでしょぐほっ……、クソ、副隊長の顔面に呪いが降り注ぎますように……、えーっと、それから殿下については『王家として苦渋の決断をされたんだ……！』って感じで、呪いの魔剣の求婚を受け入れた尊い犠牲のように語られていますね。隊長が暴力で奪ったんじゃなくて、クソヤバ魔剣に惚れられて仕方なく受け入れたって感じっス。生贄姫よりは多少はマシ……、マシですかね？　まあでも、隊長の話を避けると自然と殿下の婚約話もしなくなるので、全体的に鎮火したといっていいんじゃないっスかね」

途中の異音はいつものようにチェスターの仕業だった。

バーナードはおおむね満足そうな顔をしていた。

わたしは片手で額を押さえて、やはり何か間違っているのでは？　という思いを新たにしていた。

庭園の一角には、早咲きの桜が植えられている。今は七分咲きといったところだろうか。花弁がほころんでいる枝もあれば、つぼみを膨らませている枝もあった。

その傍らに置かれた石造りの長椅子に、バーナードと二人で腰を下ろす。

陽射しをたっぷりと浴びた長椅子は、まるで暖火石《だんかせき》のようにぬくもっていた。

ひとしきり桜の花を眺めてから、わたしは覚悟を決めて身体ごと隣へ向き直った。

「バーナード」

「はい、殿下」

「これからするのは、わたしの……、あなたに対するわがままな気持ちについての話です」

「はい」

バーナードがとろけるような笑顔を見せる。ただでさえ端整な顔立ちの彼がそんな風に微笑むと、まるでそこだけ光を放っているかのようだ。

わたしの心臓はたちまち高鳴って、その直後に思い切り沈んだ。この人はちゃんとわかっているのだろうか。

「バーナード、わたしは愉快な話をしようとしているのではありません。これからあなたにわがままをいうと予告しているのですよ」

どんな無理難題をいわれるのかと警戒してもいい場面だ。こんな輝くような笑みを浮かべてわたしを見つめる状況ではない。

警告するようにそう告げたけれど、こげ茶色の瞳は甘さを増すばかりだった。

「お忘れですか、殿下？　俺にとっては褒美をいただくのと同じことですよ。正直に申し上げるなら、あの夜から何度も想像を巡らせました。あなたが我慢している、俺へのわがままとはいったい何だろうと」

「これは無理難題なのです」

深刻さが伝わるように重々しく告げる。

するとバーナードは、わたしが知らず知らずのうちに固く握りしめていた手を、上からそっと握りしめた。思わずびくりと震えても、彼の手が離れていってしまうことはなかった。

バーナードの手は、大きくて温かかった。

緊張を解きほぐすようなその温もりに、自然と肩から力が抜けていく。

バーナードはそれを待っていたかのように、するりと指を絡めてくる。わたしの指の隙間に、彼の長い指が通って、その硬い指先で手の甲を優しく撫でられる。

思わず身体が跳ねそうになったのは、初めてのことだったからだ。

ダンスのときに手を繋いだことならある。だけど、何の必要もないのに、こんな明るい陽射しの下で、バーナードと指を絡めている。わたしはかあっと頬に熱が集まるのを感じた。

「殿下」

「はっ、はい」

「俺なりに推測してみたのですが、あなたのわがままというのはもしかして、以前おっしゃっていたように、恋人としての時間が欲しいということでしょうか？」

バーナードが低くかすれた声で問いかけてくる。その形の良い薄い唇のそばへ、絡めたままのわたしの指を持っていきながら。

「もしそうであるなら、殿下、俺とて同じ思いです。あなたと二人きりで過ごせる時間が、俺にとってどれほど貴重で得がたいものか、どれほど嬉しく幸福なものであるか……。とても言葉では言い表せないほどです。殿下が無理をせずに、今日のように休みを取ってくださるなら、俺はいつだってあなたと過ごしたい」

熱っぽい瞳で見つめられて、甘い声で囁かれる。

わたしはもう溶けてしまいそうだった。

今なら春の陽射しに溶ける雪の気持ちがわかる。限界を超えると溶けてしまうのだ。

いっそ彼の言葉に頷いてしまいたいという衝動に駆られた。そうなのですと肯定して、こげ茶色の愛をはらんだ瞳にいつまでも見つめていてほしい。このまま溶けてしまいたい。

しかし、わたしの理性は必死に立ち上がった。

このわがままについて打ち明けようと思ったのは、ギルベルトの何もかもを抱え込んで水底へ沈んでいこうとするような姿を見たからだ。即断即決、そして即座の行動が必要なときもある。戦場では特にそうだろう。有事においては必要不可欠な資質だ。けれど、穏やかな日常があり、話し合う時間があるなら、言葉を尽くすことは大切だ。レイティスのあの晴れやかな表情を見て、なおのこと強くそう感じた。

だから、バーナードと話をしようと思ったのだ。

わたしたちは婚約者で、いずれは結婚して、この先の一生をともに歩いていくのだから。これがどれほど愚かな独占欲であっても、無理に抑え込むよりは打ち明けてしまって、一緒に対処方法を考えていったほうがいい。

そう覚悟を決めて、この場を設けたのだ。

だから今、たとえ彼の輝く微笑みに、溶けかけの雪だるまのような心境になったとしても、雪解け水と化して流されてしまうわけにはいかないのだ。

このまま後ろめたいことは明かさずに、バーナードと甘い時間を過ごしたいというのは、誘惑という悪魔の囁きだ。

わたしは自分自身を奮い立たせて、彼と絡めた指に力を込めた。

「ちがうのです、バーナード。わたしのわがままというのは、もっとひどく、口に出すのもはばかられることなのです」

バーナードの喉が、ごくりと息を呑み込むように大きく上下した。

どうしてなのか、こげ茶色の瞳は熱さを増したようだった。優しく甘い眼差しの奥に、爛々とした輝きが見える。そこに渦巻く熱をなんと表せばいいのだろう？　まるで獲物に飛び掛かる寸前の獣のようだ。

そう思ってしまって、内心で首を横に振った。ここには騎士が剣を抜くような標的はいない。二人きりなのだ。おそらくバーナードは強い警戒心を抱いているのだろう。彼の場合はその感情が、獲物を見定めるような鋭さとなっているのだ。

それにバーナードがいつになく緊張しているのも感じられた。彼がその強い自制心で彼自身を抑えつけていることも。わたしに何をいわれるのかと戦々恐々としているのだろう。

怖がらせてしまって申し訳ないと、わたしが口を開こうとしたときだ。

「殿下……」

バーナードがかすれた声でいった。

「俺は、あなたを怯えさせるくらいならばこの首を落としたほうがマシだと思っています。先に進みたいという欲がないとはいいませんが、理性の復活と耐久力にはそれなりの自信がありますので安心していただいて大丈夫です――ですが姫様が望んでくださるなら話はまったくちがってくるわけで、俺の理性と欲望も固く握手を交わして大賛成していますし、なあ姫様そうなのかそういう意味なのか俺もそっちの可能性は考えたけどな妄想がすぎるかと」

「待ってください、バーナード。話の意味がよくわからなくて、すみません、何の話を……？」

わたしを怯えさせるというのは、今、彼が緊張のあまり獣のような鋭さを見せていることだろうか？　先に進みたいというのは、つまり、早く話を進めてくれといいたいところを、理性の復活？と耐久力？　で我慢してくれているのだろうか？

わたしの困惑に気づいて、バーナードがハッとしたように、前のめりになっていた身体を直立に戻した。

「申し訳ありません、殿下。がっつくような真似をして……、理性に自信があるといっておきながら、お恥ずかしい限りです」

「いいえ、バーナード。回りくどい話し方をしたわたしが悪いのです。わたしのほうこそ、焦《じ》らすような真似をしてごめんなさい」

「殿下……！」

これ以上、彼を不安にさせたくない。

絡めたままのバーナードの指をぎゅっと握りしめて、覚悟を決めていった。

「わたしのわがままというのは、あなたに恋に落ちる女性が増えるのを見たくないということなのです」

「はい。…………はい？」

「あなたがチェスターのように、女性たちに取り囲まれて、きゃあきゃあと歓声を上げられる光景を見たくないと、想像するだけで嫌だということなのです！」

「は、はあ……、はあ？」

困惑しきった様子で瞬くこげ茶色の瞳に、わたしはしょんぼりと肩を落として頭を下げた。

「突然こんなことをいわれても困りますよね。ごめんなさい」

「いや、謝らなくていいですけど、え？　姫様の隠し事ってそれ？　え？　は？　マジか？　なんでそんなあり得ない状況を想像してんの？　嘘だろ？　俺はてっきり、てっきり……っ！」

バーナードが呻きながら天を仰いだ。

「クソ、そんなうまい話はねえか……！　それにしたって、どういう想像を……!?　俺に上がる声があるとしたら歓声じゃなくて悲鳴だろ、何でそんな……、ああ、いや、そういうことか……？」

空を向いた姿勢のまま、バーナードが何やらひとりごちている。

彼が予想していた内容とはちがっていたらしい。おそらく想像よりひどかったのだろう。申し訳ない。

わたしが身の置き場のないような心地になっていると、不意に長身が屈められる。

こげ茶色の瞳がわたしを下から覗き込むようにして見つめてくる。そこに失望の色はなく、先ほどまでの困惑も消えていた。

完全に切り替えた眼差しで、バーナードはわたしの心を見透かそうとしているかのようだった。

何一つ見逃すまいとするように、彼はすうと眼を細めた。

「姫様」

「はい」

「俺は何か、あなたに不安を抱かせてしまうような真似をしましたか？　どうか遠慮なくおっしゃってください」

「いいえ、いいえ、ちがうのです。あなたの真心を疑ったことはありません」

わたしは慌てて大きくかぶりを振った。

「たとえば、あなたが浮気をするだとか、そういったことは本当に考えていません。ただ、わたしは、あなたの誠意も愛情もわかっているのに、それでもあなたが女性たちに囲まれていたらもやもやしてしまうという、心の狭い人間なのです……！」

「俺が女性に囲まれるという想像からして現実になり得ないと思いますが、まあ、問題はそこじゃないのか。つまり殿下は――、俺を独り占めしたいわけですね？」

えっ、とも、ひっ、ともつかない、中途半端に入り混じった声が出た。

バーナードが少しだけ意地の悪い顔をして、にやにやと笑った。

「そういうことでしょう、殿下？　あなたの考えを当ててみせましょうか？」

逃げ場のないわたしの前で、バーナードがゆっくりと小首を傾げてみせる。

それは可愛らしいというより、獰猛と表現するのがぴったりな仕草だった。こげ茶色の瞳が、身じろぎもできずにいる獲物を前に笑う。

「恋人に独占欲を抱くなんてありふれたことでしょうが、殿下は王家の姫という立場上、そういったことを考えるのはよろしくなくて、口にするのはさらに不適切だと感じている。なぜならあなたはこの国の最高位に次ぐ権力の持ち主で、言葉一つで他人の人生を狂わせてしまうことができるから。姫様は親がクソな真似をしてきたせいで、昔から自分への戒めがやたらと強いんだよな。――でも、俺に対しては、独り占めしたいと思ってる」

バーナードがひどく嬉しそうな顔をする。そのうえ、絡めたままの指を彼の唇まで持っていかれて、何度もキスを落とされる。

わたしはもうどうしていいかわからなくて、必死になっていい募った。

「この気持ちを消そうと思ったのです！　それができないならせめて、隠し通そうと……！」

「うん」

「でも、隠し事があるとあなたに気づかれて、それで……。ギルベルトの一件もあって、話をしたほうがいいだろうかと……。結婚を約束した間柄でありながら、隠し通すのは不誠実だろうかと」

こげ茶色の瞳が優しくこちらを見つめている。

わたしは困り果てた気持ちで続けた。

「でも……、本当はただ、あなたに打ち明けてしまいたかっただけなのかもしれません。わたしは、あなたのことになると、とても心が狭くなるのだと。わたしだけを見つめてほしい、ずっとわたしの傍にいてほしい。そう思ってしまうのだと、いってしまいたかっただけなのかもしれません……」

途方に暮れた心地で言葉を口にする。胸の内のよどみを吐き出しても、晴れやかさはなく、見知らぬ道をさまよっているような心もとない気持ちだった。

それなのに、なぜかバーナードは破顔した。

「まいったな、姫様。すげえ嬉しい」

「……バーナード？」

「クソ嬉しい。自分の感情を殺しがちなあんたが、それでも手を伸ばして求めてくれるのが俺だなんて、こんなに嬉しい話があるか？」

「わかっていますか、バーナード？　これは私利私欲の話なのですよ？」

「いいねえ、私利私欲。最高だ。姫様はもっと欲張りになっていいんだよ。手始めにほら、俺を独り占めしてくださいよ、殿下」

彼は満面の笑みを浮かべて、絡めたままの指を彼の左胸へ持っていった。

隊服越しに触れた身体から、どくどくと心臓の音が伝わってくる。

「うるさいほど鳴っているでしょう？」

「普段からこうなのですか？」

わたしが首を傾げると、バーナードは楽しげに笑った。

「まさか。殿下があまりに嬉しいことをいうから興奮しているだけです。俺の心臓を狂わせることができるのは姫様だけですよ」

「あなたはいつもそう……、人を陥落させる言葉をさらりと口にするのですから……」

「はは、人たらしの技術では殿下に遠く及びませんよ」

軽く流されて、本気でいったのにとわたしは口を尖らせる。

けれど、こちらを見つめるこげ茶色の瞳が、信じられないほど雄弁に愛を伝えてくれるので、わたしの心臓もまたどくどくと高鳴った。

「いくらでも独り占めしてください、殿下。俺はあなたのものですよ。あなたに求められることは、この上ない喜びです」

「――――っ、いいのですか……？　わたしは身勝手なことを望んでいるのに……っ」

「もちろん、いいんですよ。……俺はね、殿下。正しくあろうとするあなたのことを尊敬していますし、愛していますよ。でも、同じほどに、正しさなんて捨てちまえと思っている。あなたが心のままに生きられることを願っている。……だからどうか、俺の前では我慢しないでくれ。泣き言もわがままもいってくれ。それこそが俺の望みだ」

　力強くいいきられる。

　思わず身体から力が抜けた。自分がひどく緊張していたのだと、今になってようやく気づいた。

　バーナードが、いたわるように慰めるように、空いていたほうの手も握りしめてくれる。

「どうか、心が狭いなんて、自分を責めないでください。俺はあなたの気持ちを聞きたい。あなたが欲しいものを教えてほしい。俺はあなたの欲望がほしいんですよ、アメリア様」

　その声はあまりに甘く、優しく、愛に満ちていた。

　わたしは泣き笑いのような顔で、彼にじゃれつくようにいった。

「ふふっ……、あなたはやはり、堕落の誘いのようなことをいいますね」

「構わないでしょう？　これは俺とあなたの間だけの話です。国も政治も関係ない。肩書も身分も、ここに持ってくる必要はない。俺たちの間に、なにか持ち込むべきものがありますか？」

「いいえ、いいえ」

　ひどく幸せな心地で言葉を繰り返した。

　わたしが王家の姫であることも、バーナードが桁外れに強い騎士であることも、今はなにも関係なかった。

「わたしは本当は独占欲がとても強いのですよ、バーナード」

「それは初耳ですね。もっと聞かせてください」

「実はあなたに公開訓練への参加を勧めなかったのも、見学に来ている女性たちにきゃあきゃあと騒がれる姿を見たくなかったからなのです」

「そのきゃあきゃあは恐怖の叫びではないんですか？」

「黄色い歓声というものです。チェスターがよく浴びているでしょう？」

「なるほど、姫様の俺への欲目がすごい」

「騎士団へ視察へ行ったときも、見学の女性たちが一斉にあなたに恋に落ちてしまうことだろうと、気が気でありませんでした。あなたは本当に魅力的な人なので、好きになる女性の百人や二百人、いてもなにも不思議はありませんからね」

「どうしてそれをそんな自信満々な可愛い顔でいえるのかが、俺には不思議ですが……、なるほど、よくわかりました」

「仮面舞踏会のときもあなたがすごく格好良くて……！　あの服装は本当に似合っていました。王妹のわたしが隣にいなかったら、あなたは女性たちからひっきりなしにダンスに誘われていたことでしょう。その未来を回避できて本当によかったです」

「そんな予言者みたいに自信たっぷりにいわれても、路地裏の占い師以下の的中率だと思うんですが、お気持ちはよくわかりました」

バーナードが納得顔で頷いてくれたので、わたしはとても晴れやかな気分になった。

やはり隠し事はつらいものだ。打ち明けて、受け止めてもらえたこの感動と爽快感は素晴らしい。

にこにこしていると、繋いでいたバーナードの右手が離れていった。

それを寂しく思う間もなく、その大きな手はわたしの頬をそっと撫でた。

思わず眼を見開く。

バーナードもまた、底知れない瞳でわたしを見つめていた。反応の一つ一つ、感情の一つ一つを、見逃すまいとするように。わたしが拒絶や怯えを隠して我慢していないかどうか、見極めようとするように。

硬い指先が、ゆっくりとわたしの頬を撫でる。

その意図を察せられないほど幼くはない。

心臓が早鐘を打つ。全身の熱が突然跳ね上がったような気がして、決して嫌なものではない緊張感に満ちながら、あえかな息を零す。

待ち望む言葉の代わりに瞼を下ろした。

バーナードの左手もまた、わたしの手から離れていって、頬へとやってくる。彼の大きくて硬い両手に包まれる。わたしは激しく高鳴る心臓の音とともに、そのときがやってくるのを待った。けれど、口づけが降りてきたのは、唇ではなく額だった。まるで幼子を寝かしつけるような優しいキスを落とされて、わたしはむうと瞼を上げる。

すると、どこか困ったようなこげ茶色の瞳がこちらを見下ろしていた。

「殿下。少しでも怖かったり、嫌だと感じたときは」

「抉りません！　……いえ、例の護身術の、あなたの片目を抉るようにという話ですよね？　抉りません。だって、怖くありませんし、嫌でもありませんから……！」

わたしの顔は真っ赤になっていたと思う。

でも、いいのだ。バーナードがひどく嬉しそうな顔をして、とろけるような笑みを浮かべたから。

彼が少しだけ身体を引く。そうすると、目線の高さが近くなった。

殿下、と低くかすれた声で呼びかけられて、わたしはもう一度目を伏せた。

今度は間違いなく唇に、柔らかな感触と、彼の温もりを感じる。

――二度目のキスは、初めてのときよりも甘く、長く、深かった。

もうすでに身体中がほてっている気がしていたのに、そのキスで、またぶわりと熱を引き上げられるようだった。身体の内側に火をつけられて、全身にその甘い熱が回っていく。彼のキスがわたしをとろとろに溶かしてしまう。気持ち良さと幸福感でくらくらする。まるで世界中の甘さをかき

集めたかのように甘い口づけだった。

やがてバーナードの唇が離れていっても、わたしはまだ陶酔感の海に浸っていた。

力の入らない、つたない口調で呟いてしまう。

「……これで二度目です……」

愛おしそうにわたしを見つめていたこげ茶色の瞳が、少しだけ意地悪く輝いた。

「おや、数えていたんですか、殿下？」

「なっ……、それは、だって、あっ、あなただって、すぐに意味がわかったということは、数えていたのではありませんか!?」

「ええ。二度目の機会を虎視《こし》眈々《たんたん》と狙っておりましたから」

さらりと肯定されてしまって、わたしは憤りをぶつける先を失い、じいっと睨みつけた。

バーナードがくつくつと楽しそうに笑う。楽しそうに、嬉しそうに、そのこげ茶色の瞳にあふれんばかりの愛をたたえて笑う。わたしもしまいにはつられて笑い出してしまって、お互いに鼻先をこすり合わせるようにしながら、二人そろって肩を震わせた。

「好きだよ、姫様。愛してる」

低く甘い声がそう囁く。それはバーナードの手でわたしの胸の内に灯される火だった。彼が与えてくれた熱が、いつまでもわたしの心を温めてくれるようだった。

最愛の騎士の硬い指先が、まるで輪郭を確かめるように、わたしの頬から唇までなぞっていく。

その人差し指で顎を持ち上げられる。彼は親指の腹で、優しく丁寧にわたしの唇を撫でた。

　それだけで背筋がぞくりと震えてしまう。

　わたしはもう甘い愛の海で溺れてしまいそうだった。

　先ほどから心臓が祝祭の音楽よりも激しく鳴っている。

　いっぱいいっぱいな心地で、やめたいのか、それとも先へ進みたいのか、自分でもわからないまま、彼の隊服をぎゅっと握りしめていった。

「少しだけ待ってください、バーナード。先ほどから胸が詰まるようで、ふわふわしてくらくらして、息が苦しいのです」

「姫様、それは……、もしや体調が悪いのでは？　過労による貧血ではありませんか？　横になってください、すぐに医者を」

「ちがいます！　もう、何をいうのですか、そういうものではありません！　体調はすこぶる良好ですし、今なら何でもできそうな気分です。そうではなくて……、幸せすぎて、いっぱいいっぱいなのです。あなたに触れられると、気持ちよくて、ずっとこうしていたくて、もっと触れてほしくて、だけど胸がどきどきしてしまって、まるで雲の上を歩いているようなふわふわした心地で……、わかりますか？」

　こんなたどたどしい説明で伝わるだろうかと、不安混じりに上目遣いで伺う。

　バーナードはなぜか固まっていた。

敵の軍勢を前にしてもあくび一つで済ませるような人が、眼を見開いたまま微動だにしない。

「バーナード？」と呼びかけると、彼はハッとしたように瞬いて、それから片手で顔を覆って呻いた。

「クソ、今理性が百万回は焼死体に……！　でも大丈夫だ姫様、ちゃんと復活するからな、俺は大丈夫……！　こう見えても耐久力には自信があるんですよ！」

「は、はあ……、耐久力？」

「大丈夫です、殿下。ご安心ください。俺は、あなたが入っている箱ごと愛せる男です」

「箱には入っていませんけれど、なんの話です？」

そう首を傾げたときだ。

バーナードが一瞬で眼差しを険しくして、わたしの背後を睨みつけた。

それだけでおおよそが察せてしまう。

わたしはため息を一つ吐き出して、気持ちを切り替えた。

後ろを振り返ると、予想通り、走っていないと主張できる限界の速さでこちらに向かってきている補佐官の姿が見えた。

いつものように、何かイレギュラーな事態が起こったのだろう。

わたしが午後に休みを取ったことは補佐官たちも皆知っている。

日頃からわたしの忙しさを心配してくれている面々だ。休みを取るといったら諸手を挙げて賛成されたし、半日などといわずにもっと休暇を取るように勧められたほどだ。それでも今やってきたということは、緊急で王妹の判断が必要な問題が発生したということだろう。

わたしが長椅子から立ち上がるより先に、バーナードがわたしの姿を隠すように前に立った。

「殿下はお休み中だ」

威嚇《いかく》するような声だった。怒りと苛立たしさが滲んでいた。わたしに働きすぎだともっとも進言してくるのはバーナードだ。二人きりの時間を邪魔されたというより、わたしの休みがなくなることが許せないという様子だった。

わたし付きの補佐官は、今や王都中の貴族から庶民層にまで幅広く恐れられるようになったバーナードを前にして、怯むことなく口を開いた。

「お休みのところを邪魔して申し訳ないと心の底から思っているとも。殿下に休んでいただきたいと願っているのが近衛隊だけだとでも？　思い上がるな。我々補佐官こそ殿下の政務の過酷さを理解している。だが今は、殿下に判断を仰がなければならない状況だ」

わたしは立ち上がり、バーナードの背中をぽんぽんと叩いた。

「大丈夫ですよ。執務室に戻りましょう」

ここで一度話を聞いて指示を出して、それで収まる程度のトラブルではないだろう。補佐官を何度も往復させるのは時間と労力の無駄であるし、わたしとしても状況は早く把握しておきたい。

バーナードは苦々しい顔をしながらも、わたしの前に道を開けた。

歩き出してから、ふと、じゃれつくような気持ちで、後ろを歩く彼を振り返る。

「一緒に来てくれますか、バーナード？」

どこまでとも、いつまでとも区切らない。たわむれのような問いかけだった。

こげ茶色の瞳がほんの少しの驚きと、それから深い愛情を滲ませていった。

「ええ、もちろん。どこまでもお供しますよ、俺のアメリア姫」

淡い水色の空の下、暖かな日差しのもとで、バーナードが微笑む。

爽やかな風が吹いて、瑞々しい花の香りを運んできた。

わたしは心からの笑みを浮かべて、彼とともに光の中を歩いていった。

もうすぐ、春が来るのだ。

エピローグ　——ある男の過去の話——

夜明け前だった。

俺は、傭兵団に与えられた宿舎を抜け出し、行く当てもなくアルミナの街をさまよい歩いて、気がつけば街から離れた林の中で一人、ぼんやりと座り込んでいた。

祝祭が近い。アルミナの街はもうすぐ戦場になるだろうと、護衛相手である聖教会の男がいっていた。仕事を取ってくるのは傭兵団のボスだ。あの護衛対象の男が聖教会でどの程度の地位にいて、どういう人間なのか、俺は知らない。それでも、あの男の予想は当たるだろうと、なんとなくわかっていた。

王の失政は長く続いている。今の王には国を治めるだけの度量がなく、王の周りを囲むのは私腹を肥やすことしか頭にない連中たちばかりだ。国はゆるやかに傾き続け、そのしわ寄せはより弱い民へと向かい、不穏の火種はあちらこちらでくすぶっている。

五大公爵家の筆頭格であるルーゼン家は常に日和見《ひよりみ》で、オーガス家は北の自領にこもって沈黙を保っている。王妃の生家であるセーデル家は王都を追われた。盤上の遊戯でたとえるならこれは、すでに敗北という終わりが見えている。あとはじわじわと削られていくだけだ。このディセンティ王国に最後のとどめを刺すのは、内乱か侵略か。どちらにしろ、この局面をひっくり返す一手は誰も持っていない。

……まあ、それも、俺には関係のない話だ。

あと数日、早ければ今日中にも、アルミナの街は戦場になるだろう。この街には春告げ鳥が足をとめたと伝えられる伝説の大樹がある。祝祭『種子の息吹《カーメルナル》』では、儀式の最後にその大樹の枝を捧げることになっている。そのため、祝祭の前には騎士団長が自らこのアルミナの街へ赴いて、領主から枝を預かるならわしだ。

だが、聖教会の男が話すところによると、騎士団長の到着を前にして、大事な枝は盗まれてしまったのだという。

大樹から一枝もらい受けるところからして儀式の一環だ。なくしてしまったから新たにもう一枝というわけにはいかない。

領主側は血相を変えて探しているが見つからない。今日の昼過ぎには騎士団の一行は到着予定だ。枝がないなどといえば、領主は厳しく責任を問われることだろう。下手をすれば、その場で騎士団長に捕縛され、王都へ連行され、ろくな審議もされずに極刑に処されても不思議はない。領主側もそれをわかっているから必死だ。しかし枝は見つからない。領主側からは、そろそろ騎士団に備えるべきだという意見も出ている。抗戦を考えるべきだ――と。

俺のような部外者が話を聞いただけでもわかる。

領主は罠にはめられたのだ。

アルミナの街の領主は評判がいい。王の失政が続き、その尻ぬぐいのために重税や無理な労役が課されるなかで、領主は王都へ頭を下げつつも最後の一線だけは譲らずに、毅然として民を守ってきた。

王都のお偉方からすれば『気に入らない』の一言だろう。民の支持が増せば増すほどに、苛立たしく気に障る存在になる。だから罠を仕掛けた。

騎士団長は、最初からアルミナの領主を殺す目的で向かってきている。この街を戦場に変える許可すら、すでにお偉方から与えられているのだろう。

領主に逃げ場はない。このまま諾々《だくだく》と殺されるのを待つか、それとも武器を取って戦うか——。

この街を戦場に変えるくらいならば、己の首一つで済ませたいという領主を引き留めるのは、彼を慕う人々だという。その中には、聖教会の連中も大いに含まれているのだとか。

くだらないからくりだ。

王を唆《そそのか》したのはこの街を食い物にしたい連中だろうが、領主側を煽っているのは聖教会の敬虔な信者どもだ。無欲で真面目で信仰心の厚い彼らを、領主は信用するべきではなかった。奴らからすれば、春告げ鳥も伝説の大樹も異端の邪教と同じこと。街ごと燃やしてしまいたいと望み、行動に移したとしても不思議はない。連中にとっては、領主の首一つで事を収められては困るのだ。騎士団と戦いになり、この街ごと燃えて灰と化してもらわなくては。だから、領主を慕う人々の耳にしきりに囁いている。武器を取れ、立ち向かえ、と。

……傭兵団の護衛対象である聖教会の男は、自分はこの策略には関わっていないといっていたが。

この街を取り巻く状況について、俺にわざわざ話して聞かせたのは、あの男だった。一介の修道士の服を纏っているものの、それなりの地位にいるのだろうことは察することができる相手だ。滅多なことでは表情を変えることもなく、襲撃を受けても冷静で、執念深い。鎌蛇の二つ名を持つ傭兵団のボスよりもよほど冷酷な蛇のような眼をした男だ。

俺の素性に探りを入れるつもりなのか、それとも俺を手駒にしたいのか。聞いてもいないのに、領主が枝を盗まれて危機的状況なのだという話を淡々としていた。そして最後には、どう思う？とでもいいたげにこちらを見た。俺は何も答えなかったが、視線には嫌悪が滲んでしまったのだろうか。どう思うも何も、お前たち聖教会の仕業だろう？　という嫌悪が。

聖教会の男は薄く笑って、自分はこの一件には何も関与していないといった。アルミナの街へ来たのはただ、確かめるためだと。

――この国にまだ未来があるのかを確かめるために、私は来た。

馬鹿馬鹿しい。この国はすでに末期だ。いずれ国全体が戦火に飲み込まれて死ぬだけだ。そんなことは見ればわかるだろうと無言のうちにも考えていると、聖教会の男はわずかに眉を寄せていった。

——空中分解寸前の状態が何年も続いていることが異常なのだ。それに最近では、不穏の火がつこうとも、燃え盛る前に押し留められたという報告がいくつも上がってきている。わからないか？　これは、誰かが動いている。王都の眼も、聖教会の監視も逃れた、誰かが。……その人物次第では、手を組んでもいい。目的は一致しないだろうが、その手段と過程次第では共闘できる。

聖教会の男は、揺れる蠟燭《ろうそく》を眺めながらそう呟いていた。

……俺にとっては、どうでもいい話だ。

夜明けは未だ遠い。林の中では闇はいっそう濃くなる。

だけど、俺のこの瞼の裏に広がる暗闇よりは、まだ楽に息ができる気がした。

逃げるように家を飛び出してから、もう三年になる。

初めのうちはよかった。俺は所詮、世間知らずな貴族の子供で、この荒れた情勢下で子供の一人旅がどれほど危険かわかっていなくて、次々と降りかかる苦難を前に命からがら逃げ出すことばかりだった。

一歩間違えれば死ぬという状況では、余計なことを考えている暇もない。俺はただ、身を守ることと、生き延びることに必死で、それだけにがむしゃらになれた。

けれど——一年もしないうちに、俺は慣れた。

俺は自分で思っていたよりも、環境の変化への適応能力が高い人間だったらしい。知識や情報で旅費を稼ぐうちに、目端が利くといわれて傭兵団に雑用係として拾われて、気づいたときには大人たちと並んで戦力の一員となっていた。

傭兵団のボスは俺のことを、いい拾い物だったのか、触ったらヤバいブツだったのかわからんとぼやいていたが、俺もどうしてこうなったのかよくわからない。俺は……、どこかで野垂れ死ぬはずだったのに。

生活の基盤を得てしまったなら、余計なことを考える隙も生まれる。

悪夢が訪れるのはすぐだった。

夜ごと、母は怯えた顔で俺を見る。俺は間違った言葉を選び、彼女は身をひるがえして部屋を出て行く。そして悲鳴が聞こえる。駆けつけても間に合わない。俺に見せまいと、その場にいた誰かが俺の眼をふさぐ。だけど瞼の裏には焼き付いている。おかしな方向に曲がった母の――。

夢の中で何度繰り返そうとも、俺は間違える。その後にどれほど後悔するか知っているのに。

……誰も信じはしないだろう。今となってはもう俺にだって信じられない。だけどあの頃、俺は本当に、母を守りたかったのだ。守れると思っていたのだ。

母は不安定な人だった。父は辺境伯としての職務に忙しく留守がちで、母を支えるには弟はまだ幼かった。だから俺が強くなって、母の盾になるのだと思っていた。

すぐ熱を出しては寝込むという、呪いたくなるほど病弱だった身体も、歳を重ねるごとに丈夫になっていった。嬉しかった。俺は母に頼りにしてほしかった。安心してほしかった。信頼してほしかった。……認めてほしかった。

強くなったら、賢くなったら、丈夫になったら、いつかきっと、母上も俺を見てくださる。

けれどその望みが叶う日は訪れず、母は日に日に不安定さを増していった。

だから俺は、あの人を説得するつもりだった。あの人にわかってほしかった。俺は母上を傷つけるものではなく、あなたの力になりたいのだと、そう理解してほしかった。

あの日、そう思って、俺は……。

――本当に？

囁きは、暗闇の底からやってくる。

歯を食いしばった。夜ごとに悪夢が訪れる。母を亡くして呆然とする俺の前に、俺の顔をした悪魔が囁いてくる。

――守りたかった？　愛していた？　信じていた？　本当に？　お前を苦しめる人間を？　お前に見向きもしない母親を？　弟ばかりを可愛がり、お前のことは目に入れるのも疎ましいという顔をしたあの親を？　恨まなかったといえるか？　憎まなかったといえるか？　理不尽に剣を奪われ、罵倒されてもなお？　怒りのあまり、何もかも壊してやりたくなったことがなかったといえるのか？

やめてくれ。顔を覆う。懇願する。やめてくれ。ちがうんだ。俺は、俺は……。

――母親の亡骸《なきがら》を前に、ほんの少しも安堵しなかったといえるのか？

やめてくれ。

俺がどれほど呻いても、悪夢は消えない。悪魔は去らない。なぜならそれは俺だから。俺自身の姿そのものだから。

――所詮、お前はそういう人間だ。認めてしまえよ。お前は母親を憎んでいた。弟を妬んでいた。父親を恨んでいた。守りたかったなんて大嘘だ。お前の中にあるのは醜い感情ばかり。

……わかっている。わかっているさ。俺のこの愚かさが母を死なせた。家族を壊した。俺のせいだ。わかっている。

――だけど、それの何が悪い？　母親はお前を踏みにじった。お前の努力も誠意も、愛情さえも踏みつけにした。

……母上は心の脆《もろ》い方だった。

――それが免罪符になるとでも？　弟だってそうだ。あいつは結局お前の味方なんかじゃなかった。お前に〝弱い兄上〟であってほしかっただけだ。

……レイティスだって苦しかったはずだ。俺と母上の板挟みでつらかったはずだ。

――それに父上。あの方は結局お前を見捨てたんだ。父上がいてくれたらとお前が何度願って、何度叶わなかったことか。

……仕方なかったんだ！　父上には守るべき民がいる。帰ってこられなくても、仕方のないことだったんだ。

――本当に？　心からそう思うのか？　本当にまだそんな綺麗事を信じているのか？

悪魔が笑う。嘲るように笑い、そして憐れむように笑う。

——……俺が信じたものは、ぜんぶ嘘だったじゃないか？

息ができない。喉がひゅうひゅうと喘鳴《ぜんめい》のような音を立てる。どうして俺はまだ生きているのだろう。もう帰る場所もない。どこにも行けない。信じられるものは何もない。俺は俺自身を裏切った。

——だけど、所詮、この世はそんなものなのだろう？

俺を含めた誰もかれもが身勝手だ。たやすく人を裏切り、信頼に値するものなど一つもない。所詮そんなものだ。

聖教会の男がいっていた。『神とは、この世で唯一信じられる存在のことだ』と。その言葉が正しいなら、この世には神さえいない。

膝を抱えてうずくまり、顔を伏せた。世界のすべてが真っ暗で、全身が泥の中に埋まっていくような気がした。だけど抗う気力もなかった。こんなものだと思った。所詮はこんなものだ。俺は愚かで、世界は暗く、守るべきものもない。こんなものだ。

諦めという泥が、俺の全身を侵していく。俺はそれをただぼんやりと眺めていた。

そのときだった。

かすかな音が聞こえた気がした。俺は反射的に身構え、木陰に身を隠したまま、辺りの様子を窺った。空はまだ暗い。だが、蹄《ひづめ》の音は確実に近づいてきている。

もう騎士団が到着したのかと思ったが、それにしてはいやに音が軽い。軍勢の行軍ならば地響きのような音を立てるはずだ。この軽さでは、三、四騎が駆けてきている程度だろう。

だが、夜明け前のこの時間に馬を駆るのが、普通の旅人や商人の一行であるはずがなかった。

騎士団の先兵かと思いながら目を凝らす。遠くにあるおぼろな輪郭が、やがてはっきりとした形を取る。俺は思わず眉を顰めた。騎士団じゃない。しかしあれは……、なんの連中だ？

弟と似た年頃だろう子供が男女合わせて三人、それに母より少し若いだろう年齢の女性が一人。日中の街中を歩いている姿を見かけたら親子だと思う組み合わせかもしれないが、この状況下では異様だった。

奇妙な四人組は、俺が潜んでいる林の近くで馬を止めた。

「――――っ、ああ、よかった、間に合いましたね」

「姫様、御髪《おぐし》だけでも整えましょう。着替えの外套はこちらに」

「騎士団の到着は早くとも昼過ぎです。領主に会う前に、少し休憩されてもよろしいのではありませんか？」

「お前もたまにはいいことをいうな。そうだぞ姫様、ずっと駆けっぱなしだったんだ。いい加減に休め。今すぐ休め」

　俺はぎょっとした。

　この国で今、姫と呼ばれる人物は一人しかいない。だが、まさか。

　王の一人娘であるアメリア姫は、愚かな王に似た愚かな姫と評判だった。国内の荒れた情勢には見向きもせずに、わがままばかりいって好き放題やっているという。街道の治安が悪化する中でも、世間知らずの王女は、どこそこにある評判の店で食事がしたいだの、地方にある美しいと有名な庭園が見たいなどといっては、旅行に観光にと行きたがり、王もそれを許して甘やかすため、姫の身を守るために周囲が多大な犠牲を強いられているともっぱらの噂だった。

　まさか、その王女なのか？　――――いや、まさか。

　王女がたった三人の供しか付けずに、夜明け前に馬を駆るなどあり得ないだろう。普通は大勢の従者たちに取り囲まれて、豪奢な馬車で移動するものだろう？　あの姿はまるで、ここまで必死に馬を飛ばしてきたかのようだ。

　混乱する俺の前で、馬から降りた四人のうち、姫様と呼ばれた少女が、年かさの女性に髪を整えてもらいながら、朗らかに笑った。

「大丈夫ですよ。ここまで来たらもうひと頑張りです。わがままな王女らしく、夜明け前から領主の館へ突撃しましょう。宝石のように美しいと評判の青貝湖を見に来たわ、案内しなさい、とね」

「それでついでに大樹も見に行って、枝を折るのですか」

「ふふふ、仕方ありませんよ、サーシャ。わがままでお転婆な王女なのですから。しかしわたしが枝を折ったなら、それは天の采配というもの。不吉な事故では断じてなく、この枝こそ祝祭にふさわしいという春告げ鳥の思《おぼ》し召《め》しなのです——と、王女がいい張るのを咎め立てすることなど、領主にも騎士団長にもできませんでしょう？　なにせわたしは、無知で愚かで、王のお気に入りですからね」

　自虐的な台詞を口にしながらも、少女は毅然と胸を張る。

「強気で押し切りましょうね。はったりは強気でいってこそ！　ですよ」

「……それでまた姫様の悪評が増えるのか」

　不機嫌そうにいったのは、黒髪の少年だった。

　こちらからは少年の後ろ姿しか見えない。彼は、姫君の従者とは思えない乱雑な口調で、苛立たしげに続けた。

「意味あんのかよ、これ。姫様が必死で助けたって、あいつらはあんたに感謝なんかしねえぞ。姫様がどんだけキツイ思いをしてここまで来たかも知らねえで、わがまま姫だっていうんだ。わがまま姫のわがままもたまには役に立つなんて、バカにして笑うんだ。姫様に守られたことも知らねぇで！」

　地団駄を踏むようにして、黒髪の少年が怒りを吐き出す。

　そして、挑むような口調でいった。

「なあ、意味あんのか？　姫様だってわかってるだろ。あいつらは感謝もしない。見下してバカにして嘲笑うんだ。それでも守ってやるのか？」

「ええ、そのために来たのです」

金髪の少女が躊躇なく頷く。

どくりと鳴ったのは、俺の心臓だった。

黒髪の少年が忌々しげに吐き捨てた。

「守る価値があるかよ」

「あります」

彼女の面差しに、気負いはなかった。迷いもなかった。あるのはただ、凛《りん》とした輝きだった。彼女はまるで、夜明けの光のように微笑んだ。

「価値はあるのですよ。たとえば、今日の食事はおいしかったとか、花の香りがしたとか、空がきれいだったとか、人々が過ごすそんな日常に、かけがえのない価値があるのです。それを守れるのなら、わたしの悪評なんて安いものです」

きらきらと、きらきらと、まるで光がそこに舞っているかのように、姫が笑う。

「行きましょう。わたしたちは、アルミナの街を守るために来たのです。この街を戦場にはさせません」

そういって前を向く面差しは、まるで未来を指し示しているようだった。暗雲が空を覆いつくしてもなお、その強い意志が道を作り、雲すら割れて光が差し込むようだった。

心臓がどくりどくりと鳴った。血とともに熱が全身を巡る。

この国は終わりだと俺はいった。

けれど、姫は戦おうとしていた。抗おうとしていた。――守ろうとしていた。

俺が諦めきった眼で見捨てた街を、そこに暮らす人々を、守ろうとしている人間がここにいた。

希望は今、ここにあった。

四人は再び馬にまたがり、アルミナの街を目指して駆けていく。

俺はその後ろ姿が見えなくなるまで、身じろぎもできずに見つめ続けた。やがて、どさりとその場に崩れ落ちる。

俺は見捨てたのに。俺は諦めたのに。

何もかも無意味だと、冷めた眼で見つめていた。迫りくる戦火に気づきながら、心を動かすこともなかった。滅びをただ黙って受け入れるつもりだった。生きていながら、すでに死んだような心地だった。

けれど今、苦しいほどに胸が熱かった。身体中が熱かった。意味もなく涙があふれ出るほどに。

……この世は所詮、こんなものだと思っていた。信じるに足るものも、守るに値するものもないのだと思っていた。俺は俺自身を裏切って、もうどこにも行けず、何もできないのだと思っていた。

だけど、姫が笑う。

休まずに夜を徹して、あるいはもっと長い時間を必死で駆けてきたのだろう。汗と埃に塗れて身を粉にして、それでも何一つ報われはしないと、蔑まれるだけだと知っていながら、揺るぎない意志を宿した瞳で微笑む。

守る価値はあるのだと、人々の日常に、かけがえのない価値があるのだと。

俺はもう諦めの泥の中で腐り落ちようとしていたのに、姫殿下は、輝く瞳で未来を示す。

――いいや、彼女こそが未来だ。

ぱらぱらと、乾いた泥が剝がれ落ちていくようだった。姫が灯した希望の火が、炎となって俺を焼き尽くすようだった。俺の全身を覆っていた泥が、粉々になって消えていくようだった。

取り返しのつかないことはある。償えない罪はある。

だが、それでも、俺はまだ立てる。まだ戦える。まだ、守ることはできる。

この世界にまだ、守りたいものはある。

母の顔が、父の顔が、弟の顔が脳裏に浮かんだ。そして最後に、姫の微笑みが。

歯を食いしばった。

立て、歩け、この泥から出て、前へ進め。

俺は猛勇のフォワード辺境伯家の男だ。たとえ二度とその名を名乗ることがなくとも、この身は、この剣は、この国と民を守るためにある。少なくとも、そのためにあがくことはできるだろう。俺はまだ生きているのだから。

立ち上がり、重い足を引きずるようにして、前へ踏み出した。

神とはこの世で唯一信じられる存在のことだと、聖教会の男がいっていた。
ならば、俺にとっては貴女だ、アメリア姫。
貴女こそが、俺の唯一の神。

狂犬騎士と王妹殿下の
とあるいちゃいちゃな日

日の当たる回廊を、俺は一人、後宮へ向かって歩いていた。

今日は久しぶりに殿下が丸一日休みを取っている。日々忙しくされている方なので、きちんと休みを取ってくれるのはとても嬉しい。まあ、殿下の場合、執務室に出てこないときでも、後宮に仕事を持ち込んでいる可能性は高いのだが、そこはサーシャの手腕に期待したい。

あの殿下第一な婦人が傍にいる限り、休みを丸ごと潰して政務を行うことは難しいだろう。サーシャは俺を血なまぐさすぎると嫌っているが、俺は密かに、あの婦人とは結構気が合うと思っている。婦人のあの殿下が健やかであることが最優先な人柄がいい。殿下を危険な目に遭わせることしか能のない兄君とやらよりよほど信頼が置ける。

殿下が後宮で過ごされているなら、近衛隊の出番はない。俺は今日は朝から隊室に詰めて書類仕事をしていた。チェスターが『この日を待っていた』といわんばかりに書類を積み上げて、俺の決裁が必要な案件について確認事項をまくし立ててくるのに辟易しつつも、ざっと読んではサインをするという作業を繰り返していた。

殿下からの遣いが来たのは、そんなときだった。

都合がつくようなら、という前置きのもとに『今度の〝散策〟のときの服装について相談したいので、私室まで来てくれますか？』と言付けを受け取って、俺は思わず首を傾げた。

散策のときというのはつまり、お忍びで街歩きをするときのことだろう。しかし、服装の相談を、俺に？

怪訝な顔をしたのは隊室にいたほかの隊員連中も同じだったが、殿下のお呼びとあれば都合などつけるものだ。チェスターも積み上げていた書類をさっと引っ込めて、真剣な顔で「隊長、殿下も隊長に女性の装いについてアドバイスできるとは思っておられないでしょう。俺が察するにこれは、恋人に新しいドレス姿を披露したいといった類のお誘いです」と耳打ちしてきた。

いや、それならそうと、殿下は率直におっしゃるだろうとは思った。恋人としてのお誘いなどと期待するのはやめておくべきだ。だいたいあの方は、俺の意表を突くことに関しては名手であられるのだから、とも思った。

そう俺は自制心を発揮し、隙あらばにやけそうになる顔面を引き締めつつ立ち上がった。

そして一人、後宮へ向かう回廊を歩きながら考えたのは、もしかして俺に後押しをしてほしいのだろうか？　ということだった。

殿下は、服装や装飾品については侍女たちに一任している。執務室において殿下を支えるのが補佐官なら、後宮において殿下を支えるのは侍女たちだ。彼女たちの役割分担については、俺も詳しくは知らないが、確かドレスについてはニコレット・リッジの取り仕切るところだったはずだ。

その名が示す通り、彼女は、五大公爵家当主たちの中では最高齢であり長老格であるリッジ公爵の孫だ。本来は外孫なのだが、いろいろあってリッジの姓に戻っている。

あの家も複雑で、公爵の曾孫《ひまご》にあたる次期当主はまだ幼く、あと数年は御歳八十歳のリッジ公爵が現役でやるしかないという家だ。殿下はかつて、立場の危うかったニコレット・リッジを保護するために名目上の侍女にしたが、今では服飾面にその才覚を発揮していると聞く。国内有数のクチュールと渡りあって殿下のドレスを選定するのはもちろんのこと、ほかの侍女たちのドレスについてもアドバイザーとなって社交界に流行を生み出すのに一役買っているらしい。

そんな敏腕ドレス担当者が殿下についているのだ。

女性のみならず人間の服装のよしあしなどさっぱりわからない俺が出る幕はない。

王家の姫としての公の場だけでなく、お忍びのときの服装も仕切っているのは侍女たちだ。そちらについては近衛隊に発言権はないし、発言したいとも思わない。いくら近衛隊が貴族家の出身者で構成されているとはいえ、姫君のドレスに口出しできるような男は、俺の部下にはいない。まあ、チェスターなら可能かもしれないが、あいつ以外には不可能だ。

そういったことは殿下も当然わかっているのだから、その上で俺に相談をしたいというのは『いつもとは雰囲気のちがう装いなので不安なのです』ということじゃないか？　きっとそうだ。

お忍びにおいては『商家のご令嬢とその護衛たち』という設定が定番だ。殿下の装いも、商家のご令嬢らしく普段より品質を下げた生地を使ったものになっているらしい。その辺りの違いなどわからない俺からすると、普段とさほど変わりなく見えるのだが。品格を重視しているというデザインもそうだし、殿下の穏やかでありながら凛とした佇まいもそうだ。いつも通り光に満ちていて、ただそこにいるだけで輝きを放っている。

しかし、先日の仮面舞踏会では、普段とは趣きが違っていた。

あの姿はとても……、愛らしかった。

王家の正装としての白のドレス姿や、たまに夜会などで着る色鮮やかなドレス姿ともちがう。歩くたびにふわりふわりと揺れる袖口は、殿下の可愛らしさをいつも以上に引き立てていたし、細やかな刺繍が施された丈の長いスカートは、殿下が歩くたびに光を散らすようだった。胸元には宝石が連なる星のような線を描いて、金糸が蔦のように巻きついており、殿下の美しい金の髪によく似合っていた。

なにより――――、あのときの姫様の表情ときたら。

執務中などは、王家の姫として穏やかな微笑みをたやさずにいるあの方が、あのときは、身に纏ったドレスに何度も視線を落として、まるで幼子のように眼を輝かせていた。恥ずかしそうに頬を上気させながらも、薄紅色の唇には喜びが滲んでいた。

嬉しい、恥ずかしい、似合わないのではないかと心配で、だけど嬉しい。そんな気持ちが伝わってくるような瞳で、俺のほうを見て「どうでしょうか……？」とはにかむように微笑んだ殿下は、はっきりいって死ぬほど可愛かった。いや実際に死んだかもしれない、俺の心臓が。殿下は俺の胸を撃ち抜くことに関しては名手である。

だいたい殿下は常日頃から美しく輝いているのに、そのうえあんな嬉しそうな笑顔を見せられると俺は瀕死である。俺を見上げてくる瞳は甘やかで、うっすらと期待が滲んでいて、俺の心臓が百万個あっても足りないほどに可愛かった。愛らしさという名の矢が雨のごとく降り注いだ。脳内の俺は胸を押さえて呻くことしかできなかった。姫様が可愛すぎて死ぬ。この上なく幸福な死に様だと思うが、俺が死ぬと殿下を護る者がいなくなってしまうので、頑張って生き延びなくてはならない。しかし殿下のきらきらとした喜びの瞳はすでに可愛さの致死量だ。

何をいっているのか自分でもよくわからなくなってきたが、とにかく嬉しそうにしている姫様を見ると、呪いの魔剣と呼ばれる俺ですらこの世に祝福の息吹が満ちるのを感じられる。地上に楽園は存在する。姫様が嬉しそうに笑ってくれる限りは。

しかし、普段とはちがう趣向のドレスだったからだろう。

仮面舞踏会の夜、迎えに行った俺が後宮の私室内まで通されたとき、殿下はどことなく不安そうだった。

あとからサーシャに聞いた話によると、あのドレスを着るか着ないかでひと悶着あったらしい。普段とは雰囲気のちがう装いを前に、殿下は怯んだ様子で、似合わないと思う、変だと思う、いつもの白のドレスに古神話をモチーフとしたアクセサリーを足せばいいのでは……!?　といい募り、侍女たちから説得を受けていたのだという。

殿下としては嫌なわけではなく、嬉しいし、着てみたいけれど、慣れていないから不安だった、ということだろう。

おそらく、今日の相談というのは、仮面舞踏会のときのような可憐なドレスを、今後のお忍びにも取り入れたい、けれど一度着たくらいでは不安がぬぐえず、おかしくないか、俺に後押ししてほしい――ということなんじゃないだろうか？

春の陽気の下、たどり着いた答えを前に、俺は歩調を乱すことなく回廊を進みながら、内心で頭を悩ませていた。

後押しをすること自体はまったく問題ないのだが、それにふさわしい言葉というのがまるで浮かんでこないのだ。

自分でも自覚していることだが、俺には、殿下の美しさを表現できるだけの語彙力というものがない。

そのため、美しく装った殿下を前にすると「とても美しいです」「よくお似合いです」「あなたは本当に美しい」とばかり繰り返してしまう。貴族の間で交わされるような婉曲で意味深な褒め言葉というものが出てこないのだ。

南方の国には、人の言葉を覚える上に、同じ単語ばかり繰り返す鳥がいるらしいが――チェスターから聞いた豆知識だ――俺は自分でもその鳥と大差がないと思う。馬鹿の一つ覚えのように「美しいです」と繰り返してしまうのだ。

いやでも、事実として姫様はこの上なく美しく光り輝いているのだから仕方なくないか？　……まあ、なくないな。

殿下が俺に後押してほしいと思っているのなら、俺も最大限の表現力をもって安心させて差し上げたいと思うのだが、いかんせんゼロなものはどうあがいてもゼロ。俺は「美しいです」と「よくお似合いです」を繰り返す鳥のごとくなるだろう。

もっと率直にいっていいなら「姫様が可愛すぎて死にそう」といったところだが、そんなものは褒め言葉とはいわないと理解するだけの常識は俺にもある。褒め言葉で命を賭けるなという話だ。

以前、ライアンにも「あなたの笑顔を見るためなら一国を滅ぼしてきます――なんていうのはちっとも女性が喜ぶ褒め言葉じゃないっスからね!?」といわれたことがある。

なぜライアンかといえば、俺は褒め言葉の語彙力を鍛えようと、あいつに教えを請うたことがあるからだ。

俺の部下の中で女性関係にもっとも熱心なのがライアンだ。なにせ王宮中の女性の顔と名前を憶えていると豪語する男である。熱心を通り越して気味が悪いし、投獄するべきではないかとも思っているが、口説いた経験は豊富だろう。装った姿を称える台詞もバリエーション豊かに持っているにちがいない。

そう考えて、いつだったか、たまたま隊室でチェスターとライアンの三人だったときに、教えてくれないかと頼んだことがあったのだ。

殿下が後宮に戻られた後のことだったから、深夜の時間帯だった。俺とチェスターは期限の近い書類仕事を片付け、ライアンは締め切りを破り続けた報告書を出せとチェスターにキレられて半泣きで机に向かっていた。

俺は暖炉に薪《まき》を足し、温めた薬草酒を三人分のコップに注いで、チェスターとライアンの机に置いてから尋ねた。

「その報告書を書き終えてからでいいんだが、ライアン、お前、女遊びだけは熱心だったよな？　俺に女性相手の褒め言葉を教えてくれないか」

チェスターとライアンが、そろって耳を疑うような顔をして俺を見た。

「この女好きのろくでなしになぜそれを……!?」

「語彙を増やしたいんだ。『美しいです』や『お似合いです』以外の女性が喜びそうな言い回しを教えてくれ」

「ハーッハッハッハ、さすが隊長！　男の真価というものがわかっていますね！　そう、俺こそが王宮一のモテ男！　あらゆる女性たちから引く手あまたのライアン・スペンサーとは俺のことっス！」

大威張りで胸を張る部下に「王宮一はチェスターだろう」と訂正しつつ、俺は真のモテ男に眼をやった。

「お前の言い回しを聞いていても断り文句ばかりで参考にならない」

「そっ……、それはそうかもしれませんが、何もこのボウフラ頭を教師に選ばなくてもいいでしょう？　はっきりいって、ライアンの魅力は実家の財力だけですよ」

「フッ、男の嫉妬は見苦しいっスよ、副隊長。この経験豊富な俺の手にかかったら、狂犬隊長でさえ今日から女慣れした色男っス！」

「このボウフラ頭が。隊長がそんな簡単に常識を身につけてくれるなら、俺も殿下も苦労していないんだよ」

苛立たしげなチェスターをまあまあと押さえて、俺はライアンに向き直った。

「今だけはお前をスペンサー先生と呼ぼう」

「ハーハッハッハッハ、ついに俺の時代が来たっス！　俺の天下が！」

「昔、俺に『王宮での礼儀作法ってやつを教えてくれ』といったときも、そんな感じでしたよね、隊長は……」

チェスターが遠い眼をしてぼやくの聞き流し、椅子を引いてライアンの前に座る。

ライアンはふんぞり返って立ち上がり、腰に両手を当てていった。

「オホン。ではまず、生徒の現状から把握しましょう」

「へえ。お前、意外とまともなことをいうな。昔のチェスターなんて第一声が『まず首を飛ばすな。王宮で飛ばすな。それが最大の礼儀作法だ』だったよな？」

「まさか限界まで譲歩した礼儀作法すら、最初の大夜会で破られるとは思いませんでしたがね」

「ゴホン。部外者は黙っているように。あ～副隊長に黙ってろっていうの気持ちいい～。あ、いや、授業の邪魔になりますからね。それでは、隊長。隊長なりの最大限の口説き文句を言ってみてください」

「口説いたことがなくてな」

「駄目じゃないっスか！　初歩で躓《つまず》かないでくださいよ！　えっ、いつも殿下に何をいってるんスか、隊長？」

「思ったことを、そのまま、その通りに……？」

「駄目！　全然ダメ！　そんなんじゃ女の子はちっとも喜ばないっス！」

ライアンが嘆かわしいといわんばかりにバシバシと机を叩くと、背後から声がかかった。

「待て、ライアン。隊長の場合は少し特殊で……、この男の殿下に対する『思ったことをそのまま』というのは、その……。隊長の中ではあれがこの世の真理みたいなもので、口にすることに何の恥じらいも気負いもないというのも端《はた》で見ていてわかるんだが、わかるだけに余計に性質が悪いというか、欲のないさらりとした賛美というのは凶悪で」

「部外者はごちゃごちゃ口を挟まないでほしいっス！　これは偉大な恋のマスターである俺に課せられた使命っスからね！」

「ふざけるな、お前の使命はその報告書を書き上げることだ。提出期限がいつだったかいってみろ」

「落ち着け、チェスター。この話が終わったら、俺がこいつを椅子に括《くく》りつけてやるから」

「比喩っスよね!?　たとえ話っスよね、それ!?」

本気だが？　という眼で見ると、ライアンが器用に縦に震えた。

「とっ、とにかく、隊長。口説き文句を身につけましょう。俺がお手本を見せて差し上げます」

頼むと頷くと、ライアンは妙に芝居がかった動作で、謎に右手を空中に差し伸べ、左手を己の胸に当てていった。

「ああ美しい人よ、俺は君という迷宮でさまよう愛の狩人さ。君の笑顔のためなら全財産をなげうっても惜しくはない。君こそまさに愛の女神、君に焦がれる俺を憐れに思ってくれるなら、どうか慈悲の口づけをくれないか……っ！」

「何をいってるんだお前は」

「真面目に聞いてほしいっス！　人間を口説いたことのない狂犬隊長にはわからないでしょうが、女性はこういう言葉が嬉しいもんなんスよ！」

そうなのか？　という疑問を乗せてチェスターを振り返ると、王宮一のモテ男は無言で首を横に振った。

「さっ、隊長も言ってみてください。俺のを真似していいっスから！　相手の女性がどれほど魅力的な人かを語り、君の笑顔のためなら俺はこれだけできる！　とアピールするのがポイントっスよ！」

チェスターが背後で「そこだけを聞くとそれほど間違ってはいないのに、言葉選びが致命的に駄目だなお前は」と呟いているのを聞き流しつつ、俺は頭を悩ませた。

殿下の笑顔のためならこれだけできる、といっても、俺にできることは限られている。

自分でいうのも何だが、俺は間違えて人間に生まれた呪いの魔剣のような男なので、〝壊す〟ということに関しては特化している自信がある。人体の破壊に限らず、やろうと思ったらこの王宮全体を瓦礫《がれき》の山に変えることもできる。実際、殿下と旅をしていた頃には、潜伏していた屋敷に火をつけられるという火責めに遭って、片っ端から壁を破壊して殿下を担いで逃げたこともあった。

　しかし、いってみれば、それくらいしかできない男なのだ、俺は。

　できることの幅広さでいったら、殿下のほうが遥かに大きいだろう。

　俺は思い悩んだ末に、ためらいがちに口を開いた。

「もし殿下が望まれるのなら、我が国に何かと仕掛けてくる北のハルガンと西のターインの二国とも、俺が滅ぼしてきます。あなたの笑顔を見るためなら、そのくらい何の手間でもありません」

「はい駄目！　最悪っス！　何その口説き文句!?　口説いているつもりあるんスかそれで!?　そんなんいわれて嬉しい女性はいないっス！　やべー奴だと思われるだけ！　実際やべー奴ですけど隊長は！」

　やり直しっス！　と指を突きつけられて、俺は再度考えた末にいった。

「もし殿下が望まれるなら、俺はこの大陸全土を制圧してあなたに捧げます。このディセンティ王国が大陸の覇者となることで、殿下の憂いを取り除くことができるなら、そのくらい容易《たやす》いことです」

「マジもう無理！　無理なんスけど!?　考えてそれなんスか!?　嘘でしょ!?　ちょっと副隊長、何とかいってやってくださいよ!!」

「俺は最初から言っている。隊長に常識を身につけてもらうことが簡単にできたら苦労はしないと」

　チェスターは呆れた口調でライアンに返すと、たしなめるように俺にいった。

「隊長はいつも通りでいいと思いますよ。ライアンみたいな口説き文句なんて、殿下も望んでいないでしょう」

　それはわかっている。俺が同じ台詞を繰り返す鳥のようになっても、殿下は嬉しそうに笑ってくれる。その笑顔はあまりにも美しく輝いている。だからこそ俺は、もっといい言葉はないかと考えてしまうのだ。

　もっと、あなたを喜ばせることのできる言葉を。あなたが愛おしくてならないからこそ。

　俺はため息を一つついて、付き合いの長い男を見返した。

　旅をしていた頃のチェスターは、王都で自分の帰りを待っていてくれる婚約者がどれほど健気で可愛らしいかという話を、やたら遠回しで気取った言い方でしていたものだ。あの頃は『何いってんだこいつ、頭が沸いてんのか？』と思っていたものだが、今となっては惜しいことをしたと思う。語彙力を増やす参考にすればよかった。

　残念ながら当時の婚約者には裏切られていたわけだが、そろそろ新しい婚約者を見つけて、またあの婉曲な表現をしてくれないだろうか。

「チェスター、俺は、昔のお前のノロケ話をもう少し真面目に聞いておくんだったと、今さらながらに後悔している」

「なんで突然人の過去を抉りに来るんですかあんたは？」

チェスターが一瞬で真顔になった。

◇

そんなことを思い出しながらも、後宮の正門を通り抜け、私室前の回廊まで来た。残念ながら、この短い間に、俺の語彙力が奇跡的な成長を遂げることはなかった。見張りの衛士にはすでに話がいっていたようで、制止されることもなく、俺は南国の鳥以下のまま、殿下の私室へと足を踏み入れた。

広く奥行きのある私室の中では、サーシャを始めとした侍女たちが、殿下の傍に侍り、お忍び用の服装についてあれこれ話をしていることだろう。そう予想していたが、実際には室内はしんと静まり返っていて、誰の姿も見当たらなかった。

俺は思わず眉間にしわを寄せた。

どうなっている。殿下はどちらだ。まさか、何かあったんじゃ――――。

そうゾッと背筋を凍らせたとき、軽やかな声が響いた。

「来てくれたのですね、バーナード！」

「殿下」

その明るい響きに、俺はたちまち安堵の息を吐き出して、声のほうを向いた。奥の寝室から軽い足音が聞こえてくる。

そして俺は、殿下の姿を認めた瞬間に固まった。

「どうでしょうか？　似合いますか？」

嬉しそうにいって、殿下はくるりと回ってみせる。

その細い肩にかかっているのは、ときどき纏っているクリーム色のストールではなかった。その腕を包んでいるのもいつもの白のブラウスではない。公務時の服装の上から、まるで大きすぎるコートのように殿下の身体を覆っているのは、近衛隊隊長の礼装だ。正確にいえば、その一部――丈の短いジャケットと、そこに青水晶の留め具で付けられている丈の長いマントだ。

殿下は、まるでドレス姿で美しい礼を取るときのように、マントの両側を指先でつまんで持ち上げている。下ろすと裾が床につくからだろう。それはそうだ。当たり前だ。俺でさえ足元までくる長さなのだ。――は？

いや、待ってくれ。頼む待ってくれ。

俺はこれ以上なく目を見開いて、殿下を凝視した。声も出せずに間抜け面を晒《さら》してしまう。そんな俺に殿下は照れたように微笑む。可愛い。殿下が俺のジャケットを着ている。何だこの状況。俺の妄想か？　待て。冷静になれ。現状を把握しろ。チェスターが前にいっていた深呼吸だ。そうか深呼吸とはこういうときにするものだったのか。

落ち着け、落ち着いて考えろ。礼装がここにあること自体は不思議はない。俺は自分で管理していないからだ。

近衛隊の隊服や礼装、儀礼用の剣などのもろもろを取り仕切っているのは総隊の物資調達部だ。彼らからは「礼装はくれぐれも汚さないように、取り扱いに注意してくださいね？　隊服と違って替えはすぐには用意できないんですからね」といわれている。俺は面倒なので、夜会などで必要なとき以外は調達部に預けたままだ。彼らも俺の手元にあると不安らしく、返しに行くと安堵した顔で受け取ってくれる。

もしも王妹殿下が隊長用の礼装に用があると一言零されたなら、その用途など尋ねることはなく調達部は即座に差し出すだろう。当然だ。殿下が望まれたのだ。それが多少不可解な望みであっても、理由を問うなど不敬な真似はしない。御心に添うのみだ。

だからつまりあれはほぼ確実に俺の礼装——いやそんなことがあるか？

でもあのサイズは俺の物しかないだろう。今、調達部が保管している隊長用の礼装は二人分しかないはずだ。総隊長はまたデザインが少し違うし、殿下の兄付きの隊長は俺よりもかなり小柄だ。殿下が纏ってもあれほどぶかぶかになることはないだろう。

丈が短いはずのジャケットが大きく見える。袖口はゆったりと開いている。サイズがあまりに合っていない。全体的に大きすぎるからだ。ジャケットもマントもだぼだぼだ。可愛い。グッとくる。

俺の心も欲望も鷲掴みだ。殿下が（推定）俺の礼装を羽織っている。――いやなんで？　なんで姫様が俺のジャケットを羽織って嬉しそうにしてんの？　クソ可愛いな抱きしめてもいいか？

　思考は凄まじい速さで駆け巡る。しかし結局、俺が口にできたのは、無意味な質問だけだった。

「殿下、それは……、近衛隊の礼装ですか……？」

　見ればわかるだろうという話だ。しかし念押しのように確認せずにはいられなかった俺に、殿下はにこにこと頷いた。

「ええ、今度のお忍びでは、近衛隊の従者に扮したいと思っていましてね。衣装の参考にするために借りたのです」

「近衛隊に従者はいませんが」

　気にするところはそこではないだろうと思いつつツッコミを入れてしまう。

　殿下は人差し指をぴんと立てて、得意そうに左右に振ってみせた。

「ふっふっふ、心配はいりませんよ、バーナード。近衛隊の隊服か、あるいは騎士団の団服か。それは見慣れた人々には明らかにちがって見えても、関わりのない人々には意外と区別がつかないものです。王宮を出て百枝《ももえだ》通りにでも紛れてしまえば、わたしたちも騎士団の一行にしか見えなくなるでしょう」

　まあ礼装ではさすがに目立ってしまうでしょうけれど、と、続けた殿下は、俺の視線の先に気づいたのだろう。ハッとした様子で、慌てたように礼装のマントをぎゅっと握りしめた。

「参考にするために、隊服を見せてほしいといったのですよ？　でも、手違いがあったようで、礼装が届いてしまいまして……」

殿下は指先でマントをいじり、気まずそうに眼をそらしていった。

「この服を着ているあなたの姿が真っ先に浮かんだのです。あなたはいつも格好良いですけど、華やかな礼装姿のときも本当に素敵で、これを着たらわたしもあなたのように格好良くなれるでしょうかと、つい欲望に負けてしまったのです……」

殿下がしゅんと肩を落として俺の礼装を脱ごうとした。

「すみません、バーナード。あなたの服なのに、勝手に着てみるなんていけないことでした。ごめんなさい」

「あぁ、いえ、構いませんよ。いくらでも着てください。そんなことは気にしませんから。その礼装も、とてもよく――……」

お似合いですとはいえずに、俺は眼をさまよわせた。似合ってはいない。なぜってサイズがまったく合っていないのだ。肩幅からして全然ちがう。殿下の細い肩からは、ジャケットもマントもずり落ちそうだ。だがその合わなさ加減が最高にいい。死ぬほどそそられる。ありがとう信じてもいない神よ。俺は心からの感謝を捧げた。

……とはいえ、似合っているというのは語弊がある。

殿下はほのかな期待が滲む瞳で俺を見ていた。

わずかな逡巡の後に、俺は腹を括っていった。

「その礼装を羽織った姿も、とてもグッときます」

「グッと……？」

それはいい意味なのでしょうか？　と問いかける瞳で殿下が見つめてくる。

俺は引きつりかけの笑みを浮かべるしかできなかった。よせ、追及しないでください。これ以上の詳細はお話しできません。俺はあなたの前では理性的な男でいたいんです。

俺からそれ以上の返答を引き出せないと悟った殿下は、やや思案顔をした後で、じーっと俺を見つめていった。

「それは、感動を覚えるというような意味でしょうか？」

「似たようなものですね」

俺は深く頷いた。実際に覚えているのは欲望だが。

「さては、わたしにも近衛隊の一員になってほしかったと、こういう部下が欲しかったなという気持ちですね？」

「全然違いますね」

「正直にいってください、バーナード。この礼装を着るとわたしも格好良く見えるのでしょう？

こんな従者が欲しかったと思いませんか？」

殿下は楽しそうにそういって、マントを握ったままくるくると回ってみせる。

可愛い。もはやこの世の光という光は殿下の身の内からあふれ出ているのではないかと思う。殿下が笑うなら夜の果てでも太陽はのぼり、俺の全身が愛しさで満ちるのだ。あぁ、可愛い。

「正直に申し上げるならとても可愛らしいです、殿下。従者などとんでもない。許されるなら俺は、今すぐあなたを世界のすべてから隠してしまいたいところです。煩わしいものすべてから遠く離れて、俺とどこか、誰も知らない南の国で暮らしましょう」

殿下は目を丸くすると、ふふと楽しそうに笑った。

「まあ、それは、駆け落ちのお誘いでしょうか？」

「おや、ちがいますよ。これは殿下の正当な権利である早期の引退であり、楽しい隠居生活の始まりです」

「ふふふ、心惹かれますけど、今すぐには難しいですね。でも……、そうですね。いつか、もしもそんなときが来るとしたら、そのときはサーシャとチェスターには前もって知らせておきましょうね。それにお兄様にも」

「兄君への報告は不要だと思いますが、サーシャ殿とチェスターが希望するなら二人の同行は認めましょう」

俺が重々しく頷くと、殿下はくすくすと笑った。

それからマントを摑んだまま傍へ来て、俺を見上げていう。

「では、まず、わたしがあなたの従者に扮することも認めていただけますか？」

「は？　駄目に決まっているじゃないですか。何をいい出すんですか、殿下は」

俺と殿下は、今度は無言で見つめ合った。

しばしの沈黙の末に、互いに引く気がないと悟ると、ついでばちばちと火花が散った。

「今度のお忍びでは近衛隊の従者に扮したいと、先ほどからいっているではありませんか」

「申し訳ありませんが、殿下があまりにも衝撃的な格好をされていたので思考が追い付きませんでした。そのお姿で俺に冷静になれというのはいささか無理難題ではありませんか」

「そっ、そんな、はしたない格好をしているかのようないい方をしないでください！」

「それにお忍びのときは商家のお嬢様に扮されると決まっているでしょう」

「いいえ？　たまたま今までがそうであっただけのこと。変化の訪れは必然なのですよ」

「だからってなんで従者なんですか。ほかにいくらでもあるでしょうが。貴族のお嬢様か、他国のお嬢様か、旅のお嬢様なんてどうです？」

「どれもお嬢様ではありませんか」

美しい空色の瞳がむっとしたように細められる。その声はわずかに拗《す》ねていた。

「侍女たちにもいいましたけれど、わたしはお嬢様以外の変装もできるのです。従者の格好が似合わないと決めつけないでください。実際にやってみなくてはわからないでしょう？　だからまずはやらせてほしいのです！」

やらなくてもわかるが、と、俺は胸の内で呟いた。

かつて王女時代の殿下と旅をしたから知っている。どれほどみすぼらしい服を纏ったとしても殿下は光り輝いている。

それは滲み出る高貴さであると同時に、苦境にあっても理想を手放さず戦ってきた者の輝きだ。自分のためではなく他人のために穏やかに微笑み続ける者の強さだ。膝をついてもなお立ち上がり、人々を守るために駆ける不屈の魂の光だ。

服装くらいでそれを覆い隠すことなどできやしない。たとえ、ぼろを纏ってみせたところで、高貴な方が訳ありで変装をしているとしか思われないだろう。

しかし俺は、胸の内に浮かんだそれらを口には出さなかった。サーシャを始めとした侍女たちがこの部屋にいない理由を悟ったからだ。大方、従者の変装がしたい殿下と、反対する侍女たちで、意見が一向にまとまらず、対立し、殿下は一人で考えると宣言した……という辺りだろう。

侍女たちと同じ轍は踏まない。

俺は精一杯の爽やかかつにこやかな微笑みを浮かべていった。

「では、そうですね、良家のご令嬢というのはいかがですか？」

「名称を変えたら中身が変わると思うのですか、あなたは？」

「存在しない名称を名乗るよりは良いかと思いますがね。一般人には見分けがつかないとしても、往来が多い百枝通りでは誰の眼があるかわかりません。近衛隊に従者などいないはずなのにと不審に思われる可能性がありますよ」

従者というのはいわば見習いだ。新入りは従者から始めるという体制を騎士団が取っているのは、採用の間口が広いために有象無象が集まってくるからだ。一口に平民出身といっても、かつての俺のような流れ者や、生まれも育ちも怪しい連中が大勢いる。そいつらを騎士という枠にはめ込み、騎士団の評判を落とすような馬鹿げた振る舞いをさせないだけの常識と良識を叩きこみ、なおかつ読み書き計算といった教養も身につけさせる必要がある。だから騎士団は見習い制度を取っている。

だが近衛隊はちがう。

貴族家出身者で構成されている近衛隊は、知識と教養があって当たり前の世界だ。そのうえで、家庭教師が何人ついていただとか、有名な学者の元で学んだことがあるだとか、勉強以外の習い事だとか、そういったことで格差がついて派閥ができて睨み合っている世界なのだ。少なくとも殿下付き《うち》以外は。

うちの隊の連中は基本的に変人の寄せ集めだから例外だ。いうまでもなくその筆頭は俺である。うちでまっとうに名家のお坊ちゃまなのはチェスターくらいだろう。まあ、殿下の近衛隊は殿下に対して無害であるならそれでいい。隊長としてほかに望むことはない。

近衛隊に従者はいないという、俺にしては常識ある指摘に対し、殿下はあっさりといった。

「もしも誰かに見咎められたら『少々訳ありで』とでもいっておけば済むでしょう。不審に思うとすれば、近衛隊の詳細を知る立場にいるか、あるいは王宮で働く者でしょうけど、彼らは不用意に藪《やぶ》をつついて蛇を出すことは避けるものです。それ以上の追及はしませんよ」

俺は大きく眉間にしわを寄せた。

殿下はこの国の最高位に次ぐ権力者であり、殿下付きの近衛隊は、王宮内の権力の図面においては殿下の派閥に入る。いないはずの従者に違和感を覚えたところで、事情があると示されたら誰もが大人しく引くだろう。興味本位で探りを入れて、万が一にでも王妹殿下の不興を買うことになったらどうする？　と考えるからだ。

殿下は自分の影響力というものをよくわかっているし、計算している。その上で従者の真似事がしたいとおっしゃっているのだ。いや、おかしいなこれ。おかしいだろ。辣腕《らつわん》な政治家の顔でいい出す希望が従者ごっこっておかしいだろう。

「殿下、確かに王宮の処世術としてはそうでしょうが……、だからって、どうしてそんなに従者がやりたいんですか。何か理由でも？」

殿下はわずかに首を傾けた。

長い金の髪が一筋するりと肩から落ちる。

空色の瞳が為政者としての冷静な輝きを見せた。

「お嬢様以外の変装がしたいというのは、前々から考えていたのですよ。今まで、お忍びに出ても嫌な思いをすることはほとんどありませんでしたし、どこの店を覗いても丁重に扱われました。それはわたしが護衛を何人も連れた『裕福なお嬢様』だったからです。その強い立場からでは、見えないことも多いでしょう」

「殿下……」

「もっと普通の人々に近い場所に立って、王都を歩いてみたかったのです。強くはない立場から我が国を見てみたかった。……ただ、それが難しいこともわかっていました。王妹が護衛をつけずに街中を散策するわけにはいきませんし、護衛がいて不自然ではない設定となると、それはやはり、裕福なお嬢様辺りが妥当でしょう。そう思って、諦めていたのですけど」

　殿下はそこで言葉を区切ると「あぁ、でも、あなたと二人きりのお忍びデートはまだ諦めていないのですよ？」と茶目っ気たっぷりに笑ってみせた。

「殿下……。殿下の御心は尊いと思います。俺もできることなら、お望みに応えたいところではあるのですが」

「ええ、ありがとう、バーナード。大丈夫です。ふふ、閃いたのですよ。木を隠すなら森の中、護衛を隠すなら騎士たちの中だと！」

「殿下」

「近衛隊であることを隠すのではなく、逆に全面に押し出すという発想の転換です。休日の騎士なら仲間たちと連れ立って歩いていても不思議はありませんし、先ほどもいった通り、普通の人々から見たら王立騎士団にしか見えないでしょうから、小柄な従者が交ざっていても、誰も気に留めないでしょう。どうですか、バーナード。完璧な作戦だと思いませんか？」

　空色の瞳がきらきらと期待に満ちて俺を見る。

しかし俺の返事は決まっていた。

護衛対象が『従者』では、どうしても隊の連中の動きが不自然になる。さりげなさを装い、仲間として扱っているふりをしようとしても、見る者が見れば気づくものだ。俺ならそんな変な集団がいたら一目でわかる。チェスターでも見逃さないだろう。確実に騙せるのはライアンのような奴だけだ。

普通の人々と目線の高さを合わせようとする殿下の御心は尊いと思う。民に寄り添おうする姿勢には、俺のような男ですら自然と敬意を抱く。

しかし、だからといって――ダメなものはダメである。

俺がそう無慈悲に冷酷に却下しようとしたときだ。

殿下は不意に視線を下げると、マントを掴んだまま、胸の前で両手の指先をいじるようにしながらいった。

「それから、その……、これは従者の変装という名案を思い付いた後で気づいたのですけど」

再び顔を上げたとき、殿下の美しい頬はうっすらと朱に染まっていた。

「従者の服装は騎士の隊服を簡素化したものでしょう？　そうなると、おそろいなのですよ」

「……？　何がですか？」

「ですから、あなたとおそろいの服なのです。もちろん、近衛隊の皆ともおそろいなことはわかっていますよ？　隊服とはそういうものですからね。でも……、あなたともおそろいなのです」

そういって殿下は、はにかむように微笑んだ。

瞬間、俺の脳裏に浮かんだのは、殿下から放たれる可愛いの矢が雨あられと降り注ぎ、この胸を的確に射貫いていく光景だった。

理性をつかさどるすべての俺は次々に胸を押さえて膝をついた。続いて欲望をつかさどるすべての俺すら膝をついた。死ぬ。殿下が愛おしすぎて死ぬ。一瞬で全身の血という血が沸騰した気がする。俺の身体から湯気が出ているんじゃないだろうかと思うほど熱い。頼む、顔面は赤くなっていないでくれ。俺は思わず片手で顔を覆った。

くそ、姫様は無自覚に俺をたらし込みすぎだろうが。おそろいって。おそろいってあんたな。そんなことで喜んでいるのは卑怯だろう。俺の姫様が可愛すぎる。ダメだ、今すぐ抱きしめたい。もう抱きしめてもいいんじゃないか？　姫様は俺のことが好きで俺も姫様のことが死ぬほど好き。欲望のままに触れることに何の問題がある？　抱きしめてキスをして抱き上げてそのまま――駄目だ駄目だ、死ぬな理性！

俺の理性は必死に立ち上がった。暴れる心臓を抑え込み、冷静な近衛隊隊長の顔をする。えらいぞ理性。頑張れ理性。お前だけが頼りだ理性。

「ゴホン、いいですか。姫様がいかに可愛いの矢を降らせようとも、駄目なものは駄目です」

「カワイイノヤとは……？」

「護衛対象が従者では不自然さが出ることは避けられません。そしてそれは殿下の安全を脅かすことに繋がる可能性があります。あなたの近衛隊隊長として認められません」

美しい空色の瞳が、じーっと俺を見上げる。

俺は全力で目をそらした。

視界の端で、殿下が小さく唇を尖らせたのが見えた。

「わがままをいってもいいと、あなたがいったのではありませんか」

「それは……っ！」

「バーナードのうそつき。うそつきです」

俺は、折れた。

文字通り、がくりと首を垂らし、肩を落とし、それから愛おしい敗北の味を嚙みしめて、殿下を見つめた。

殿下は『拗ねています』という態度をこれ見よがしに取りつつも、ちらちらと俺の反応を窺っている。ああまったく、この方はどこまでが計算で、どこまでが無自覚なのか、俺でさえたまにわからなくなるな。

わかっているのはただ一つ、俺は殿下には勝てないということだけだ。こんな風に、めったに見せない甘えを見せられては抗えるはずがない。俺はいつだってあなたを甘やかしたくて仕方ないのに。

「……従者になるなら、俺の指示には従っていただきますよ」

「バーナード！　あなたならそう言ってくれると思っていました！」

「はいはい。ったく姫様はいつも無茶をいうんだからな」

俺のぼやきを聞こえないふりで、殿下はきゃーっと歓声を上げる。

そしてマントを摑んだままくるりと後ろを向くと、両手を腰に当てて胸を張った。

「任せてください、バーナード隊長。わた――ぼくは従者のアルベルトです。どうぞお気軽にアルと呼んでくださいね！」

大変楽しそうである。

俺はちょっとイラっとして、隙だらけの華奢な背中を眺めた。

それから一歩踏み出し、無造作にその小柄な身体を後ろから抱きしめた。俺の腕の中で、姫様が小さく跳ねる。でも、離してやらない。離したくない。構わないだろう？　だってあなたは、俺が従うべき殿下じゃないからな。今のあなたは、従者のアルベルトなんでしょう？

ああ、気軽にアルと呼んでくださいだったか。そちらのほうが俺は好きだな。アルベルトというのは昔から姫様がたまに使うあからさまな偽名だが、姫様の名前をあの忌々しい兄君ロベルトと掛け合わせたものだから、俺にとってはアルのほうがまだいい。

もちろん、一番いいのは『アメリア様』だ。

抱きしめた柔らかな身体の温もりが、服越しにも伝わる。

俺の腕の中で、姫様は数秒ほどかちこちに固まってから、そろりそろりと手を伸ばして、そっと俺の腕に触れた。それが引きはがそうとする動きだったら、抵抗せずに放そうと思っていたが、姫様はおずおずと俺の腕を摑むだけだった。最初は緊張と戸惑いをもって、その後には小さく唇をほころばせて。

「あの、バーナード？」

「おや、隊長を呼び捨てですか？」

「んんっ、これは失礼しました、バーナード隊長」

「よろしい。俺の従者になるなら、親切丁寧に、手取り足取り教えて差し上げますよ。何もかもすべて、じっくりとね」

殿下の耳に唇を近づけて囁くと、腕の中の身体がびくりと震えた。

「んっ、それは、隊長がそのような言い方をしては、何か、誤解を招くのではないでしょうか……っ」

「無論、このようなことはほかの連中にはいいませんよ。ですが、新しく入る従者は、不思議なことに、俺が愛してやまない人にそっくりなんです。姿かたちはもちろん、ほのかに香る甘い匂いまでね」

「そ、それは、侍女のグレンナが髪に、香油を……っ、きっと同じ香油を使っているのでしょう」

「香油？　でも姫様は昔からずっといい匂いがします。出会った頃から」

「それはあなたの気のせいでは、んっ、バーナード……隊長……っ！」

「おや、震えていますね。どうされたんですか？」

「だって、あなたが、耳に……っ」

「何もしていませんよ？　ああ、偶然、唇がかすめてしまうことならあったかもしれませんが、これはやむを得ない事故というものですよ。新人には傍でつきっきりで指導しないといけませんからね。決してわざとじゃありません」

「そんな、あっ、バーナード……！」

「故意というなら、これくらいはしなくては」

そう囁いて、姫様の形の良い耳に口づける。そのままじっくりと愛することもしたかったが、姫様がじたばたと暴れたので、俺は大人しく腕をほどいた。

姫様は逃げる勢いで俺から距離を取る。耳まで赤く染めて、その赤さを隠すように両手で覆う。

そして、涙目になって俺を見た。

「いっ、いま、耳に、キス、して」

「ええ、すみません。我慢できませんでした」

「しれっとした顔でいわないでください！　あなたが触れるから、その……、くすぐったかったのですよ！　くすぐったくて、ドキドキして、心臓がおかしくなりそうだったのに、……何だかぞくぞくしてしまって、もっとしてほしいような……、はっ、ちがいますよ、バーナード！」

「わかりました。ちがうんですね。ええ、よくわかりました」

「言葉と表情が一致していませんが？　にやにやしないでください」

「これが地顔です」

「絶対に嘘です」

姫様が警戒心を抱いた猫のように俺を見る。

俺がうっすらと口角を上げて一歩踏み込むと、毛を逆立てた猫のような姫様が一歩下がる。

そのときだ。

未だ羽織ったままだったマントの裾を、姫様が踏みそうになり、それを避けようとして体勢が崩れた。殿下の身体が傾く。あっと小さな声を上げて倒れ込みそうになる殿下に、俺はとっさに駆け寄った。

中途半端な体勢で止めると、殿下が足をひねってしまうかもしれない。転倒の勢いを殺しながら絨毯《じゅうたん》の上に降ろしたほうがいい。俺は瞬間的にそう判断して、殿下の身体を両腕で受け止めながら膝を折った。左腕で殿下の背中を支え、右腕で殿下の膝裏をすくい上げるようにして、その柔らかな身体をそっと絨毯の上に降ろす。俺が両膝をついた姿勢でほっと息を吐き出すと、殿下が驚いた顔のまま、俺を見上げて、それからゆるりと安堵の息を吐き出した。

「ありがとう、バーナード」

「礼には及びません。ですが、殿下。お願いですから、ああいうときはマントを踏んでください。いくらでも踏んづけていいですから。あなた以上に大事なものなんてないんですよ」

「とっさのことだったので、考えるより先に身体が動いてしまって……。心配をかけてしまいましたね、ごめんなさい」

「いえ……、俺のほうこそすみませんでした。理性があるだの、箱ごと愛せるだのいっておきながら、このザマとは。殿下を怯えさせるなんて最低でした。申し訳ありません」

深く頭を下げると、とんとんと指先で肩をつつかれた。

「顔を上げてください、バーナード。わたしは怯えてはいませんよ」

俺の腕の中で、殿下が空色の瞳をきらめかせてこちらを見上げている。無言で見つめ返すと、光に満ちた美しい瞳が、照れたように微笑んだ。

「びっくりしただけなのです。怯えたわけでも、いやだったわけでもありません。少し驚いて、動揺してしまっただけなのです」

だから、と続けてから、殿下はいいづらそうに言葉を切り、視線をそらした。頬には朱色が滲み、瞳は落ち着かずにさまよう。殿下は、表情を隠したいというように、俺の肩に顔を押し付けた。

ぐりぐりと俺の服に顔を押し付けて、耳まで真っ赤に染めて、姫様は蚊の鳴くようなか細い声でいった。

「だから……、もっとしてもいいのですよ……？　いえ、なんといいますか、その……、してほしい、というか……」

その瞬間、俺はすべての感情が突き抜けた顔で思った。

――あーーーーーーーーーーーーーーーもう、本当にどうしてくれようか、この人は。

どうしてくれよう。姫様は本当にもうどうしてくれようか。

俺の理性に限界チャレンジでもしているのか？　俺の理性に差し向けられた一撃必殺の刺客か何かだったのか？

箱入りのお姫様のくせに。耳にキスくらいでびっくびく震えてた箱入りのお姫様のくせに。俺の理性を蘇生不可能なほど燃やし尽くすんじゃない。俺の心臓にとどめの矢を刺すな。

俺は、俺の肩に顔をうずめたままの姫様を無言で見下ろし、それからさほど思案することもなく、その身体を抱えて立ち上がった。いわゆるお姫様抱っこというやつだ。殿下が誤解していたほうではなく、本物の。

殿下は突然持ち上げられた猫のように固まると、空色の瞳をまん丸く見開いて俺を見た。

「あの、バーナード？　足をくじいてはいませんよ？」

「知っています」

「歩けますよ!?」

「そうでしょうね」

「降ろしてください！」

「いやで〜す」

ふざけた口調で答えたが、その声は我ながら低音で凄みがあった。

俺ばかりが翻弄されるのは理不尽だ。姫様もたまには困ってくれ。

そんな気分で始めたお姫様抱っこだったが、しかし、数秒も経たないうちに、俺はすでに負けそうになっていた。何にって、殿下が俺の腕の中にいてくれるという幸福感にだ。

俺は敗者の悪あがきのように、じろりと空色の瞳を見下ろして告げた。

「もっとしてもいいんでしょう？」

「そっ、それはこういう意味ではありません！　お姫様抱っこは含まれないのですよ！」

「どうしてですか？　俺はしたいです」

「えっ……、いえ、でも、だって、どきどきしてしまって……、胸が高鳴って、どうにかなってしまいそうなのです……」

「ああくそまったくあなたって人はそんな可愛い顔で可愛いことをいって俺を説得できると思っているんですか本気ですか？」

「なっ……、だって、それに、重いですから！　人体とは重いのです。必要な状況でもないのに、あなたに重い物を持たせるわけにはいきません」

「ははっ、俺が何度あなたを肩に担いできたと思っているんです。重いわけがないでしょう」

姫様が涙目で俺を睨みつける。

俺は内心の動揺を押し隠した冷ややかな眼で姫様を見下ろす。

だが、負けたのは俺のほうが先だった。やはりというべきか、仕方ないというべきか。俺がこの幸福に抗えるはずもないのだ。たまらずに口が笑ってしまうと、姫様はむすっとしているというポーズを取りつついった。

「さては、わたしをからかっていますね、バーナード？」

「まさか。あなたが愛おしくてたまらないと思っているだけです」

「あなたはいつもそうやってわたしを陥落させるのです……！」

「ははっ、嬉しいことをいってくれますね。でも、俺は本心を口にしただけですよ。言葉を飾ることもできずに申し訳ないと思っています」

「もう、そうやって……、ずるいです。わたしはこれほどいっぱいいっぱいだというのに、あなたは余裕があるのですね」

姫様が恥ずかしそうに両手で顔を覆ってしまう。

だが、その細い指では朱色が隠しきれていない。俺が愛おしさを込めて「アメリア様、聞いてください」と囁くと、姫様はそろりそろりと両手を下げて、窺うようにこちらを見た。

「安心してくださいというのも変ですが、俺にも余裕なんてありませんよ。いつだって死にそうになっています」

「死にそうに」

「あー、いえ、いい方が悪かったですね。死んでも復活しています。大丈夫です。殿下の笑顔のためなら、俺は俺の首も落とせるという話です」

「それは駄目ですよ!?　絶対に駄目ですからね!?」

「あぁ、いえ、これもいい方が悪かったですね。つまりその、俺も余裕などないということです。本当は余裕たっぷりな男でいたいんですけどね、あなたの前では」

「……そうなのですか?」

「惚れた相手の前で格好つけたいと思わない男はいないでしょう。俺も例外ではなかったという話です」

「そっ、そうですか、そうなのですか」

姫様が嬉しそうににこにこと微笑んでくれる。

俺はこの機を逃さずに尋ねた。

「ソファまでお運びします。許していただけますか?」

「……ソファまでですよ?」

「ええ。約束します」

姫様は甘く唇をほころばせながら、わざとらしくつんと顎をそらした。

「ふふっ、いいでしょう。特別に許可しましょう。落とさないように気をつけてくださいね?」

「もちろん。丁重に丁寧にじっくりとゆっくりと、時間をかけて運ばせていただきます」

「もうっ、本当に余裕がないのですか、バーナード？」

「ありませんよ。あなたに触れるだけで緊張しています。ですが、姫様。俺はこの上なく幸せで、深く満たされてもいるんですよ。叶うものならずっとこうしていたい。緊張するんだけどな、でも死ぬほど嬉しくて、あなたが好きで、たまらない気分になる」

「……それは、わたしも同じです……」

空色の瞳が照れたように俯く。

俺は全身を突き抜ける衝動に耐え、降り注ぐ可愛いの矢に耐え、ぼうぼうと燃やされる理性にも耐えて、ゆっくりと歩き出した。

姫様は黙って俺に身を委ねてくれる。その信頼もまた震えるほど嬉しく、姫様の温もりが俺の腕の中にあることに、狂おしいほどの幸福を覚える。

ずっとこうして守ることなどできない人だとわかっているが、それでも今この瞬間だけは、俺の姫様だ。

俺だけのアメリア様だ。

息が詰まるほどに愛しくて、信じられないほどに幸福で、心臓はうるさいほどに鳴っている。

愛している。愛している。南国の鳥になってしまうのも仕方がない。

だって俺は、どうしようもなく、あなたが好きなのだから。

あとがき

こんにちは、五月ゆきです。

前巻に引き続き、こちらの本を手に取ってくださってありがとうございます。

まさか二巻目が出せるとは思ってもみませんでした……！

二巻も楽しんでいただけたら、とても嬉しいです。


さて、内容について少々説明させていただきますと、この本は『小説家になろう』にアップしていた本編に、書籍用の書き下ろしを加えたものになります。

この書き下ろしが、ギルベルト視点の過去編『エピローグ　――ある男の過去の話――』と、バーナードとアメリアのラブコメ番外編『狂犬騎士と王妹殿下のとあるいちゃいちゃな日』です。

ギルベルト視点の過去編で幕引きになるというのは一番最初のプロットからあったのですが、実際に書いてみると、このエピソードで締めるのは読後感が重くなってしまうかなと思ったんですね。

それでウェブでは削りました。

ただ、この過去編ですべての伏線回収となるため、やはりここまで載せたいという気持ちがありまして。書籍では最後にラブコメ番外編が入ることもあり、読後感が重くなってしまうことはないかなと思って、ここまで入れさせていただきました。

最後に、この本の制作に関わってくださった皆様方に、心からお礼を申し上げます。

いつも優しく褒めてくださる担当様、美麗なイラストを描いてくださる新井テル子先生、編集部の皆様、校閲のご担当者様、本当にありがとうございます。

そして、一巻をお手に取ってくださった読者の方々。応援してくださった皆様のおかげで二巻が出せました。心から感謝を申し上げます。

こちらの本を、少しでも楽しんでいただけたら幸いです。

大人のエンタメ、ど真ん中！
SQEXノベル 毎月7日発売
第1回 SQEXノベル大賞
銀賞
悪役にされた冷徹令嬢は王太子を守りたい
～やり直し人生で我慢をやめたら溺愛され始めた様子～
著者：阿井りいあ
イラスト：しんいし智歩
銀賞
鬼騎士団長様がキュートな乙女系カフェに毎朝コーヒーを飲みに来ます。
……平凡な私を溺愛しているからって、本気ですか？
著者：氷雨そら イラスト：しょうじ
銀賞
転生者の私は〝推し活〟するため聖女になりました！
著者：玉響なつめ
イラスト：珠梨やすゆき
金賞
ベル・プペーのスパダリ婚約
～「好みじゃない」と言われた人形姫、我慢をやめたら皇子がデレデレになった。実に愛い！～
著者：朝霧あさき
イラスト：セレン
大賞
滅亡国家のやり直し
今日から始める軍師生活
著者：ひろしたよだか
イラスト：森沢晴行
受賞作品続々刊行中！
各作品の詳細はコチラ ▶▶▶

大人のエンタメ、ど真ん中！
SQEXノベル
SQEX ノベル 毎月7日発売
悪役令嬢の矜持
著者：メアリー＝ドゥ
イラスト：久賀フーナ
私、能力は平均値でって言ったよね！
著者：FUNA　イラスト：亜方逸樹
片田舎のおっさん、剣聖になる
～ただの田舎の剣術師範だったのに、大成した弟子たちが俺を放ってくれない件～
著者：佐賀崎しげる
イラスト：鍋島テツヒロ
悪役令嬢は溺愛ルートに入りました!?
著者：十夜　イラスト：宵マチ
逃がした魚は大きかったが釣りあげた魚が大きすぎた件
著者：ももよ万葉
イラスト：三登いつき
●誤解された『身代わりの魔女』は、国王から最初の恋と最後の恋を捧げられる
●ベル・プペーのスパダリ婚約 ～「好みじゃない」と言われた人形姫、我慢をやめたら皇子がデレデレになった。実に愛い！～
●滅亡国家のやり直し 今日から始める軍師生活
●転生者の私は〝推し活〟するため聖女になりました！
他

GC UP!
毎月7日発売
悪役令嬢は溺愛ルートに入りました!?
原作：十夜・宵マチ 作画：さくまれん
構成：汐乃シオリ
失格紋の最強賢者
～世界最強の賢者が更に強くなるために転生しました～
原作：進行諸島 漫画：肝匠&馮昊
(GAノベル／SBクリエイティブ刊) (Friendly Land)
キャラクター原案：風花風花
神達に拾われた男
原作：Roy 漫画：蘭々
キャラクター原案：りりんら
転生賢者の異世界ライフ
～第二の職業を得て、世界最強になりました～
原作：進行諸島 漫画：彭傑
(GAノベル／SBクリエイティブ刊) (Friendly Land)
キャラクター原案：風花風花
お隣の天使様にいつの間にか駄目人間にされていた件
原作：佐伯さん 原作イラスト：はねこと
(GA文庫／SBクリエイティブ刊)
作画：芝田わん 構成：優木すず
ここは俺に任せて先に行けと言ってから10年がたったら伝説になっていた。
原作：えぞぎんぎつね 漫画：阿倍野ちゃこ
(GAノベル／SBクリエイティブ刊)
ネーム構成：天王寺きつね キャラクター原案：DeeCHA
勇者パーティーを追放されたビーストテイマー、最強種の猫耳少女と出会う
原作：深山鈴 漫画：茂村モト
マンガUP! 毎日更新

G FANTASY
GFC
COMICS
毎月27日発売
地縛少年 花子くん
あいだいろ
黒執事
枢やな
四百四鬼
もち
アラフォー男の
異世界通販生活
原作：朝倉一二三 漫画：うみハル
（ツギクルブックス）
キャラクターデザイン：やまかわ
東京
エイリアンズ
NAOE
Disney Twisted-Wonderland ©Disney
妖怪学校の先生
はじめました！
田中まい
The Comic Episode of Savanaclaw
原案：枢やな 漫画：小田すずか
The Comic Episode of Octavinelle
原案：枢やな 構成：葉月わかな 作画：コヲノスミレ
毎月18日
発売
月刊Gファンタジー
GFantasy

SQEXノベル

縁談が来ない王妹は、狂犬騎士との結婚を命じられる 2

著者
五月ゆき
イラストレーター
新井テル子

2024年6月7日　初版発行

発行人
松浦克義

発行所
株式会社スクウェア・エニックス
〒160−8430
東京都新宿区新宿6−27−30　新宿イーストサイドスクエア
（お問い合わせ）スクウェア・エニックス　サポートセンター
https://sqex.to/PUB

印刷所
中央精版印刷株式会社

担当編集
長塚宏子

装幀
小沼早苗（Gibbon）

ISBN978-4-7575-9239-1 C0093

Printed in Japan